소녀 연예인 이보나

소녀 연예인 이보나

한정현 소설집

민음사

차례

옮긴이
주

내가 후뢰시맨을 처음 봤던 건 초등학교 1학년 때인 1991년 여름이었다. 오후 5시에 시작하던 그 만화영화를 무리 없이 볼 수 있었던 건 입학과 동시에 다니기 시작했던 피아노학원과 미술학원을 갑작스레 그만뒀기 때문이었다. 그해 여름, 개구리 소년들이 실종되었다. 모든 아이들의 하교가 다급해졌다. 나는 그저 질색하던 피아노학원을 그만뒀다는 것이 기뻤을 뿐이었다. 믿는 구석이 있었다. 곧 후뢰시맨이 나타나 아이들을 구해 줄 거였다. 후뢰시맨의 다섯 용사들도 원래는 외계인에게 납치된 아이들이었으니까. 그들은 지구로 돌아와 위험에 빠진 사람들을 모두 구해 줬다. 비록 자신들은 지구에서 살아가지 못하고 납치되어 자랐던 외계의 별로 다시 돌아가게 되지만 말이다.

그리고, 그해를 생각하면 후뢰시맨뿐 아니라 이런 장면들 또한 떠오르곤 했다.

*

그의 아버지는 무른 고무바닥으로 된 신발을 신고 거리를 청소하는 청소부였다. 매일 아침 일을 마치고 돌아오면 아버지는 어김없이 신발 바닥의 고무부터 신중하게 들여다보곤 했다. 무른 고무로 된 신발 밑창에 구멍이 생기진 않았는지, 혹 너무 빨리 얇아진 것은 아닌지, 주로 그런 것들을 확인하기 위해서였다. 당시 그는 아버지의 무른 고무 밑창을 수선하는 신발장이가 되고 싶었다. 아버지 또한 자신의 신발 밑창을 조심스레 닦아 놓는 아들에 대해 잘 알고 있었다. 그러나 둘 다 그뿐이었다. 뒤집어 놓은 신발의 먼지를 몇 번 털어 낸 뒤, 그들은 텔레비전을 켜 두고 아침을 먹기 시작했다. 물론 그가 아버지에게 최초로 배운 것들 역시 신발 밑창이나 무른 고무와는 아무 상관없는 것들이었다.

「보디히트」, 「판토맨」, 「컴뱃」, 「제5전선」, 「OK목장의 결투」, 「후뢰시맨」. 이러한 단어들. 그중 그가 기억하는 최초의 단어는 「후뢰시맨」이었다. 단 한 번, 아버지는 어린 그를 데리고 극장에 간 적이 있었다. 그러나 어쩌면 당연하게도 그는 영화의 줄거리보다는 코코낫 빠다볼, 해태 바둑껌, 킹드롭프스 같은 과자들을 먹는데 더 몰두했다. 그 과자들은 극장에 가야만 먹을 수 있는 거였기 때문이었다. 콧노래처럼 외운 것은 과자 이름뿐만이 아니었다. "신사화 숙녀화는 칠성양화점, 결혼사진은 온천사진관." 그는 한 장짜리 슬라이드 광고에 온통 정신을 빼앗겼다. 단색으로 쓰인 그 광고 문구는 아버지보다 나이가 많을 것 같은 사내의 목소리를 타고 극장에 울려 퍼졌다. 마치 낯선 곳에서 길을 잃은 사람 같던 그 목소리는 그의 귓속에서 자꾸만 반복되곤 했다. 과자 판매원의 뜯어진 바지 자락, 바둑껌 포장지로 네잎클로버를 접던 아버지의 손가락, 영화가 시작되기 전 완벽하게 암전되던 짧은 순간, 슬라이드 광고 송을 부르던 남자가 갑자기 울어 버릴 것만 같던 막연한 불안감들.

「후뢰시맨」의 줄거리 대신 그의 기억을 채운 건 하나 더 있었다. 그것은 그의 아버지였다. 「후뢰시맨」을 보러 간 그날, 아버지는 엔딩크레디트가 모두 올라가고 뒤이은 영화의 손님들이 들어오기 시작한 이후에도 자리를 지키고 앉아 있었다. 그는 아버지의 손에 들렸던 바둑껌 포장지가 어느새 네잎클로버가 되어 있는 것을 보았다. 잎이 맞아떨어지지 않은 것에 대해선 차마 뭐라고 말하지 못했다. 네잎클로버가 아버지의 눈물에 조금씩 젖어 가는 걸 보았기 때문이었다. "악당이 죽었어요, 아버지." 그는 저도 모르게 아버지의 어깨를 흔들며 그렇게 말했다. "후뢰시맨들이 지구를 구했어요, 모든 게 정상이에요." 그러나 그날 아버지는 극장을 나오며 단 한마디만을 그에게 건넸을 뿐이었다. "그래, 그거 정말 잘되었구나."

훗날 그가 어느 정도 자라서, 그러니까 무른 고무바닥으로 만들어진 아버지의 신발을 고쳐 주는 신발장이가 아닌 대중문화 비평가가 되었을 무렵이었다. 그는 그때 1970년대 한국의 미디어 문화사에 대한 비평집을 준비 중이었다. 김치캣 시스터즈, 어니언스, 펄씨스터즈, 신중현.

비평집을 준비하고 나서야 그는 자신이 1970년대에 고등학교를 다녔다면, 분명 남산 어딘가로 끌려갔을 거라는 생각을 하게 되었다. 국민학교를 다니던 시절 교련을 담당하던 담임 선생님의 표정이 떠올랐기 때문이었다. 물론 1980년대가 되자 그는 더 이상 친구들 앞에서 자신이 좋아하는 가수들의 음악을 듣거나 따라 부르지 않게 되었다. 신중현을 시작으로 좋아하던 가수들이 하나씩 마약 사범 꼬리표를 달고 무대에서 사라진 까닭도 있었으나 그가 부르는 노래의 무대가 바뀌었던 이유가 가장 컸다. 1980년대 그는 최루탄 연기를 무대 효과 삼아 주로 길 위에서 누군가와 어깨동무를 하고 노래를 불렀다. 다행히 그가 비평문을 쓰던 그 시절엔 다시 어디에서든 음악을 듣고 부를 수 있게 되었다. 그래서인가.

그 시절이라고 하면 음악도 떠오르지만.

그는 자세를 조금 고쳐 앉으며 이렇게 다시 시작했다. 나이가 들어서도 그는 내내 잊히지 않던 한 장면에 대해 생각했다. 바로 아버지와 함께 갔던 극장과 아버지 뒤통수의 가마, 또한 네잎클로버로 접힌 포장지에 떨어지던 눈물.

비평집을 준비하며 그는 반드시 「후뢰시맨」을 다시 봐야겠다고 생각했다. 「후뢰시맨」을 다시 보기 전, 그는 눈물 흘리던 아버지의 모습이 떠올라 손수건을 따로 챙겨 두었다. 그러나 손수건은 우선 「후뢰시맨」이 시작하자마자 배어 나온 식은땀을 닦아 내는 용도로 사용되었다. 「후뢰시맨」은 그가 기억하는 것처럼 단순히 다섯 명의 용감한 젊은이들이 악당을 물리치고 지구를 구해 내는 이야기가 아니었다. 그것은 그가 만들어 낸 사실과 조금 다른 기억이었다. 다섯 명의 후뢰시맨은 어린 시절 외계인에게 유괴당한 아이들이었다. 「후뢰시맨」은 그 아이들이 지구를 구하기 위해 다시 돌아오며 시작되는 이야기였다. 그러나 지구를 구한 후뢰시맨들은 결국 자신들이 유괴당해 자랐던 곳으로 되돌아간다. 후뢰시맨들의 부모마저도 그들을 더 이상 지구인으로 생각하지 않았다. 여기서부터, 그는 준비해 둔 손수건을 원래의 목적대로 사용할 수 있게 되었다. 조금씩 울기 시작했던 것이다.

    ● REC

후뢰시맨을 보고 운 적이 있습니다.

아, 저 초등학교 다닐 때는 울트라맨이 인기였어서.

저도 후뢰시맨들 때문에 운 것은 아닙니다.

주인공들 때문에 운 게 아니라는 뜻이에요?

네, 후뢰시맨은 좀 이상합니다.

뭐가요?

악당들이 언제나 애들만 유괴합니다.

말 그대로 악당이죠. 그게 뭐가 이상해요?

후뢰시맨도 어릴 적 외계인들에 의해 유괴당한 애들입니다.

그럼. 후뢰시맨의 악당은,

…….

대체 누구예요?

    그가 「후뢰시맨」을 다시 볼 그즈음에는 유독 실종 사건들이 많았다. 개구리 소년 사건이 대표적이었다. 신문 속 사진엔 개구리 소년들이 사라진 숲의 공터만이 찍혀 있었다. '개구리 소년'이라는 신문 1면의 기사 제목이 없었더라면 그건 원래 텅 빈 숲을 찍으려던 사진이었다고 해도 전혀 이상하지 않을 것 같았다. 한참이나 사진과 기사 제목을 바라보던 그는 그제야 자신이 떠올린 사람이 누구인지 알 수 있었다. (그가 읽던 신문 기사의 내용처럼 갑작스러운 순간을 맞이한 한 사람), 그것은 바로 그의 어머니였다. 아버지야 늘 거리에 있는 사람이었으나 그가 기억하는 한 어머니는 항상 어딘가에 머물러 있던 사람이었다. 그가 아버지와 어머니로부터 배운 첫 단어도 달랐다. 아버지로부터 처음 배운 단어가 '후뢰시맨'이었다면 어머니로부터 배운 것은 '김추자'였다. 어머니가 있던 집에는 늘 음악이 울려 퍼졌다. 김추자, 신중현, 투코리언즈, 뚜아에무아에서부터 사월과오월, 이장희, 김민기, 서유석까지. 온갖 대중가요가 아침부터 저녁까지 흘러넘쳤다. 음악을 듣기 위해서였을까, 어머니는 집 밖으로 자주 나가는 사람이 아니었다.

그렇다고 해서 어머니가 우울한 사람이었던 건 아니다. 일주일에 한 번 정도 그가 이모라고 부르던 어머니의 친구들이 야쿠르트나 델몬트 주스를 사 들고 집으로 왔다. 델몬트 주스를 따르는 이모들의 손톱 끝은 언제나 새까맣게 물들어 있었다. 김추자를 따라 한 듯 꽉 끼는 청바지에 한껏 부풀린 머리를 하고 있던 이모들에게는 언제나 석유 냄새가 조금씩 섞여 있었다. 이모들이 집에 온 날이면 그는 언제나 작은 공부방으로 들어가야 했다. 이모들과 어머니는 둘러앉아 책을 꺼내 놓고 이런저런 이야기들을 나누곤 했기 때문이다. 당시 책 위에 쓰여진 이름으로는 고정희, 조은, 김혜순, 최승자가 있었다. 그 책이 잡지일 때도 있었다. 《자유문학》, 《우리 시대의 문학》 같은 것들이었다. 그들은 책을 읽다 말고 소주를 꺼내 놓고 김추자의 노래를 따라 부르기도 했다. "소리를 조금만 줄이면 안 돼요?" 그가 어머니에게 물었을 때, 어머니는 입술에 손가락을 대고 그에게 말했다. "안 돼, 이모들과 이야기할 땐 노랫소리가 더 커야 해." 그는 그저 어머니와 이모들이 김추자를 정말 좋아하는 모양이구나, 하고 말았다.

얼마 지나지 않아 어머니는 조금 특이한 행동을 하기 시작했다. 그건 이모들이 더 이상 집에 오지 않으면서부터였다. 어머니는 이전과 달리 집에 머물지 않고 그와 함께 외출을 했다. 그리고 외출 때마다 자꾸만 옷이나 커다란 가방 속에 엘피판을 하나씩 숨기곤 했다. 대체 왜 그런 습관이 생긴 것인지는 알 수 없었다. 다만 그가 어느 정도 자란 후 이웃집 할머니로부터 그런 이야기를 들은 적이 있었다. "너희 어머니가 그 여자들하고 다 벌거벗은 채 거리를 달리는 걸 본 적이 있다……. 공장에 다닐 때였지, 서울이라고 큰 도시에서 말이다. 동방물산은 권리를 보장하라! 이렇게 외치면서 말이다." 이웃집 할머니는 어린 그를 돌봐 주던 사람이었다. 여름이면 그에게 설탕을 뿌린 수박을 잘라 먹였고 콧물이 흐르는 계절이 되면 팥 알갱이를 일일이 수저로 으깨 죽을 끓여

먹이기도 했다. 하지만 그런 이야기를 그에게 들려주었을 때, 이제 할머니 혼자서는 계절의 감각조차 헤아리지 못하는 나이였다. 그러니 그 말들을 그대로 믿을 수는 없었다. 무엇보다 어머니는 엘피판도 옷 속에 숨기던 사람이었다. 옷을 벗고 달렸다니, 목숨을 위협받는 상황이 아니고서야. 그는 고개를 저었다. 어쨌거나 당시 어머니의 외출은 이후로도 계속되었다. 하지만 모든 사람이 그와 아버지처럼 어머니의 외출을 흔쾌히 인정해 주진 않았다.

그는 자신이 한때 분에 넘치는 생활을 했다고 말했다. 그가 사립 국민학교를 다니던 시절이었다. 그 당시 사립 국민학교 학생들은 마치 요즘의 사립 초등학교 아이들이 토익학원을 다니는 것처럼 방과 후 야구 동아리에서 야구를 배우곤 했다. 그곳의 아이들에게 야구 글러브는 책가방만큼이나 당연하게 여겨졌다. 야구 글러브를 사 주지 못했던 그의 부모는 한 달에 한 번 그를 데리고 야구장에 갔다.

그날도 그는 어머니와 함께 야구장으로 향하고 있었다. 사복 경찰들이 갑작스레 어머니와 그 앞을 막아섰다. 길을 다니던 시민을 갑작스럽게 심문할 수 있단 말입니까? 그런 질문은 의미가 없었다. 마음만 먹으면 스커트와 머리카락의 길이로도 죄인이 될 수 있던 70년대였다. 책상 한번 치면 사람이 죽는 80년대가 목전이었다. 경찰들은 유달리 불룩한 어머니의 앞섶을 자세히 들여다보았다. 어머니는 필사적으로 뛰거나 고개를 젓지 않고 담담하게 엘피판을 꺼내어 보였다. 어머니가 꺼낸 엘피판은 김추자의 것이었다. 어린 그는 자신도 모르게 침을 한번 꿀꺽 삼켰다. 어머니는 이전에도 경찰에 붙들려 엘피판을 빼앗긴 적이 있었다. 그땐 헌 이불로 가방 속을 가득 채운 뒤 그곳에 엘피판을 숨기고 나갔었다. 당시 어머니가 빼앗긴 엘피판에는 김치켓, 어니언스, 투코리언즈, 라나에로스포, 키보이스 등의 곡들이 담겨 있었다. 누구나 아는 대중 가수들이었으나, 어머니가 가지고 있던 건 한국어로 변환되지 않은 영어 이름의 엘피판이었다. 이미 정부가 가수들의 이름을 모두 한국어로 바꾸라는 지침을 내린 후였다. 그 지침을 어긴 엘피판들은 모조리 폐기됐다. 경찰들은 한참이나 엘피판을 살펴보다가 저들끼리 눈을 한번 마주치고는 왜 이걸 숨겼느냐 물었다. 어머니는 싱긋 미소를 지은 후 이렇게 말했다.

"음악을 함께 들으려고요, 사람들하고요."

그날 어머니와 그는 평소처럼 야구장엘 갔고 비록 볕에 눈을 제대로 뜰 수 없는 외야석이었지만 경기 전 선수들이 몸을 푸는 것부터 지켜볼 수 있는 명당자리도 차지할 수 있었다. 경기가 끝나고는 그해 대통령배 야구 결승전 히어로인 김용희 선수에게 사인도 받았다.

　어머니는 그날 엘피판을 빼앗기지 않았다. 집으로 돌아온 어머니는 낮은 음색으로 김추자의 「거짓말이야」를 흥얼거리며 부엌으로 가 저녁을 지었다. 이모들이 오지 않은 후 집에서 들을 수 없었던 음악이 들리자 그는 조금 신이 났고 한편으론 많이 안심이 되었다. 그러므로 그때까지도 그는, 그날 그 밥이 어머니와 함께한 마지막 식사가 될 줄은 전혀 몰랐다. 아버지가 돌아오고 모두가 숟가락을 든 후에야 어머니는 떠날 준비를 마쳤다고 했다. 그 말을 하는 어머니의 얼굴은 더운 여름날 이제 막 세수를 한 아이처럼 어딘가 개운해 보였다. "조금만, 조금만 더 서로의 얼굴을 보자." 아버지가 말했을 때도 어머니는 그저 김추자의 노래를 흥얼거렸을 뿐이었다. 그렇게 어머니는 그와 아버지의 곁에서 완전히 사라졌다. 다음 날 아침 누군가 현관문을 두드렸고 어머니가 그들을 따라갔다는 것 외에 어머니의 마지막에 대한 기억이 없었다. 아버지는 한 번도 어머니 이야기를 먼저 꺼내지 않았다. 어느 순간부터는 그 또한 단지 야구장을 데려가 줄 사람이 없다는 것과 집에서 늘 울려 퍼지던 대중가요가 더는 들리지 않게 되었다는 것, 그 정도에서만 어머니의 부재를 느낄 수 있었다고 했다. 물론 1980년대가 되자 어머니 때문이 아니더라도 그는 더 이상 대중 가요나 스포츠를 듣거나 볼 수 없게 되었지만 말이다. 아버지와 그가 어머니에 대해 이야기를 다시 나눈 건 이후 한 번뿐이었다. 우연히 김추자가 은퇴한다는 뉴스를 보았을 때였다. 은퇴의 이유는 결혼이었다. 김추자의 남편 감으로 소개된 사람은 유난히 앞머리가 없어 보이는 대학교수였다. 허리선부터 딱 붙는 나팔바지에 굵은 웨이브의 파마머리가 이국적이던 김추자와는 말 한마디조차 섞기 힘든 숙맥처럼 보였다.

"아버지, 어머니는 어딜 간 걸까요?"

그가 물었을 때 아버지는 조금도 망설이지 않고 이렇게 답했다.

"김추자를 만나러 갔어."

그의 미간이 좁아지자 아버지는 다시 한번 이렇게 덧붙였다.

"김추자를 들은 후엔 다른 음악은 들을 수가 없다고 했거든."

아버지는 슬퍼 보이지 않았다. 오히려 당연한 질문을 하는 학생을 살짝 나무라는 듯한 말투였다.

• REC

그래도 제가 어머니라면, 적어도 그때 남편에게는 다른 노래를 불러 줬을 겁니다.

어떤 거요?

꽃잎이 피고 질 때면 그날이 또다시 생각나 못 견디겠

네, 서로가 말도 하지 않고…….

아버지의 손을 잡고서만 갈 수 있었던 극장에서 껌과 과자를 파는 아르바이트를 할 수 있는 정도의 나이가 되자 그에게도 꿈이라는 것이 생기기 시작했다. 그는 영화를 만들고 싶었다. 정확히 말하자면 신발장이가 되어 영화 시나리오를 쓰고 싶었다. "스피노자도 평생 렌즈를 깎으며 연구를 진행했으니까요." 그는 누군가 자신의 꿈에 대해 묻지 않았는데도 그러한 답변까지 준비해 뒀다. 하지만 그가 학력고사를 보기 전까지 아무도 그에게 꿈이 무엇인지 묻지 않았으므로 그 말을 실제로 꺼낼 기회는 없었다. 그래도 그의 꿈은 점점 커져 가는 신발 사이즈와 함께 자꾸 커지기만 했다. 그렇기에 전공은 별다른 고민 없이 국문학과를 목표로 했다. 학력고사의 점수를 확인한 담임이 그의 아버지에게 경영학과나 법학과 진학도 가능하다고 했다. 하지만 아버지는 그에게 별다른 내색을 하지 않았다. 아버지는 무른 고무바닥을 가진 신발을 조금 더 오래 신는 법을 고민하는 쪽이 자식의 선택을 바꾸는 것보다 현명하다는 것을 이미잘 아는 이였다.

국문학과로의 진학이 확정되자 그는 대학교 입학 전까지 극장이 아닌 다른 곳에서 아르바이트를 했다. 극장 아르바이트는 영화를 마음껏 볼 수 있다는 장점이 있었지만 큰돈을 마련하긴 어려웠다. 그는 고무 공장의 생산 라인에서 포장하는 일을 했다. 하루는 고무를 녹이는 공장 쪽에서 흘러나온 냄새가 그의 몸에 잔뜩 배어들었다. 어찌나 강렬했던지, 저런 고무로 만든 신발이라면 절대 구멍이 생기지 않을 것 같았다. 그가 작업반장에게 조심스럽게 물었다. "고무를 녹이는 일은 많이 힘들까요?" 작업반장은 그를 한번 보고 작게 숨을 내쉬며 고개를 저었다. "공부를 열심히 하게." 아무래도 돈 때문에 한 질문이라고 생각한 모양이었다. 그럴 수 있었다. 그즈음 공장에서는 어린 학생들이 갑자기 코피를 흘리거나 맥없이 바닥에 주저앉곤 했다. 그는 잠시 후 다시 물었다. "고무나무는 어디에서 온 것인가요?" 작업반장은 바닥을 바라봤다. "오키나와라는, 바람이 많은 곳이지." 그는 다시 물었다. "일본인가요, 그곳은?" 작업반장이 그제야 그를 빤히 봤다. 그리고 덧붙였다. "고무나무가 바다 가운데 그 섬의 바람을 막아 준다고 들었어." 그는 더 이상 묻지 않고 작업대로 돌아갔다.

쉬는 날 그는 도서관에서 오키나와에 관련된 책을 뒤졌다. 하루에도 다 볼 수 있을 정도로 오키나와에 관한 책은 별로 없었다. 무엇보다 고무나무와 관련된 것은 정말이지 한 권도 찾을 수가 없었다. 기운이 빠진 채로 책장을 넘기던 그가 어느 순간부터 자리를 잡고 앉았고 처음부터 책을 다시 훑어보기 시작했다. 그 책은 1970년 오키나와 주둔 미군 부대의 방화 사건에 관한 것이었다. 물론 그랬기 때문에 처음에는 그의 관심을 끌지 못했던 것이다. 패전국에 주둔하는 승전국 군부대의 방화 사건이란 흔한 일이었다. 그가 책장을 다시 앞으로 넘기게 된 것은 다른 이유 때문이었다.

2차 세계대전 당시 오키나와에서는 대규모의 자살 사건이 있었다. 수만의 오키나와인들이 토굴로 들어가 서로의 목을 칼로 찔렀다. 아버지는 아들의 목을 조르고 어머니가 그런 아버지를 찌르면 그 칼을 넘겨받은 딸이 다시 어머니를 죽이는 식이었다. 그들은 하나같이 자신들이 미군의 스파이 노릇을 했다는 자백의 유서를 남겼다. 유서의 말미엔 "천황 폐하 만세"가 피로 적혀 있었다. 전쟁 때 오키나와로 끌려왔던 조선인들이 오키나와인들의 시신을 수습해 주었다. 그래서인지 오키나와의 한 마을에는 일본어와 한국어가 동시에 새겨진 추모비가 있다고 했다. 추모비 사진을 보며, 그는 고개를 갸웃했다. 다른 책을 조금 더 찾아봐야겠다는 생각이 들었으나 실제로 그렇게 하지는 못했다. 오키나와에 관련된 서적이 놓인 서가는 할당된 양을 다 채우지 못한 채 늘 비어 있었다. 사서에게 문의를 넣어 보았으나 관련 책은 배치된 것이 전부라는 대답만이 돌아오곤 했다. 작업반장에게도 그날 이후 고무나무에 대해서 다시 묻지 못했다. 결국 그 또한 오키나와에 대해서는 잊을 수밖에 없었다.

입학식 전날, 그는 아르바이트를 하고 받은 돈으로 라텍스 신발을 한 켤레 사서 아버지 신발장에 넣어 두었다. 아버지는 라텍스 신발을 신고 참석한 대학교 입학식 내내 그저 말없이 앉아만 있다 돌아갔다.

국문학과에서 한 학기를 듣고 나서야, 그는 시나리오를 쓰거나 영화 만드는 법을 배우려면 국문학과가 아닌 문예창작학과나 연극영화학과에 진학해야 한다는 걸 알게 되었지만 크게 당황하지는 않았다. 대신 시나리오 분과를 기웃거리기 시작했다. 학과는 시 분과, 소설 분과, 희곡 분과, 비평 분과, 그리고 아주 적은 인원의 시나리오 분과로 나누어져 있었고 그는 오로지 시나리오 분과의 강의실 손잡이만 잡았다. 그곳에서 군대에 가기 전까지 약 세 편의 시나리오를 완성했다. 특히 주목을 받았던 시나리오는 병아리를 전자레인지에 넣고 터트려 죽이는 남성을 등장시킨 것이었는데, 훗날 그는 자신의 그 습작에 대해 공부와 사유는 미숙하고 자아가 너무 비대한 나머지 예술과 학대를 전혀 구분하지 못하고 참혹한 짓을 저질렀다고 여러 번 후회했다. 그러나 그 시절 그는 종종 학교의 선생에게서 칭찬을 들었던 습작생이었으므로 대부분의 사람들은 곧 그의 이름을 영화 잡지에서 보게 될 거라 확신했다. 그 또한 사람들의 기대가 마냥 두렵지만은 않았다. 그 무렵 그는 삶을 유지하는 건 아침마다 무른 고무로 된 신발 밑창의 구멍을 확인하는 것이 아니라 마르그리트 뒤라스의 「히로시마 내 사랑」이나, 오즈 야스지로의 「꽁치의 맛」, 에이젠슈타인의 「10월」과 같은 영화를 보는 것이라고 생각했다. 그리고 그럴 때마다 아버지가 신발장에 모아둔 무른 고무 바닥의 신발들을 모두 고물상에 팔아 넘겨 버리는 상상을 하곤 했다.

• REC

오키나와 가 본 적 있습니까?

아무래도 오키나와라면, 메도루마 슌!

네?

오키나와의 소설가! 「물방울」이란 소설 좋아해요.

아아, 그 소설 압니다. 갑자기 남자의 발가락에서 물방울이 나오죠?

네, 그 물방울을 전쟁 때 죽은 영혼들이 와서 마신다는 것.

기묘합니다.

그 책이요?

여러모로요. 오키나와 말입니다.

오키나와가 또 그렇게 되어 버리는 건가요?

음, 1970년에 오키나와인들이 미군 부대를 방화한 사건이 있었다고 합니다, 천황 폐하 만세라고 외치면서.

오키나와인들은 천황을 많이 존경하나요?

사실 관계는 저도 확실히 모르지만, 여러모로 좀 의외였습니다. 물론 패전국이 승전국의 군부대를 방화하는 게 그다지 이상하지 않을 수도 있지만 말입니다.

한국 정서로 봐도 그건 별로 이상하지 않은데요?

그런데 말이에요. 1945년에 미군이 오키나와 상륙작전으로 들어왔을 때 일본 본토 군인들이 가장 먼저 죽인 사람들이 오키나와 주민들이었습니다. 미군의 스파이로 몰아서요. 심지어 조선인들보다 먼저.

그런데 천황 폐하 만세라고요?

당시의 학살에 대해 일본 교과서는, "오키나와 원주민들 중 표준어를 제대로 발음하지 못하는 자들을 골라 첩자를 색출하였다." 이렇게 기술하고 있습니다.

그러니까 단지, 자신들과 같은 언어를 쓰지 못했기 때문에?

그러니까, 네, 단지.

아버지에게 라텍스 신발을 네 컬레쯤 사다 주었을 때 그는 군대에 갔다. 그리고 그로부터 3년 후 그는 더 이상 영화 시나리오를 쓰지 않게 되었다. 그러나 이 문장은 적합하지 않을 수도 있다. 그가 영화를 쓰지 않은 이유는 군대와는 하등 관련이 없었기 때문이다. 그를 영화 밖으로 끌어낸 건 군대도 제대도 아니었다. 영화나 영화

감독 그 자체도 아니었으며 심지어 그 자신 또한 아니었다. 그를 영화 밖으로 끌어낸 건 한 명의 비평가였다.

그때까지 그는 아버지가 서점은커녕 도서관 앞을 서성이는 것조차 본 적이 없었다. 그에게 아버지는 그런 것들보다는 무른 고무바닥의 신발을 신고 거리를 청소하는 중년 사내에 더 가까웠다. 그런 아버지와 그가 딱 한 번, 책과 관련된 공간에 함께 머문 적이 있었다. 물론 이 '함께'라는 말은 부적절할 수 있다. 자세히 말하자면, 그가 대학을 졸업하기 위해 처음으로 학과에서 논문을 발표하던 날 아버지가 그를 보기 위해 찾아온 것이었다.

그러나 그날 그는 발표자라기보다는 공격받는 것을 숙명처럼 받아 든 분석의 대상자가 되어 있었다. 그는 그때까지 순수 창작물이 아닌 형태의 글을 써 본 경험이 거의 없었다. 그가 식은땀을 닦기 위해 손수건을 꺼내는 사이, 그제야 그는 아버지가 그곳에 있다는 사실을 알아차렸다. 얼굴이 붉어질 필요는 없을 것 같았다. 아버지는 내내 신중한 눈빛을 한 채 자신의 발끝만을 내려다보고 있었다. 어느 순간부터 그는 비아냥대는 질문들로부터 공격받는 것보다 아버지가 이 시간을 퍽 지루해하지 않을까 그런 것이 더 염려스러워졌다.

그러나 그날 그가 집으로 돌아왔을 때, 아버지는 그에게 이렇게 말했을 뿐이었다.

"이 세상에서 그런 글을 쓰는 사람은 너와 김현 둘뿐

이다."

순간 그는 아버지가 어떻게 김현을 알고 있는지보다 아버지가 자신의 글을 평가했다는 것에 더 놀랐고 몹시 벅찼다. 그는 다음 날 아침 일찍 학교 도서관으로 향했다. 김현의 저서들을 모아 놓은 서가 앞에 섰지만 어떤 것으로부터 시작해야 할지 난감했다. 그때 그의 눈에 띈 것은 한 권의 잡지였다. 《자유문학》. 김현은 1962년 「나르시스 시론」을 《자유문학》에 발표하면서 등단했다. 《자유문학》의 표지를 한참 바라보던 그의 귓가에 문득 김추자의 노랫소리가 울려 퍼졌다. 어디선가 석유 냄새와 델몬트 오렌지 주스의 냄새가 섞여 오는 것 같기도 했다.

다음 날 그는 시나리오 분과를 그만두기로 결심했다. 그렇다고 해서 비평 분과로 자리를 바꿔 나가지는 않았다. 그는 학교에 나가는 대신 혼자 글을 읽었다. 함께 영화를 만들던 친구들이 찾아와 한동안 그에게 화를 냈다. 예술가를 망치는 건 비평가뿐이야! 그럴 때마다 그는 고개만 끄덕였다. 그런가 하면 어떤 이들은 갑자기 눈물을 훔치며 그의 손을 잡기도 했다. 최종적으로 아무도 찾아오지 않고 누구도 그의 손을 잡아 주지 않을 무렵, 그제야 그는 겨우 비평가가 되는 문턱을 넘었다. 그가 비평가가 되어 돌아오던 날도 아버지는 마당에서 이제 막 구멍이 생기기 시작한 신발의 무른 고무바닥을 보고 있었다. 이후에도 그의 아버지는 무른 고무바닥으로 된 얇은 밑창의 신발을 신고 거리로 나섰다. 아버지는 김현의 부모 또한 마찬가지의 인생을 살았을 거라 믿는 눈치였다. 그런가 하면 그 또한 서른이 되고 서른셋이 되어서도 아침에 일어나면 쌀뜨물에 손부터 담갔다. 그도 어떤 면에서는 대부분의 자식들이 같은 방식으로 부모님의 방식에 응답하며 살아간다고, 어렴풋하게나마 그런 생각을 했기 때문이었다.

• REC

그런데 김현 말이에요. 저도 수업 시간에 들은 건데요, 새벽 4시까지 술 마시고도 책을 읽고 나서야 잤다고 하더라고요.

다음 날 몇 시에 일어났는지가 중요하지 않겠습니까.

또 그렇게 되어 버리는 것인가요.

자꾸 무엇이 되어 버리는 것 같아 죄송합니다만, 그런데요, 김현은 일단 두고서 말입니다.

네에.

지금까지의 이런 것들은 소설이 됩니까?

그의 아버지는 어느 새벽 길 위에서 죽었다, 라기 보다는 사라졌다. 일을 마치고 잠시 쉬러 들어갔던 숙소에서 아버지는 죽었다, 라기보다는 사라졌다. 어느 노숙자가 추위를 피하기 위해 피운 불이 번지며 숙소 전체를 태웠다. 아버지는 숙소에 있었으므로 숙소가 사라지자 아버지도 사라져야만 했다. 그가 도착했을 때는 아버지 발에 신겨 있었던 무른 고무바닥의 신발 한 짝만이 오롯이 남아 있었을 뿐이었다. 사라진 아버지와, 혹은 사라진 아버지의 몸에 관한 이야기를 들으며 그는 죽음이라는 단어를 아주 어렵게 떠올렸다. 죽는 것과 사라지는 건 다른 의미였다. 적어도 죽는 그 순간까지는 모든 것이 여전히 확실하게 존재한다. 존재하기 때문에 죽었다고 확신할 수 있는 거였다. 그러므로 모든 죽음의 전제는 '살아 있는' 것이었다. 여기까지. 그것이 그가 여태 죽음에 대해 알았던 것이었고 학습했던 것이다. 그러나 아버지는 흔적도 없이 '사라졌다'.

그는 아버지의 신발 한 짝을 태운 재가 담긴 상자를 들고 바다로 갔다. 바다로 가는 길에 그는 아버지와 갔던 극장을 찾아가 보았다. 그리고 극장이 있던 자리에 백화점이 들어섰다는 걸 깨달았다. 그제야 그는 자신이 그렇게 좋아하던 극장이 사라졌다는 걸 여태 인식하지 못했다는 걸 알 수 있었다. 그는 여전히 그 극장에서 눈물을 흘리던 아버지의 모습을 기억하고 있었다. 그러나 극장이 사라졌다는 걸 인식한 그 순간부터 모든 것이 달라지기 시작했다. 그 극장과 극장 안에서 눈물 흘리던 아버지의 모습은 조금씩 어두워지는 방 안에 놓인 무언가처럼 귀퉁이부터 서서히 허물어져 어둠속으로 스며들었다. 그러다 종내는 완전히 자취를 감췄다. 그리고 그 순간, 오히려 모든 것은 분명해졌다. 아버지는 죽었다. 사라진 것이 아니었다.

그는 자신이 어머니의 부재를 어떻게 견뎌 냈고 시나리오 작가에서 비평가로 마음을 바꿀 때 무엇을 수렴했는지 깨달을 수 있었다. 겨우 아버지의 유골을(정확히는 신발의 재를) 뿌리고 집에 다다랐을 때, 그는 떨리는 몸 때문에 자꾸만 어깨에서 흘러내리는 가방을 제대로 추스를 수도 없었다. 이제 무른 고무로 만든 신발을 신은 그 사내를 살아서는 다시 볼 수 없을 것이다. 아버지가 김추자와 김현을 기억하며 어머니가 반드시 돌아올 것이라고 품었던 기대조차 그는 아버지에게 가질 수 없게 된 것이다. 순간, 수천의 얇은 종잇장들이 그의 피부 표면을 스치듯 베었다가 떨어져 나가길 반복했다. 그 시간들만이 이제 끝없이 반복될 것이다.

• REC
저도 잠시만요, 소설은 좀 두고서요.
네, 무엇을 말입니까?
어머니는요? 정말 김추자를 만나러 가신 건가요?

네 번의 계간지가 출간되는 동안 그는 한 차례도 새

로운 글을 실을 수 없었다. 그즈음 아버지의 동료 한 명이 그를 찾아왔다. 그는 묵묵히 아버지의 동료가 사 온 주스를 나눠 마셨다. 주스를 반쯤 마셨을 때 아버지의 동료가 그에게 말했다.

"그런데, 너희 아버지가 무언가 먹는 걸 본 적이 거의 없구나."

잠시였지만 그는 주스가 든 컵을 놓칠 뻔했다.

"너를 혼자 두고 무언가를 마음껏 먹을 수는 없었던 것 같다만."

그는 주스 외엔 딱히 먹은 게 없는데도 구토가 밀려왔다.

"네 아버지가 어머니를 찾지 않은 게 아니다."

이번에 그는 아예 컵을 내려놓았다.

"네 어머니가 집을 나간 것이 결단코 아니다."

아버지의 동료는 여러 차례 크게 숨을 내쉬었다. '그런 시절'이라는 단어가 반복되었다.

"네 아버지가 그날까지도 거리에 있었던 게 바로 그 증거다."

아버지의 동료가 돌아간 후 그는 책으로 둘러싸인 자신의 방으로 들어갔다. 그러고는 아주 천천히 책을 한 권씩 들여다보았다. 어떤 책에도 선뜻 손이 가지 않았다. 책을 둘러보던 그는 애당초 자신은 신발장이였던 거라고 중얼거리기 시작했다. 그러면서 그는 아버지의 신발만을 발견했던 그날로 되돌아갔다. 처음엔 불을 지른 그 노숙자를 떠올렸다. 잔뜩 어깨가 굽은 채 손을 덜덜 떨던 그 노숙자를 말이다. 그는 분노로 온몸이 뜨거워지는 걸 느꼈다. 그러나 곧 고개를 저었다. 이번엔 너무 추웠던 그날의 날씨에 대해 생각했다. 가진 것 없는 이들이 최후의 수단이라고 생각하며 성냥에 불을 붙일 수밖에 없었던 그 독한 겨울의 추위에 대해 말이다. 이 생각은 자연스럽게 겨울에 대한 생각으로 이어졌다. 그는 겨울을 좋아했다. 어이없게도 그는 늘 죄책감 속에서 겨울을 좋아했다. 날씨가 추워지면 아버지처럼 밖에서 일하는 사람들이 힘들 거라는 죄책감 속에서도 아버지가 돌아올 때 사다 주는 군고구마나 붕어빵 같은 겨울 군것질거리들을 좋아했다. 생각 속에서 그는 문득 자신도 모르게 이를 악물기 시작했다. 악다문 입 때문에 침이 흘러내렸지만 개의치 않았다. 곧 추위에도 생계를 꾸리기 위해 내몰린 사람들에 대해 생각했고 그러자 다시 그 노숙자가 떠올랐고, 결국 죽음에 대해 '다시' 생각하게 되었다. 반복 속에서 이번엔 어머니가 떠올랐다. 평생 길 위에서 아버지가 찾아 헤맨 어머니. 그에겐 얼굴 윤곽선조차 뭉개져 가는 어머니가 떠오르자 그 화면 속에서 오히려 선명해진 것은 노래를 부르는 김추자였다. 「님은 먼 곳에」를 부르는 김추자, 「아침」을 부르는 김추자. 김추자가 떠오르자 이번엔 고정희와 조은, 최승자와 김혜순 그리고 《우리 시대의 문학》과 《자유문학》, 김현이 떠올랐다. 종내는 자신의 발을 내려다보던 아버지가 떠올랐다. 하지만 이번에 그는 몇 번이나 고개를 저어 아버지를 잠시 몰아냈다. 김현에 대해 '다시' 생각하기 위해서였다. 그의 아버지가 학교에 다녀갔던 그날, "이런 글을 쓰는 사람은 너와 김현뿐이다."라고 했던 아버지의 말은 사실 그의 기억이 왜곡되며 만들어 낸 것이었다. 이미 그가 평론가로 자리를 잡은 후, 당시 같은 자리에 있었던 동기들로부터 되찾은 그날의 기억 속에서 아버지가 했던 말은 이거였다. "나는 이런 글을 쓰는 사람이라곤 너희 엄마가 읽던 잡지에서 본 김현이라는 사람과 너밖에는 몰라서⋯⋯." 최종적으로 그는 책장의 모든 책에 대해 '다시' 생각했다. 생각하고 또 생각하다 생각만이 남았다고 생각될 무렵, 그는 모든 책을 마당으로 들어냈다. 그리고 석유 한 통을 구해 넉넉히 부었다.

김현의 『문학과 유토피아』를 시작으로 책들에 불을 붙이면서 그는 아버지의 신발도 함께 없애기로 마음먹었다. 이미 구멍이 보이는데도 아버지가 버리지 않고 쌓아 둔 신발들을 모두 꺼냈다. 신발 위로 석유를 뿌릴 때 그는 잠시 결연한 눈빛을 빛냈으나 신발에 불이 붙기 시작하면서는 그대로 마당에 주저앉을 수밖에 없었다.

고무 타는 냄새는 종이를 태우는 냄새와는 비교할 수 없이 독했다. 그는 연기 속에서 끝내 자리를 지켰다. 아버지의 발밑에서는 한없이 무르게만 느껴졌던 신발들의 연기는 그가 보듬고 살았던 책보다 훨씬 질기고 독했다. 책장에 넣어 두었던 그 어떤 책도 아버지가 걸어왔던 삶보다 더 단단할 수는 없었던 것이다. 그는 고무 타는 연기가 완벽히 사라지기 전 집을 나섰다. 그와 마주친 이웃이 어른 한 명은 너끈히 들어갈 것 같은 크기의 트렁크를 끌고 가는 그를 붙잡고 물었을 때 그는 조금의 망설임도 없이 이렇게 말했다.

"오키나와에 갑니다."

이웃은 강조하지는 않았으나 누구든 눈치챌 수 있을 정도로 혀를 찼다.

"오키나와에선 무엇을 할 셈인데?"

그는 마치 맹세를 하는 사람처럼 말했다.

"김추자를 찾아보겠습니다."

이웃은 어리둥절했으나 차라리 그 순간에는 그가 정상이 아닌 게 어쩐지 다행이라는 생각까지 들었다. 하나뿐인 가족이 죽었으니까 그럴 수도 있겠지. 그래서 그의 말에 적당히 맞장구를 쳐 줘야겠다고 마음먹었다. 무엇보다 김추자라면 그도 잘 알고 있었다. 옷차림이나 노래가 과연 이 나라에 사는 사람이 맞는 건가 싶었던 그 김추자는 풍기문란이라는 꼬리표를 달더니 어느 날 홀연히 사라져 버렸다. "김추자가 오키나와에 있대? 그럼 이제 추자가 아니라 아키코인가?" 그러나 이웃은 그 질문

대신 그저 오키나와에 가면 일본어부터 익혀 두라고 그에게 말했다. 이민자들의 가장 큰 문제는 언어라고 들은 바가 있었다. 정신을 바짝 차리고 살란 말도 덧붙였다.

"일본어는 결코 배우지 않을 겁니다."

그가 이렇게 말한 것도 같으나 그 답변에 대한 이웃의 기억은 명확치 않았다. 왜냐면 훗날 이 이웃은 그가 슬퍼서 정신이 없는 게 당연하다고 치부해 버린 자신에 대해 다시 생각해야 했기 때문이다. 어떤 것에 대해 당연한 것은 하나도 없다는 걸 깨닫지 못한 자신의 경솔함을 생각해 봐야 했고 종내는 후회해야만 했으니 말이다. 무엇보다 사람은 어떤 경험 이후에는 이전과 완벽하게 같은 사람이 되지 못한다는 것을, 자신이 너무나 중요한 것을 쉽게 간과했다는 사실을 이웃은 많은 후회 끝에 깨달았다.

그것은 죽음만을 두고 말하는 건 아니었다.

• REC

그래서, 찾았어요? 김추자?

어쩌면요.

어땠어요?

그냥, 노래도 잘 부르고 잘 웃는 사람.

돌아오지 않는대요?

이제 갈 수 없다고 하더군요.

왜요?

이젠, 추자가 아니라 아키코니까요.

*

이 인터뷰를 마친 뒤 얼마 후 나는 그가 급성 위선암으로 입원했다는 이야기를 들었다. 급성이라는 말이 붙은 것처럼 내가 그를 찾아갔을 때 그는 면회가 불가할 정도로 위독한 상태였다.

알다시피, 그는 내 소설에 인터뷰이로 등장했다. 아니, 그 말은 적합하지 않다. 소설이니 저 내용은 전부 거짓이었다. 소설의 내용이 거짓이라서 마음이 아픈 적은 그때가 처음이었다. 그의 아버지와 어머니는 이미 그가 어린 시절 사고로 돌아가신 데다가 하나 있던 형마저 얼마 전 병이 생겨 죽었기 때문이었다.

나는 그를 책으로 처음 만났다. 그는 1970년대와 1980년대를 연구하는 연구자였다. 나는 그가 쓴 책을 한 권 읽은 후 무작정 그를 찾아갔었다. 처음 만난 날 그는 청계천을 걷자고 제안했다.

"걸을까요?"

그는 그렇게 말하며 아직은 좀 더 피워도 될 것 같은 담배 끝을 털어 냈고 그대로 들고 가다 휴지통이 나오니 그제야 버렸다. 그 순간 나는, 내가 앞으로 그와 얼마

동안 알고 지내든 그 모습만큼은 영원히 잊지 못할 거라 생각했다. 청계천을 걸으며 나는 그에게 김추자에 대한 이야기를 했다.

"쓰신 책을 읽고 김추자가 좋아졌어요. 그런데 김추자는 당시에 얼마나 괴물 같다는 말을 많이 들었을까요? 하지만 저는 그게 마음에 남았어요."

내 말에 그는 잠시간 걸음을 멈췄고 나를 한번 봤다. 그러더니 불쑥 붓꽃이라는 것을 아느냐며 물가로 가 그 꽃을 가리켰다.

"붓꽃의 뿌리는 서로 단단히 얽혀서 한 송이만 꺾는 건 힘들어서요."

그렇게 말하며 나에게 매우 미안해하기도 했다. 그러나 설사 붓꽃이 쉽게 꺾인다 할지라도 그가 쉽게 꽃을 꺾는 사람은 아닐 거라 생각했다. 그리고 또……. 그래, 사실 그렇다. 그에 관해선 정말 여러 가지가 있다. 생각을 시작하면 말이다.

같이 걷던 그 길 끝에 있던 다동의 남포면옥, 커피를 자주 테이크아웃했던 을지로의 커피한약방, 뜬금없이 집에 전구가 나갔는데 그것을 갈아 끼우는 건 반드시 오늘이어야만 한다며 술에 취한 그가 앞장서서 들어갔던 진호전구사. 그리고 내가 그토록 찾아 헤매던 이연주와 고정희의 시전집을 찾아내 건네주던 알라딘 종로점까지.

나는 그가 위독하다는 말을 듣고도 그가 정말 죽진 않을 거라고 생각했다. 왜냐하면 반드시 그와 함께 다시 많은 곳들을 가고 싶었기 때문이다. 논문 때문에 두통이 생겼던 무렵에는 전시를 함께 보러 가기도 했다. 그는 원래 자신의 꿈이 미술학도였다며 함께 전시를 보러 갈 생각이 있느냐고 물었지만, 정작 그가 예매한 전시는 일민미술관에서 했던 1970~1980년대 잡지사라든가 그 시절 서울의 거리 복원 프로젝트와 같은 거였다. 내 논문은 1960년대부터 1980년대에 초점이 맞춰져 있었다. 국립현대미술관에서 하는 전시를 보기로 한 날엔 안국동에서부터 함께 걷자며 종로3가의 금강제화 앞에서 만나기로 했다. 조금 늦은 내가 지오다노 앞에서 신호를 기다리며 건너편의 그를 막 발견했을 때였다. 내내 사람들을 피해 서성이던 그가 누군가와 짧게 인사를 나누는 것을 보았다. 지인으로 보이던 그 사람이 별 의미 없는 듯 이야기 도중 그의 어깨를 툭툭 친다거나 담배 연기를 행인들 쪽으로 내뱉는 순간, 그 순간들 속에서 그는 주목하지 않으면 알 수 없을 만큼 몸을 움찔거렸고 입술을 깨물었으며 종종 시선을 바닥에 두었다. 나도 모르게 건널목에서 한 발짝 뒤로 물러섰다. 그의 지인이 별다른 위협적 신호 없이 그와 눈을 마주치고 손을 들어 인사를 하고 지나갔을 때였다. 나는 그가 지인이 바닥에 버린 담배꽁초를 조심스레 줍는 걸 보았다. 쓰레기통을 발견하지 못한 그가 담배꽁초를 자신의 주머니에 넣는 걸 본 뒤에도 나는 곧장 횡단보도를 건너 그에게 다가가지 못했다. 신호가 세 번쯤 더 바뀌길 기다렸다가 길을 건너 그에게 다가갔을 때였다. 아주 짧은 순간, 나는 담배꽁초를 주웠던 그의 손을 잡았다가 놓았다. 그가 아무 말 없이 내가 잡은 손에 힘을 주었다. 그렇게 우리는 몇 초간 서로의 손을 잡았다. 그날 우리는 전시를 보지는 못했고 대신 '여자만'이라는 전라도 음식점에서 소주를 몇 병 나눠 마시곤 주변을 산책하다 버스 정류장 앞에서 헤어졌다. 그는 버스에 오르는 내게 《우리 시대의 문학》 창간호를 주었다. 그답지 않게 내 말을 듣지 않았고 심지어 내 등을 조금 밀어 가며 버스에 오르게 했다.

"어쩌면 논문에 도움이 될지도 몰라요."

나는 그날 버스에서 아무 이유도 없이 눈물을 펑펑 쏟았다. 버스에 타자마자 곧장 눈물이 흘러내렸기 때문에 그가 어떤 모습으로 멀어졌는지도 보지 못했다. 그날 술자리는 즐거웠고 나는 그에게 《우리 시대의 문학》 창간호뿐 아니라 평소 가지고 싶었던 『전후 일본의 대중문화』라는 책도 선물로 받았다. 그런데도 나는 마치 간절히 기다리던 약속이 갑자기 취소된 사람처럼 서럽게 울었다. 집에 돌아와서도 건널목 너머에서 봤던 그의 모습에 한참이나 더 눈물을 흘렸다.

눈물이 멈추기 시작했던 건 《우리 시대의 문학》 창간호의 서문을 읽은 직후였다. 서문을 읽은 직후, 나는 그 서문을 쓴 이가 썼던 다른 글들을 찾아 읽기 시작했다. 그 이후 내 석사논문의 주요 텍스트는 『한없이 낮은 숨결』이 되었다. 나는 석사논문에서 이 소설이 난해한 형식적 실험을 위한 메타픽션으로서의 가능성만을 제시한 것이 아니라 폭압적인 당시의 정치 상황 속에서 진실을 말할 수 있는 방법으로 기능했고 이를 통해 리얼리즘의 한계를 넘어서고자 했다고 분석했다.

논문이 제본될 무렵, 나는 그가 죽었다는 이야길 들었다. 아버지와 어머니, 형까지 모두 죽고 그만 남겨진 죽음이었다. 남겨진 죽음이라니, 이 말은 조금 이상하다. 그래, 그와 죽음만이 남겨졌고 종내 죽음만 남겨진 죽음이었다. 나는 사람들의 비난 속에서도 장례조차 가지 않았다. 다만 그의 휴대전화로 몇 번 전화를 걸어 보았다. "오키나와 간 거죠?"라든가 "지금 남포면옥으로 나오세요!"라는 말들. 횟수가 거듭될수록 그 말들은 "오키나와로 정말 떠난 건가요?", "이제 날씨가 추워지고 있어요." 같은 것으로 바뀌어 갔다. 마지막 만남 이후 내가 그를 떠올리며 눈물을 흘린 적이 있었나. 그건 정확하게 기억나지 않는다. 단지 나는 무슨 말이 하고 싶어지면 그에게 전화를 걸었고 저렇게 녹음을 남겼다.

논문과 소설이 모두 나온 뒤에야 나는 주변 사람들

에게 그가 있는 곳을 물었다. 사람들은 전화기 너머에서 혀를 찼다. 그를 보러 가던 날 나는 국화 대신 붓꽃을 찾았다. 몇 군데를 돌고서야 붓꽃은 한 송이만 꺾는 게 쉽지 않아서 예약을 해야 한다는 말을 들었고 결국 엉뚱하게도 오하이오 블루를 한 다발 샀다. 종로가 아닌 파주에서 그를 보다니 나는 "너무 멀어요." 중얼거리며 그 사이에도 그에게 인사를 남겼다. 막상 그에게 가서는 길게 머무르지 않았다. 몇 번 정도 납골함이 담겨 있는 그곳의 유리를 닦았고 가만히 바닥에 앉아 김추자의 노래를 흥얼거렸다. 2200번을 타고 종로가 아닌 합정에서 내린 나는 커피한약방이 아닌 테일러커피에서 플랫화이트를 한 잔 마셨고 곧장 집으로 돌아왔다. 집 앞에 도착해 건물 현관에서 가방을 고쳐 들고 나서야 나는 두고 오려던 논문과 소설을 그대로 들고 왔음을 깨달았다. 얇은 한숨, 논문과 소설을 내려다보던 나는 문득 누군가 내 뒤에 서 있는 것을 느꼈고 옆으로 조금 비껴서 섰다. 그때였다. 머리카락 조금 흩날릴 만큼 불어온 바람에 옅은 고무 냄새가 흘러왔다. 순간 나는 잠시 모든 것을 멈추었던가. 모른다. 다만.

이제 가자, 아키코.

나는 천천히 뒤돌아 그의 발로 시선을 가져갔다. 무른 고무로 만든 얇은 바닥을 가진 신발. 결코 넘어지지 않을 것처럼 단단히 바닥을 딛고 선 그가 그곳에 있었다.

나비의 향로 끝수

어두워져야 볼 수 있는 건 뭐가 있지?

귀신?

그것도 있다. 스파이, 간첩.

하지만 스파이는 낮에도 움직이잖아.

그런가?

그렇다면,

빛.

나는 고개를 돌려 주희를 바라보았다. 어두워져야 볼 수 있는 것? 이라고 말하면서.

누군가 주희에게 희가 아버지인지 어머니인지를 물으

면 그저 이렇게 말할 수 있었다. 만신. 대무녀. 그러면 어머니인가? 그저. 만신. 대무녀. 희는 1대 만신인 어머니 유순옥의 뒤를 이은 2대 만신이었다. 1대 만신 유순옥은 경성 최고 권번을 졸업한 뒤 훗날 조선 레뷰* 열풍의 주인공이 되는 배구자와 금성오페라단을 만든 권삼천, 다국적 소녀 가극단 스즈란자의 일원인 권익남과 함께 동경행 배에 오른 재원이었다. 희는 무속춤에 빠진 유순옥이 만신이 되기 위해 조선행을 택했을 즈음에 태어났다고 한다. 동경에서 조선이라면, 현해탄을 이야기하는 걸까 물었을 때, 희는 그저 이렇게 중얼거렸다 한다.

"바다. 바다의 바다. 중간."

그러나 그 시절 무당이란 여성에게 내려지는 가장 큰 형벌 중 하나로 여겨졌다. 귀신 이야기가 대부분 억울한 죽음을 당한 여성들에 관한 것이라서였을까. 그러나 유순옥의 운명은 집안의 유일한 남성인 희에게로 대물림되었다.

"저 옷은 쟤가 나보다 낫네."

그날 희는 유순옥이 가장 아끼던 옷을 입고 작두 위에 서 있었다. 희의 춤을 본 유순옥이 남긴 말은 그게 전부였다. 유순옥은 실제로도 놀라지 않았다. 그가 동경에서 유학하던 시절, 아사쿠사의 극장가에서는 남자

---

* 흥행을 목적으로 노래, 춤 따위를 곁들여 풍자적인 볼거리를 위주로 꾸민 연극.

배우의 여장도, 여자 배우의 남장도 흔한 일이었다. 유럽, 시카고, 중국까지 순회공연을 다니던 소녀 연예인단 덴카이스지차의 배구자가 유명세를 얻은 것도 「소공자」의 주인공 역을 맡았기 때문이었다. 남성의 옷을 입은 여성 배우들을 따르는 소녀 팬들로 그 시절 경성의 극장가는 연일 만원사례였다. 만신이 데리고 다니던 당사당 패의 남성들은 무당이 접신할 때 여성의 옷을 입고 흥을 돋우는 일을 했다. 경성 극장가를 떠들썩하게 했던 권금성의 배역도 촌부였다. 그러니 무당이라면 반드시 여성일 거라고 믿은 사람들의 생각이 너무 단순했던 것인지도 몰랐다.

"그거는, 여성들이 얼마나 슬펐니. 죽고 나서야 겨우 그 슬픔에서 해방됐으니까, 살아서는 말 한마디 할 수 없었으니까 그렇게 믿은 거지."

주희는 그렇게 말하곤 했다. 아무리 그래도 사람의 일을 두고 형벌이라니, 신의 목소리로 삶의 진실만을 전해야만 하는 것이라니. 그러나 주희의 말이 거짓은 아니었던 모양이다. 어느 순간 사람들은 무당의 목소리를 두려워했다. 식민 지배가 시작되자 무당들은 미신에 심취해 허언을 일삼는 사람들이 되었다. 해방이 되자 무당의 말은 빨갱이들의 암호로 불렸다. 무당들이 하는 이야기는 제국의 것도, 남조선이나 북조선의 것도 아니었기 때문이다. 그러므로 1948년, 지리산 자락 북쪽 남원골에 빨치산들이 내려오던 날, 만신이었던 대무녀 희는 가장 먼저 산 채로 땅에 묻혀야 했다.

귀신, 간첩, 할머니. 무당은 신의 목소리를 들었고 간첩은 북의 말을 전했으며 할머니들은 너무 오랜 세월 동안 사람들이 한 일을 기억하고 있었다. 게다가 그해, 빨치산의 주축으로 지목된 이들은 주희의 형 주혁과 주율이었다. 경성제국대학의 장학생이었던 형들이 대체 왜 거기에 있었을까. 하지만 당시 주희는 형들의 안위를 더 이상 궁금해할 수 없었다. 주희는 그때 남원도 경성도 아닌 동경에 있었다. 목포상고를 졸업하고 경성제국대학 장학생이 된 형들과 달리 주희는 학교생활에 영 적응하지 못하는 낙제생이었다.

"그곳엔 아름다운 게 없었어."

주희는 학생들이 입었던 옷을 두고 제복 같은 교복이라고 했다. 실제로 선생들은 군인들이 입는 제복을 입고 칼을 차고 수업을 했다. 그들이 니체니 카프카니 곰브로비치니 하는 작가들에 대해 말하면 주희는 수치심을 느꼈다. 제복이 정신을 괴롭혔다면 육체를 괴롭힌 건 남달리 왜소한 체격이었다. 학교에 들어가기 전 주희의 체격은 전혀 문제가 되지 않았다. 오히려 만신을 따르던 작은 무녀들은 주희에게 색색의 옷을 입혀 보고 감탄 섞인 칭찬을 하곤 했다. 주희는 어느 날부터인가 학교에 가지 않고 집에서 책을 읽었다. 소녀 아니냐며, 학교에서 바지가 벗겨지는 수모를 당한 날부터였을 것이다. 치마를 입고 나타난 주희를 물끄러미 바라보던 희는 경성에 갈 짐을 꾸리라고 말했다.

희와 주희가 경성행 기차에 오른 1942년 어느 날, 일본과 중국, 미국 순회공연을 마치고 이제 막 조선에 도착한 열여섯 명의 소녀도 그 기차에 탑승했다. 그들이 바로 '꽃이 일제히 피는 것 같다'는 군무로 유명했던 다카라즈카 극단의 소녀 연예인단이었다. 경성역에서 주희의 눈에 가장 먼저 들어온 건 엄청나게 쏟아지던 밝은 빛이었다. 그것은 소녀 연예인을 향한 플래시 세례였다. 그러나 카메라의 플래시 빛보다 더 강렬하게 주희를 흔든 것은 건너편 어둠 속에서 들려오던 목소리였다. 그것은 열여섯 명의 소녀를 향해 열렬한 사랑 고백을 하던, 다카라즈카의 열여섯 소녀를 사랑해 마지않던 조선의 소녀 팬들의 목소리였다.

주희, 주희도 다카라즈카 소녀 연예인의 팬클럽이었어? 주희는 고개를 저었다. 다만 거기엔 아름다움이 있었어. 누가? 열여섯 명의 소녀가? 그래, 물론 중심의 소녀들도 아름다웠어. 그런데 말이야.

"그들을 향해 사랑의 말을 건네던 어둠 속의 소녀들이 너무나 아름다웠지."

어쩌면 그때 주희는 여성의 옷을 원하던 자신에 대해 말했던 게 아닐까. 잠시 뒤 주희가 희를 올려다보았다.

우리는 왜 경성에 온 거야? 주희의 물음에 미소를 머금은 희가 다카라즈카 극단을 가리켰다.

한편 다카라즈카 극단을 마주한 희는 어느새 1929년 경성의 밤거리에 서 있었다. 그날, 유순옥과 희는 1921년 중국 다롄에서 조직된 다국적 소녀 가극단 스즈란자의 조선 극장 레뷰 무대를 함께 보았다. 가까이는 동경소녀 가극단을, 멀리는 미국식 버라이어티쇼를 표방했다는 스즈란자에는 여덟 명의 조선 소녀들도 있었다. 1929년 경성에서 뜨거운 관심을 받았던 것은 스즈란자뿐이 아니었다. 배구자가 아홉 살 나이에 입단하여 인기를 끌었던 덴카이스이치자, 동경 아닌 경성발 소녀 가극단이라는 포부를 내세운 낭랑좌가 관객 몰이에 한창이었다.

희는 중국, 일본, 조선 구분할 것 없이 남장을 한 소녀 배우들이 다정하게 섞여 있던 그 무대에 온통 마음을 빼앗겼다. 공연을 보고 나왔을 때, 극장 벽면을 가득 채운 포스터가 배구자 예술회의 공연 소식을 알리고 있었다. 포스터를 바라보던 희의 머릿속에 언젠가《매일신보》에서 보았던 기사가 떠올랐다. 그 유명한 소녀 연예인 배구자가 예술회를 설립하고「몽 파리」와 같은 미국식 레뷰뿐 아니라「아리랑」과 같은 조선의 희곡을 소녀 가극으로 선보인다는 내용이었다. 어린 시절 일본 가정으로 입양되었던 배구자는 근화학교의 초청 강연에서 간단한 인사조차 조선어로 하지 못해 통역을 필요로 했다. 많은 관객들은 배구자의 공연을 재밌게 보고도 툭하면 그가 조선말도 못하고 서양 문물에 넋이 나간 모던 걸이라느니 일본 여자라느니 하며 비꼬곤 했다. 그러나 희가 느끼기에 일본 관객이 바글대던 국제 박람회장의 무대에 조선 무용을 올린 것은 조선말도 못한다는 바로 그 일본 모던 걸 배구자였다. "이제 소녀 연예인들의 무대를 보기 위해 아사쿠사까지 견학을 갈 필요가 없어요." 기사 속 배구자의 인터뷰를 보며 희는, 어쩌면 국경을 넘는 가장 빠르고 안전한 방법은 소녀 연예인들의 춤과 노래, 그리고 그들을 사랑하는 또 다른 소녀들의 숨길 수 없는 사랑일 것이라고 생각했다.

"난 그 학교로 돌아가고 싶지 않아." 주희의 말에 희는 다시 1942년 경성으로 돌아왔다. 그러고는 주희의 어깨를 한번 쓸어 주었다. 응, 희의 목소리는 작았지만 그 무엇보다 커다란 지지가 담겨 있었다.

그래서 주희는, 어디로 갔지? 주희는 결국 경성으로 돌아왔다.

이게 무슨 말인가 하면, 그로부터 6년 후 게이오 대학 철학과 강의실에 앉아 있던 주희는 수업 도중 순사에게 뒷덜미를 잡혀 조선으로 가는 배에 태워졌다. 뒷덜미를 잡혀, 하고 말할 때 주희는 경련을 일으키듯 살짝 몸을 떨었다. 귀신, 간첩, 할머니는 다 죽였대. 젊은 여자들은 끌려가고 말이야. 조선으로 향하는 배 위에서 그

이야기를 들은 주희는 산 채로 땅에 묻혔다는 희의 마지막에 대해 생각했다. 분명 동네 사람들은 희가 남자인 줄 알고 있었다. 그런데 어째서 희가 죽을 때까지 누구도 그 말을 해 주지 않았던 걸까. 사람들은 무슨 일이 일어나면 가장 먼저 만신을 찾아왔다. 그러면서도 집에 돌아갈 땐 딱한 눈으로 만신을 바라보곤 했다. 하지만 적어도 희의 당사당패는…… 거기까지 생각하던 주희가 고개를 저었다. 이윽고 주혁과 주율이 희가 낳은 아이가 아니라는 걸 알았을 때 수군거리던 사람들의 얼굴이 스쳐 지나갔기 때문이다. 주혁과 주율의 어머니라는 이유로 거꾸로 선 채 죽었다는 희. 거꾸로 선 시신은 끝없이 주희를 따라다녔다. 주희는 거꾸로 선 희로부터 멀어지고 싶었다. 그러나 망망대해에서 갈 곳은 바다뿐이었다. 그러니까 희가 태어난 그곳, 중간. 바다의 중간. 물론 그 생각은 현실이 되지 못했다. 이번엔 또 다른 사람이 주희의 뒷덜미를 잡았다. 같은 뒷덜미인데도 이 말을 할 때 주희는 몸을 떠는 대신 옅은 웃음을 보였다.

해녀 이 씨.

기억하기로 주희에게 친구는 단 한 명뿐이었다. 조선으로 끌려가는 배에서 주희의 뒷덜미를 낚아챈 사람, 한밤중 바다의 중간에서 나타난 그이, 해녀 이 씨. 그때 주희와 이 씨에겐 둘 다 이름이 없었다. 그곳에서 둘은 그냥 빨갱이였다. 주희에겐 주혁과 주율이 있었다지만

이 씨는 왜? 제주도면 오히려 빨갱이의 반대편 아니야?
맞는 말이었다. 하지만 이 씨는 그때 제주도에서 홀로
살아남은 여성이었다. 이 씨는 4.3 때 제주도민의 절반
이 죽자 가족을 찾을 새도 없이 혼자 밀항선을 타고 후
쿠오카로 넘어갔다. 이 씨는 파친코에서 몰래 일을 하다
붙들려 다시 배에 태워졌다. 주희는 자기보다 머리 하
나쯤은 큰 이 씨를 똑바로 올려다보았다. 누군가 자신
을 만지는 것이라면 질색하던 주희였다. 바지가 벗겨지
고 가슴이 있는 거 아니냐며 윗옷을 툭툭 치던 사람들
이 있던 학교에 다니면서 생긴 버릇이었다. 그런 주희가
가만히 참고 있었다니 놀라웠는데, 들어 보니 다 이유가
있었다.

"너, 옷 좀 바꿔 입자."

이 씨는 주희의 셔츠를 가리켰다. 그러나 주희의 시선
은 바닥으로 향했다. 어두운 밤바다에 떠오른 달은 이
씨의 해진 치맛단을 유난히 선명하게 보여 주고 있었다.
주희는 곧 언제나 반듯하게 접혀 있던 희의 치맛단을 떠
올렸다. 그사이 이 씨는 고개를 갸웃했다. "일본 놈인
가? 혹시 내가 제주도 말을 했나?" 주희는 시간이 흐른
후에야 이 씨의 혼잣말을 이해했다. 이 씨는 그때 일본
어를 전혀 할 줄 몰랐던 것이다. 어쨌거나 둘은 그 배에
서 무사히 탈출할 수 있었다. 그저 옷을 바꿔 입었을 뿐
인데 여자 옷을 입은 주희와 남자 옷을 입은 이 씨를 누

구도 알아채지 못한 것이다. "남자 옷이 이렇게 전지전능할 줄이야." 그렇게 중얼거리는 이 씨는 몹시 신나 보였고, 분명 죽으려고까지 했던 주희였으나 그런 이 씨를 보자 자기도 모르게 웃음이 떠올랐다.

배에서 무사히 내린 그날 밤 주희와 이 씨는 동양극장 처마 밑에 자리를 잡았다. 경성의 주점들이 밤늦게까지 불을 밝혔지만 주희는 아주 오랜만에 깊은 잠에 빠졌다. 무언가 어른거린다는 느낌에 실눈을 떠 보니 이 씨가 주먹밥 하나를 주희 앞에 가져다 놓는 게 보였다. 정작 자신은 물을 들이켜던 이 씨. 다음 날 주희는 이 씨와 바꾸어 입었던 치마의 밑단을 정성스레 접으며 조심스럽게 물었다.

"이름이 뭐예요?"

"이름 같은 거 몰라, 넷째라고 불렸어. 딸이 다섯이었거든."

그러더니 주먹밥을 가져다 둔 건 그저 옷값을 대신한 거라며 헛기침을 했다.

"그럼, 내가 이름을 만들어 드릴까요?"

주희는 희를 따르던 어린 무녀들에게 이름을 지어 주곤 했다. 그들은 대부분 이름이 없었다. 그때는 톨스토이나 프라스터 메리메와 같은 번역 소설들이 동경에서 경성으로 곧장 들어왔고 연극으로 만들어지며 큰 인기를 끌었다. 안나, 에레나, 쏘냐와 같은 이름도 덩달아 유행이었다. 주희는 책에서 나온 이름을 가져와 불러 주었다. "사람이 된 기분이야." 어린 무녀들은 주희가 만들어 준 이름을 무척 좋아했다. 이 씨도 이름이 생기면 좋아할 것 같았다. 그리고 만약 이 씨가 허락한다면 주희는 그 이름을 줄 생각이었다, 이보나. 곰브로비치의 희곡 부르군드의 공주 이보나, 왕자 앞에서 결코 웃지 않아 미움받는 공주, 나라의 위계와 가족의 질서, 세상의 법칙을 파괴한다며 죽음을 당하는 공주 이보나. 훗날 이 씨가 말한 그 당시 자신의 속마음은 이러했다. '빨갱이라고 다 같은 건 아닌가, 주희는 머리를 쓰다듬고 싶게 착한 사람이네.' 하지만 정작 그날, 이 씨는 주희의 말에 울음을 터뜨렸다. 놀란 주희가 주머니를 뒤집어 손수건을 꺼냈을 때 이 씨는 말했다.

"야, 내가 너 돈 벌게 해 줄까?"

그렇게 이 씨가 주희를 데리고 간 곳은 극단이었다. 그러니까, 소녀 연예인을 찾는다는 극단.

1921년에 조직된 예술협회는 "학력 보통학교 졸업 이상, 연령 17세 이상 22세 이하. 단 품행이 단정한 독신자 여성 배우 모집"이라는 공고를 냈다. 하지만 소녀 연예인을 뽑는 가극단과 여성 국극단만큼은 그렇지 않았다. 학교를 나오지 않아도 혼인을 해도 혹은 혼인을 안 해도 상관없었다. 주희와 이 씨는 망설임 없이 그곳으로 갔다.

그리고 3년 후. 주희와 이 씨는 다시 그곳을 나와야 했다. 1959년, 정권이 바뀐 뒤 나라에서 설립한 예술협회는 다시 이런 공고문을 붙였다.

"품위가 있고 학력 조건이 되는 연극인 모집."

전쟁에서 돌아온 남성들이 우선 채용되었다. 여성이 남성을 연기하고, 대학을 나오지 않은 소녀들이 하던 국극은 점점 설 자리를 잃었다. 주희는 고심 끝에 이 씨에게 연극협회에 시험을 보러 가자는 말을 꺼냈다. 그런 주희에게 이 씨는 마치 전생을 떠올리는 사람처럼 제주도 시절의 이야기를 꺼냈다.

"나 그때 후쿠오카에 가면서 아이를 두고 왔어. 갓난쟁이."

주희도 처음 듣는 이야기였다. 주희의 놀란 표정에도 이 씨는 웃어 보였다.

"이 나라에서 나는 품위 없는 여자라고, 학력도 안 되고."

하지만 네가 도망친 건 그곳에 그대로 있다가는 이유도 모른 채 빨갱이가 되어 죽음을 당하니까, 밀항선에 갓난아이는 태울 수가 없으니까. 만약 그 아이가 울기라도 하면 배에 있는 사람들이 모두 바다에 던져질 수도 있으니까. 그래서 그런 거잖아, 너도 죽고 모두를 죽일 순 없어서 그런 것뿐이잖아. 그러나 주희는 그 말을 하지 못했다. 주희도 알고 있었다. 게이오 대학에 입학한 적이 있는 생물학적 남성인 주희는 연극협회에 들어갈 수 있을지 몰라도 자기가 낳은 아이를 두고 혼자 살아남은 해녀 이 씨는 결코 그럴 수 없다는 걸 말이다.

"그러고 보니까 그 애도 이름이 없었네. 보고 싶을 때 이름을 부르면 좋을 것 같은데⋯⋯. 그때도 너를 알았으면 좋았겠지. 그럼 그 아이에게도 이름이 생겼겠지?"

주희를 향해 돌아선 이 씨는 어느새 분장을 마치고 장군이 되어 있었다.

"선화공주님, 그래도 공주님이 제 이름은 만들어 주셨잖습니까."

사실 그 3년 동안 극단 안에서 주희와 이 씨가 어떻게 지냈는지, 저러한 이야기들 말고는 정확히 들은 것이 별로 없었다. 그저 주희는 선화공주 역으로, 이 씨는 선화공주와 사랑에 빠진 장군 역으로 제법 큰 사랑을 받았다는 이야기들뿐이었다. 무슨 재밌는 기억은 또 없었어? 라고 물으면,

"나는 그게 좋았어, 내가 남자든 여자든 나를 사랑해 주던 관객들."

그러고는 다른 이야기들을 시작하는 거였다. 가령 공연이 끝난 밤 이 씨가 주희를 데리고 간 서대문의 카페 랑자국(娘子國)에서 먹었던 스위하 ─ 트 칵텔이라든가 구약나무 뿌리로 만든 곤약구라든가 하는 것에 대한 이

야기. 스위하—트 칵텔은 모던 걸과 모던 보이들이 즐겨 마시던 달달한 술이었다. 스위하—트 칵텔을 처음 마신 날 주희는 달달한 맛에 몇 잔을 금세 들이켰고 결국 이 씨에게 업혀 집으로 돌아왔다. 아이고, 무슨 처자가 이렇게 술을 마셔, 모던 걸이 되려고 그러는가! 이 씨에게 업혀 들어온 주희를 보고 세 들어 살던 집의 주인이 혀를 찼다.

하지만 내가 아는 주희는 취한 적이 없었기 때문에 그 이야기가 조금은 엉뚱하게 느껴질 때도 있었다. 주희는 아침마다 배달된 신문을 뒤적이며 커피를 내리고 오후에는 구운 비스킷을 제철 과일과 함께 먹는 걸 좋아하는 사람이었다. 그러나 그렇게 갸웃할 때마다 주희는 술이 맛있어서가 아니라 카페 랑자국에 흐르던 미국의 재즈 음악 폭스트롯, 훗날 엔카의 기원이 되었다던 그 음악이 너무 좋았다고 말하곤 했다. 또 언젠가는, 폭음하느라 늦게 들어가는 모던 보이들이 자신을 데리러 온 부인들과 설전 벌이는 걸 구경하는 게 철없이 좋았다고 했다. 카페 랑자국에서 나와 청진동 쪽을 걸을 때 마주치는 1900년대부터 있었다던 국밥집들 이야기도 했다. "'달빛을 이고 마시다'라는 국밥집에서 밤참을 먹으면 이 씨는 국밥을 하나도 안 남기게 먹어. 나는 평생 밥알을 세느라 바빴는데." 그러면서 웃느라 입을 가리던 주희.

국극단에서의 이야기든 그 시절 경성에 대한 이야기든 생각해 보면 주희가 꺼낸 이야기의 결론은 늘 이 씨였다. 주희가 그렇게 좋아하던 카페 랑자국에 발길을 끊게 된 것도 마찬가지였다. 하루는 줄줄 새는 월급을 보던 주희가 엉뚱하게도 그곳을 알려 준 이 씨에게 가벼운 타박을 시작했다고 한다. 이 씨는 심드렁한 표정을 지어 보였다. "이거 오사카에 있던 다방이야. 동경에도 있었다던데, 너 되게 가난한 유학생이었구나." 그러더니 주희의 머리를 쓰다듬어 주었다.

"얘가 그래서 지금 이렇게 돈을 쓰니? 니체인가 뭔가를 읽어도 다 소용이 없구나?"

주희는 니체라는 이름에 말문이 막혔다. 그 뒤 주희는 카페 랑자국엔 얼씬도 하지 않았고 한동안 니체 읽기에 전념하였다. 아모르파티란 대체 무엇인가? 정작 주희의 머릿속엔 스위하 — 트 칵텔과 그걸 마시던 모던 걸, 모던 보이 그리고 이 씨의 커다란 손이 맴돌았지만.

극단을 나오게 된 이후에 주희와 이 씨는 오랜 시간 만나지 못했다. 주희는 가끔 이 씨가 부산에 나타난다는 이야기를 들었다. 후쿠오카로 건너간 이후 만나게 되었다는 재일 조선인 남편이 조선 학교에 헌신하는 사람이라서 이 씨가 그런 남편 대신 생계를 꾸린다는 거였다. 그러나 해녀 일만으로는 남편이 데리고 온 아이들을 키우기가 어려워서 밀수품 장사를 시작했다는 거였다. 재일 조선인이 부산에? 하지만 없던 일이 아니었다. 부산의 가정집에서는 일본 방송이 나왔다. 후쿠오카 사람들은 한국의 가요 프로그램을 보았고 부산 사람들은 일본의 엔카를 트로트처럼 들었다. 소리와 전파에는 경계가 없었다. 게다가 일제 밥솥이나 인스턴트커피 같은 것들이 인기였다. 막상 이 씨가 파는 것은 미국제 분유라고들 했지만. "빨갱이 때문에 죽을 뻔했으면서 어떻게 재일 조선인하고 산대?" 사람들은 주희와 이 씨가 친했다는 걸 알면서도 그런 말을 하곤 했다. 주희는 반응하지 않았다. 가족도 믿지 말라던 1970년대였으므로. 그리고 또 하나, 주희는 사람들이 진짜 하려는 말이 무엇인지 알고 있었다. 자기 자식은 떼어 놓고 남의 자식을 위해 돈을 번다는 말. 그러니까 빨갱이가 됐지! 그 시절 빨갱이는 만능의 단어였다.

귀신, 간첩, 할머니. 어느 날 주희가 이 씨의 이야기를 하는 사람들 앞에 그 단어를 늘어놓았다. 1987년, KBS 뉴스는 부부 싸움 끝에 한국인 남편에게 살해당한 홍콩의 수지 킴이 사실은 한국인 납치를 기도한 북한의 여간첩이라고 보도했다. 물론 얼마 뒤 수지 킴은 남편의 가정 폭력에 의해 살해당한 것으로 밝혀졌지만, 텔레비전 뉴스가 전부였던 그 시절 사람들은 진실을 알 수 없었다. 주희는 아무 말 없이 수지 킴의 이름과 얼굴을 바라보았다. 그러고는 주술을 외우듯 저 단어들을 발음했다. 그런가 하면 1990년에는 그 유명한 할머니 공작원, 북한 서열 22위인 이선실이 강화도를 통해 북으로 귀환한 사건이 있었다. 이제 텔레비전 뉴스는 각자 집에서 일일 드라마를 시청한 후 보는 거였으므로 주희는 이선실에 대한 이웃들의 의견이 무엇인지는 알 수 없었다. 그러므로 주희의 반응도 좀 달라졌다. "왜? 할머니는 간첩하면 안 되나? 항상 인자해야 돼?" 주희는 그때 왜 그렇게까지 화를 냈을까? 하지만 시간이 흐르고 보니, 그건 마치 소녀가 항상 여자여야 하는 것도 아니잖아, 라는 말 같기도 했다. 주희도 어느 시절엔 선화공주였듯이 말이다.

그런데, 잠깐. 경성에 남았다던 주희가 부산의 일은 어떻게 알았을까?

이 이야기를 하려면 우선 주희가 결국 부산으로 오게 된 사정을 처음부터 이야기할 수밖에 없다. 이 씨가 떠난 지 얼마 지나지 않아 주희는 자신 또한 연극협회에 들어갈 수 없다는 것을 알게 되었다. 주혁과 주율의 동생인 주희의 이름은 연좌제의 맨 앞줄에 있었다. 그렇다고 해서 주희가 바로 경성을 떠난 건 아니었다. 그 뒤 주희는 양조장에서, 신문사에서, 그리고 술집과 목욕탕에서 일했다. 양조장과 신문사에선 각각 일본어로 된 주문을 받고 기사를 번역했다. 술집에선 기생관광을 오는 일본인들을 상대했다. 그즈음은 일본 게이들이 한국으로 남창 관광도 자주 왔으므로 주희에게 연애를 거는 일본인 사업가도 꽤 있었다. 주희는 그들과 연애를 하진 않았으나 경복궁이며 창경궁 같은 곳을 안내해 주고 팁을 받기도 했다. 쉬는 날을 노려 목욕탕에선 때밀이를 했다. 그렇게 모은 돈으로는 연극을 보러 다녔다. 그리고 가끔은, 이 씨의 이름을 중얼거렸다. 보고 싶을 땐 이름을 불러 보면 좋을 것 같다고 하던 그 이름을.

그렇게 연좌제도 돌리지 못한 연극에 대한 마음은 뜻하지 않은 누군가의 등장으로 자연스레 그 방향이 틀어졌다. 어느 날 주희에게 아이가 생긴 것이다. 결혼? 아니었다. 연좌제에 이름을 올린 주희는 그 누구와도 결혼할 마음이 없었다. 연좌제에 이름이 오른 사람들은 거주지에서 몇 킬로미터 이상 벗어나면 당국에 신고를 해야 했다. 항상 누군가가 자신을 지켜보는 느낌 속에서 살아야 하는 것, 자신이 죄가 없다는 사실을 늘 증명해야 하는 것. 그걸 누군가에게 대물림할 생각이 없었다. 다만 주희는 어느 순간부터는 자신을 감시하는 형사들과도 동네 이웃처럼 지냈다. 여름엔 수박 물을 나눠 마시며 걸었고 겨울엔 주머니에 넣어 두었던 베지밀을 건네주기도 했다. 담당하던 형사가 죽었을 때는 조문도 다녀왔다. "대체 왜 주희가 그 사람들을 이해해야 돼? 국가에서 시켰든 아니든 이해까지 할 필요는 없잖아?" 이렇게 화를 내며 물어도 주희는, "그래, 그거, 확실히 인간이었네. 죽은 걸 보니까." 하고 말했다.

어쨌거나 그 시절 주희는 일자리 찾기에 바쁜 청년 계약직 노동자였으니까. 생활을 이길 수 있는 것은 없으니까. 어쩌면 그랬기에 자신을 감시하던 이들과도 묵묵히 평화를 유지할 수밖에 없었는지도 모른다. 그렇다면 더욱이 어떻게 주희에게 아이가 생긴 걸까? "꼭 결혼해야만 아이가 생기는 건 아니지." 주희는 그 말을 할 때마다 굉장히 귀찮아하는 표정이었는데 아마 그 질문을 수도 없이 들어서인 것 같았다.

주희는 아이를 명동에 새로 생긴 프린스호텔 다방에서 만났다. 그날은 만월의 아주 밝은 밤이었다. 열여섯 명의 소녀 연예인을 본 날처럼 말이다. 주희에게 아이를 데리고 온 건 희의 당사당패에서 징을 치던 이였다. 그는 주혁의 아이라고만 짤막하게 소개했다. 주희는 가만히 주혁의 나이를 꼽아 보았다. 그래. 그래도 아이는 낳을 수 있었다. '그건 그런데요, 희가 죽을 때 당신은 어디서 뭘 했어요? 희가 여자가 아니라는 걸 가장 오래 알던 사람이 당신이잖아? 왜 못 구해 줬어? 왜 그랬어요?' 주희는 그 말을 진짜로 뱉게 될까 봐 연신 물을 들이켜야 했다. 아이를 데려온 이는 잠깐의 침묵 끝에 딸을 찾으러 하와이에 가야 하기 때문에 아이를 더는 맡을 수가 없다고 사정을 설명했다. 미군과 결혼해서 하와이로 간 딸이 어느 순간부터 소식이 닿지 않아 걱정이라는 말도 덧붙였다. 주희가 아무 대답 없이 물만 연신 들이켜자 그는 잠시 아이를 바라보다 이런 말을 꺼냈다.

"여자 옷을 끝까지 벗지 않겠다고 한 건 만신이셨습니다."

그의 말에 주희가 물컵을 내려놓았다. 계속 들고 있다간 놓쳐서 깨 버릴 것만 같았다. 주희가 애써 숨을 고르고 앞을 보았을 때 그는 고개를 떨군 채 눈물을 흘리고 있었다.

"태어날 땐 몰라도 죽을 땐 자기 자신으로 죽을 수 있으면 좋겠다고요."

만월이라서 더욱 선명한 한밤의 그림자 속에서 아이는 주희의 옆에 꼭 달라붙어 걷고 있었다. 주희는 그런 아이의 그림자를 보며 평소보다 조금 천천히 걸었다.

주희는 자신의 의지와 상관없이 인생에서 무언가가 자주 사라졌고, 그때마다 자신이 그것을 충분히 감내해 왔다고 생각했다. 하지만 그날 다방에서 주희는 자신이 그걸 받아들인 게 아니라는 걸 깨달았다. 희가 사라진 자리에는 이 씨가 있어 주었고, 이 씨가 주희의 인생에서 걸어 나간 후에는 아이가 찾아와 준 것이다. 주희는 아이의 그림자를 보며 자기도 모르게 이 씨의 이름을 중얼거렸다. 이 씨가 떠나던 날, 주희는 어두운 바닥을 더듬어 무언가를 잡는 심정으로 물었다.

"재일 조선인들은 북조선에, 김일성에게 돈을 보내고 자식을 보낸대. 너 그래도 갈 거야?"

너, 제주도에서 그 사람들 때문에! 간절하고 다급한 마음은 그저 그렇다고 말하면 되는 것이었다. 그러나 이상하게도 그것은 자꾸만 분노를 만들었다. 내가 이런 말을 할 자격이 있나. 주혁과 주율과 연결된 내가. 하지만 내가 무슨 죄를? 분노와 죄책감과 절망감이 뒤섞인 곳엔 자신이 아닌 낯선 사람이 있는 것만 같았다. 이 씨는 묵묵히 화장을 지우고 있었다. 장군의 얼굴에서 다시 이 씨의 얼굴이 되었을 때였다.

"주희, 제주도 해녀들은 숨비 소리라는 걸 낸다……. 4.3이 지난 후부터야. 살아 있음을 증명하는 소리래."

주희가 퍼뜩 거울에 비친 자신과 이 씨를 바라보았다.

"살아남은 여성들에겐 숨소리뿐인가 봐. 말 대신 숨소리를 내."

이번엔 이 씨가 주희를 바로 보지 않고 말을 이었다.

"내가 들었는데 북조선엔 계급도 없고, 내 가족, 남의 가족도 가리지 않는대. 그렇다면 나도 좋은 엄마가 될 수 있지 않으려나."

이 씨의 그 말이 주희 앞에 희와 함께 있던 주혁과 주율을 데리고 왔다. 주혁과 주율을 말리던 희에게 그들이 했던 말이다. "어머니, 사회주의에선 모두가 한 가족으로 평등하게 살 수 있대요." 주희는 그때까지 어째서 희가 형들을 더 나서서 말리지 않았는지 가끔은 원망하곤 했다. 하지만 이 씨에게 그런 말을 듣고 나니 희가 왜 그랬는지 알 것도 같았다. 물론 북조선의 실상은 그들이 기대하던 것과는 전혀 다른, 일인 체제의 독재국가일 뿐이었지만.

몇 주 후, 주희는 아이와 함께 부산행 기차를 탔다. 오래전 희와 함께 경성역에서 보았던 풍경이 주희 앞에 스치듯 떠올랐다. 빛 속에 서 있던 소녀 연예인들과 건너편 어둠 속에서 사랑을 외치던 조선의 소녀들이 여전히 그곳에 있는 것만 같았다.

그래도 남원이 아닌 부산이라니, 확실히 뭐가 있긴 있었어. 밀수하는 이 씨를 만날 수 있을 것이란 희망이라든가? 주희는 그 말에도 그냥 웃어 버리고 말았다. 바로 이때다 싶었다.

"그럼, 제인의 이름은?"

이 물음에 주희는 웃는 대신 무언가를 떠올리듯 고개를 비스듬히 했다. 제인은 주희의 아이가 스스로 만든 이름이었다. 어린 시절부터 재즈를 좋아하고 영문학을 즐겨 읽던 아이였기에 주희는 그저 아이의 취향이 반영된 이름이라 생각했다. 아이가 대학에 들어가고 나서야 주희는 제인이 과외를 해서 번 돈으로 가발을 사고 미니스커트를 산다는 사실을 알게 되었다. 이태원의 어느 클럽에서 노래를 부른다는 건 빨래를 챙기다 마저 알게 되었다.

주희가 망설이는 사이에 먼저 말을 꺼낸 건 제인이었다. 생물학도였던 제인이 소련으로 가는 국비 유학생 시험에 통과한 직후였다. "동성을 사랑하는 사람이나 트랜스젠더들은 병에 걸린 게 아니에요. 저는 그걸 공부하러 갈 거예요." 미국 재즈를 좋아하고 영문학을 즐겨 읽던 제인이 소련을 선택한 이유는 그것이었다. 그러면서도 외국에 사니까 이름은 그대로 제인이라며 웃어 보였단다. 주희는 어쩐지 제인이, '당신을 저는 이해해요, 줄곧 이해해 왔어요.'라고 말하는 것 같았다. 막상 주희는 곰곰이 생각을 하다가 고작, "근데 제인은 미국 이름 아니야?" 이런 말을 하고 혼자 머쓱해했다.

물론 그땐 소련과 미국이 바다를 가운데 두고 핵을 쏘아 올리느니 마느니 하던 중이었으므로 이름도 신경을 써야 한다는 주희의 걱정은 나름 근거가 있었다. 게다가 주희는 솔직히 미국도 소련도 다 별로였다. 1960년대를 생각해 보면 그랬다. 미국은 자기 나라 밀가루를 가져와서 싸게 팔았는데 그건 꼭 대동아전쟁 때 쌀을 못 먹게 하고 칼국수를 먹게 하던 일본을 생각나게 했다. 나라 이름만 바뀌고 상황은 그대로 반복되는 것 같았다. 주희 입장에선 미국이나 일본이나 소련이나 다 별로였던 것이다. 그래도 지가 좋다는데, 뭐. 주희는 이런저런 걱정을 펼치는 대신 사전을 뒤적였다. 제인을 노서아어로 어떻게 쓰는지는 알아 둬야 할 것 같아서였다. 물론 노서아어로 제인을 쓸 일이 없다는 건 몇 달이 지나지 않아서 알게 되었지만. 모스크바도 아닌 서울에서 말이다.

그로부터 몇 달 후, 주희는 서울역에 있었다. 밤눈이 내리는 평일의 서울역은 고요하다 못해 적막했다. 눈이 내리는 허공을 바라보는가 싶었던 주희의 시선은 건너편 하얏트 호텔 전광판의 속보에 고정되었다. "시위 도중 총에 맞은 서울대생." 전광판의 커다란 글씨가 무척 선명했다. "아니야…… 아니에요. 우리 제인은 시위를 하지 않았어요." 주희의 말에 답이라도 하듯 전광판의 글씨는 금세 "이상 행동을 일삼던 금발 여장의 명문대생"으로 바뀌었다. 그 자막 위엔 제인의 사진이 있었다. 다급히 고개를 젓는 주희에게 전광판은 많은 것을 보여 줬다. 이번에 제인은 어린 나이에 부모를 잃고 삼촌의 손에 자란 불우한 청년이 되어 있었다. 이윽고, 이태원 클럽 무대에서 노래를 부르는 모습의 제인이 "클럽 출입하는 이태원의 여장 남자들"이라는 자막과 함께 등장했다.

그날 주희는 서울대 총학생회장과 경찰청장을 만나겠다며 부산에서 서울까지 온 길이었다. 제인은 시위가 한창이던 서울대 정문에서 오발된 경찰의 총에 맞았다. 시위에 참여하지 않은 학생이 경찰의 총에 맞고 현장에서 죽은 그 사건은 많은 공분을 일으켰다. 그러나 사건 직후 그렇게 주희를 찾아오던 서울대 총학생회장은 제인이 여장을 하고 이태원에 출입했다는 뉴스들이 나간 이후엔 아예 발걸음을 하지 않았다. 물론 그가 더 이상 주희를 찾아오지 않은 것을 뭐라 할 순 없었다. 다만 주희는 상황이 궁금했다. 혹시 자신이 모르는 게 있는 건 아닌가 싶었던 것이다. 그러니까 경찰청장은 어째서 시위대 근처에도 가지 않은 제인이 총을 맞고 죽었는데 해명조차 하지 않는 것인지, 그저 그런 것들이 궁금할 뿐이었다. 하지만 주희는 그들을 만나지 못했다.

그래서 주희는 슬펐나? 글쎄. 주희는 그저 어리둥절했다고 한다. 제인은 미국 음악을 좋아했지만 그만큼 생물학을 사랑했고, 그래서 소련으로 유학을 가려고 했고, 그리고 여성이 되고 싶다고 했다. 아니, 자신은 원래 여성이었다고 했다. 그때 주희는 제인을 보며 사실은 이런 말이 해 주고 싶었다. "애야, 나도 이 씨와 옷을 바꿔 입었을 때 사실은 너무나 편안했어." 그러나 그 말을 하려던 순간 주희의 앞에 과거의 무수한 상처들이 다시 펼쳐지는 것만 같았다. 여성이라서, 혹은 여성으로 살아가야 하는 사람이라서 주희가 받았던 멸시와 차별이 주희와 제인 앞에 놓이는 것 같았다. 그래서 주희는 제인에게 이렇게 말하고 말았다. "우리 때는 남자도 여장을 많이 했지. 다 그냥 지나가는 것이었어." 그러면 제인은 고개를 저었다. "제가 여성이 되고 싶은 건 취향의 문제가 아니잖아요." 제인의 그 말에는 항상 '다른 사람은 몰라도 주희는 그걸 알잖아요.'라는 말이 겹쳐 있었다. 주희는 그때 제인에게 고개를 돌렸던 자신을 수없이 되감았다. 그렇게 아주 오래도록 서울역 역사 안에 앉아 있었다. 바깥으로 나가 서울 땅을 밟을 수가 없었다. 그렇게 사랑하던 경성이, 눈부신 빛과 사랑의 고백으로 와 주었던 경성의 밤이, 이 씨와 함께했던 경성의 거리가, 선화공주로 살았던 그 경성의 무대가, 제인이 왔던 서울의 그 밝은 밤이, 빨갱이로 몰려도 연극을 위해 남아 걸었던 주희의 그 서울이…… 빛이 너무 강하면 오히려 앞이 안 보이는 것일까? 그 길들이 차츰 환해지더니 마지막엔 하얗게 사라져 가는 것 같았다.

주희는 고개를 들어 다시 전광판을 바라보았다. 제인의 얼굴이 클로즈업되고 있었다. 제인의 얼굴을 보던 주희가 중얼거렸다.

"우리 딸, 제인, 우리 제인. 아주 예쁘네."

며칠 후 제인의 시신과 함께 내려온 부산의 장례식장에서는 주희를 기다리고 있는 사람이 있었다.

"너, 그 옷 나랑 바꿔 입자."

주희는 어둠 속에서 나타난 이 씨를 한참 바라보았다. 주희는 천천히 이 씨에게 다가가 어깨에 얼굴을 묻었다. 이 씨의 가슴께에는 김일성 배지가 달려 있었다. 김일성의 얼굴 위로 주희의 눈물이 흘러내렸다. 주희는 제인의 죽음을 듣고서도 눈물을 보이지 않았다. 희가 죽었다는 말을 들었을 때처럼, 주혁과 주율이 빨치산이 되었다는 말을 들었을 때처럼 슬프기보다는 내내 어리둥절해서였다. 누군가의 죽음을 실감하는 건 항상 그런 어리둥절함과 함께 시작된다는 것 역시, 늘 지나고서야 알게 되었다. 이 씨를 보고 나서야 주희는 이제 어두워져야만 만날 수 있는 사람에 제인이 포함된다는 걸 깨달았다. 그제야 주희는 소리 내어 울었다. 그런 주희의 등을 쓸어 주며 이 씨가 말했다. 제발 그 옷 나랑 바꿔 입자.

"제발 그 옷은 나에게 주렴."

주희는 이 씨에게 매달리듯 안겨 눈물을 흘렸다. 그러나 아무리 눈물을 많이 쏟아도 이 씨가 달고 있던 김일성 배지의 표정에는 변화가 없었다.

제인이 살아 돌아오지 않는 한 더 이상 살아갈 수 없을 것 같던 주희였지만 그런 주희에게도 시간은 정확하게 흘러갔다. 30년의 세월이 다시 흘렀고 그즈음 주희의 몸속엔 암이 가득했다. 의사는 주희에게 서울의 병원을 추천해 주었다. 하지만 1985년 연좌제가 모두 폐지되고 거리 제한이 사라졌음에도 주희는 서울행 기차를 타지 않았다. 주희는 어느 순간부터 거의 외출을 하지 않고 있었다. 사람들은 제인이 죽고 나서 주희가 조금만 크게 웃어도 자기 자식이 아니라서 그렇다느니, 자식 죽고 나라에서 받은 돈으로 팔자가 폈다느니 하며 수군거렸다. 주희는 특히 밝은 낮이면 커튼을 치고 집에만 머물렀다. 그저 밤이 오기를 기다리는 사람처럼 굴었다. 그렇게 치료를 받지 않고 집에 머물던 주희는 폐렴에 걸리고 나서야 인근 병원으로 옮겨졌다. 기저질환에 폐렴까지 걸린 주희는 아주 위험한 상태였다. 그렇기 때문에 오히려 희망 담긴 말이나 기운 내라는 말을 함부로 하기가 힘들었다. 대신 평소에 물어보기 힘든 말들이 나오기 시작했다.

"주희, 주희는 소원이 뭐야?"

"나? 나는 다시 태어나는 거."

이런 고생을 하고도 또 태어나고 싶은 거야? 욕심이 아주 목까지 찼다는 말에 주희는 소리 내어 웃었다. 주희는 그날 아주 늦은 시간에 잠을 자듯 죽었다. 반평생을 밤에 다니더니 결국 죽어서 가는 길도 밤이네. 나와 함께 주희의 마지막을 지킨 엄마는 그렇게 말하며 눈물을 삼켰다. 하지만 어쩌면 주희는 밤에만 만날 수 있는 사람들을 기다린 게 아닐까. 이 씨가 그랬고 영혼이 되어 버린 제인이 그랬고 귀신과 살던 희가 그랬고.

빛 속에 휩싸인 열여섯 명의 소녀들이 아닌 그 소녀들을 환대하던, 어둠 속에서도 빛나는 사랑을 품었던 소녀들이 그러했던 것처럼 말이다.

*

"이보나."

주희가 죽고 얼마 후 나는 기억을 떠올리는 일에 집중하게 되었다. 그것은 메리라는 미국인 여성의 메일로부터 시작되었다. 메일에 의하면, 메리의 아버지는 주한미군으로 전쟁이 끝나고도 한동안 서울에 머물렀다고 했다. 여기까지 읽었을 땐 아무래도 국가 폭력에 관련한 다큐멘터리를 만들어 온 메리 씨가 한국에서만 찾을 수 있는 자료를 부탁하려는 게 아닐까 싶었다. 메리 씨는 나와 친분이 있는 일본인 교수를 통해서 메일을 보내온 참이었다. 그러나 그다음 문장에서 나는 잠시 멈춰 설 수밖에 없었다.

"아버지께서 이보나 씨의 열렬한 팬이었다고 합니다."

그제야 메리 씨가 왜 나를 찾아왔는지 알 것 같았다. 주희는 이보나라는 소녀 연예인이 속해 있던 국극단 멤버 중 한 명이었으니까. 그렇다면 주희와 나는 어떤 관계인가. 간단히 말하면 나의 이웃이었지만 그리 간단치만은 않았다. 나는 나보다 서너 살 위였던 재성, 그러니까 주희의 가족인 제인과 함께 자랐다. 내가 얼마나 제인과 가까웠냐면, 나는 제인이 먹는 것을 따라 먹었고 제인이 걷는 길을 졸졸 따라 걸었으며, 그러다 제인이 넘어지기라도 하면 같이 넘어질 정도였다. 어른들에게 받은 선물은 항상 제인과 함께 가지고 놀았다. 인형이든, 비행기든, 로봇이든 제인과 나 사이엔 경계가 없었다. 그렇게 되기까진 부모 대신 나를 돌봐 준 주희가 있었다. 주희는 나의 부모가 일하러 가면 나를 불러다 제인과 함께 밥을 챙겨 먹였다.

엄마는 빨치산 생존자였던 외할아버지에 대한 미움 때문에 처음엔 주희를 꺼리다가, 나중엔 외할머니보다 주희를 더 가족처럼 생각할 정도로 좋아했다. 주희에게 가서 아빠 욕을 하고 상사 욕을 하고 나에 대한 애정을 이야기하고 그랬으니까. 죽기 직전 주희가 자꾸만 여자 옷을 입겠다고 고집을 부리고 밤마다 누군가를 찾는 것처럼 병실을 돌아다닐 때가 있었다. 하루가 멀다 하고 병원을 옮겨야 했는데 그때마다 엄마는 포기하지 않고 새로운 병원을 찾아냈고 기꺼이 고개를 숙이고 부탁을 했다. "네 말대로 누굴 좋아하거나 친한 건 법적인 가족이라거나 피가 섞였다거나 그런 것과는 아무 상관이 없나 봐." 주희가 죽고 난 후에 엄마는 그렇게 중얼거렸다.

사실 그런 건 정말 별 상관이 없었다. 주희와 제인은 어린 시절 후에도 나를 돌봐 주었으니까. 서울대에 들어가고 나서 제인은 한동안 나의 과외 선생님 노릇을 하기도 했다. 원하던 대학에 합격한 직후 나는 그 핑계로 제인에게 선물할 음반을 샀다. 제인이 미국 음악을 좋아한다는 것만 알고서 무작정 건스앤로지스의 「디스 아이러브(This I love)」라는 곡이 든 음반을 주었는데 알고 보니 제인은 니나 시몬 같은 흑인 여성의 재즈를 좋아했다. "니나 시몬은 흑인 여성들의 인권을 위해 노래했대. 아, 그런데 초반에는 목소리 때문에 남자라고 생각됐대. 사람들은 목소리마저 성별이 정해져 있다고 생각한 걸까." 그제야 제인이 그런 말을 했던 게 떠올라 얼굴이 좀 붉어졌다. 하지만 제인은 나에게 음반을 받고 씨익 웃음을 머금었다. 경험해 보지 못한 세계는 좋아하는 사람들을 통해 봐야 한다며. 그럼 나는 제인의 '좋아하는 사람'일까? 나도 알고 있었다. 제인이 스스로를 남성으로 생각하지 않는다는 것을. 그렇다고 내가 제인을 좋아한다면, 그거 뭐 이상한 건가? '하나도 이상하지 않아.'라는 내 마음과 "너와 제인은 이상해."라는 주변의 목소리가 뒤엉키는 나날이 오래 지속되었다.

어쨌거나 그렇게 입학한 대학은 강력한 학생운동의 바람 속에 있었고 나 또한 그 바람에 휩쓸려 늘 강의실이 아닌 거리에 있었다. 엄마는 네 외할아버지가 어떻게 집안을 망쳤는지 아냐며 분통을 터뜨렸다. 몇 번 지명수배가 내려지길 반복하며 늘 어딘가에 숨어만 있던 시절, 내가 오랜만에 외출을 준비한 날이 있었다. 제인이 자신이 노래를 부르는 곳이라며 미군 클럽에 초대한 날이었다. 함께 수배가 내려져 쫓기던 친구는 나를 보며 혀를 찼다. 민족이 신음하는 곳에 음악을 들으러 간다고? 하지만 내가 생각하기에 절대 잡힐 리 없는 곳이 바로 이태원의 미군 클럽이었다. 형사들도 미군 부대는 건드리지 못하니까. 그러나 곧 친구는 지지 않겠다는 듯 따지듯 물어 왔다. "그래서 제인이야, 혁명이야?" 친구는 어차피 내 대답은 들을 생각이 없어 보였다.

그즈음 나는 같이 운동을 하는 사람들 사이에 이상한 긴장감이 흐르는 것을 느꼈다. 필요 이상으로 남자 선배의 말에 따르는 것, 위계질서가 분명한 권력의 기운 같은 것. 잔뜩 피로를 주는 그 기분은 무대 위의 제인을 보자마자 사라지는 것 같았다. 니나 시몬의 노래를 부르던 제인이 문득 나를 발견하고 환하게 웃어 보였다.

나도 모르게 손을 흔들며 따라 웃다 문득 클럽 벽면 유리에 비친 나를 보았다. 나는 정말 내가 좋아하는 걸 하고 있나. 이런 물음이 떠오르자 나도 모르게 주춤대며 그곳에서 도망치고 싶은 기분이 되었다. 그 물음에 예전만큼 시원한 대답을 하지 못하는 내가 너무나 초라해 보였다. 아름다운 제인 앞에 선 내 자신이 너무나 지쳐 보였다. 그대로 돌아 나가려 할 때였다. "노래는 다 듣고 가지. 소리는 경계가 없잖아." 고개 숙인 내 앞에서 찰랑이던 드레스, 어느새 내 앞에 제인이 와 있었다. 계속 나를 보고 있었던 걸까? 설레고 기쁘면서도 제인의 반대편에 서 있는 낡은 내 운동화가 어쩐지 머쓱해서 뒷걸음질 치는데 가만히 내 팔을 잡던 제인이 천천히 무릎을 꿇고 앉았다. 그러더니 운동화 앞코를 드레스 자락으로 닦으며 물었다. "우리 갈래? 여기가 아닌 다른 곳으로. 이제 새 신발을 신었으니까."

그날 제인이 나를 데리고 간 곳은 어느 여성 시인의 집이었다. 내가 고등학생 시절부터 좋아했던 시인이었다. 막상 대학에 들어가니 내가 속한 집단에서 그 시인의 시는 엄중한 시대 상황에 맞지 않게 개인의 불행을 말하는 '나약한' 언어로 평가되고 있었다. 나는 그 시인의 시를 여전히 좋아했지만 어느 순간부터는 제인 앞에서만 그 시집을 읽었다. 제인은 멍하니 서 있는 내 옷깃을 조금 잡아당기더니 갑자기 담 너머로 시인의 이름을 부르며 소리쳤다. "제 친구가 시인님을 좋아해요!" 당황한 내가 제인과 담 사이에서 어쩔 줄 몰라 할 때였다. 현관문이 아주 조금 열리더니 그 희미한 빛 사이로 누군가 서 있는 것 같았다. 어쩌면, 시인.

"자, 나를 밟고 서."

퍼뜩 정신을 차려 돌아보니 제인이 담 밑에 쭈그리고 앉아 제 등을 내주고 있었다. 왜 앞이 안 보이는 것 같지? 여긴 최루탄 연기도 없는데. 흘러내리는 눈물 속에서 나는 제인의 등을 바라보았다. "그러면 아름다운 옷이 다 망가질 텐데." 그렇게 중얼거리면서도 나는 제인의 등을 밟고 올라섰다. 그날 내가 담을 사이에 두고 시인과 무슨 말을 했는지는 정확히 기억나지 않는다. 그저

내가 계속 울었다는 것과 시는 쓰지 않나요? 라고 묻던
시인의 말, 그리고 제인이 내게 했던 그 말만이 반복되
어 떠오를 뿐이었다. "나를 밟고 서, 나를 밟고."

메리 씨의 메일은 그 기억들을 하나 둘 꺼내 주었고
나는 복잡한 기분이 되었다. 그리고 실제 메리 씨를 마
중하러 가면서는 또 다른 이유로 머리가 복잡했다. 이보
나라면, 일본으로 넘어간 이 씨를 찾아가는 게 맞지 않
을까 싶었던 것이다. 일본에도 있었다던 메리 씨가 왜
이 씨를 곧장 찾아가지 않았던 걸까.

그 복잡함과는 별개로 메리 씨와는 죽이 잘 맞았다.
몇 번의 수감 생활 끝에 학교로 돌아온 나는 소설이 아
닌, 문화사를 바탕으로 시를 연구하는 사람이 되어 있었
다. 물론 1950년대 이전은 내가 공부하는 시기가 아니
었지만 다카라즈카 소녀 가극단이나 다국적 소녀 연예
인 스즈란자 같은 자료들이 우리의 대화를 이어 준 것이
다. 신여성이나 모던 걸, 여성들의 자리는 언제나 위태로
웠으나 특히 '소녀'들은 더욱이 설 자리가 없었다. 조선
무용을 정립한 배구자나 노래와 댄스로 조선 예원에 데
뷔하려는 꿈으로 현해탄을 건넜다던 나선교, 박옥초 같
은 레뷔 공연의 선구자들은 어릴 때부터 체계적인 교육
을 받은 예인들이었지만 제국은 이들을 전선에 이용하
기에 급급했다. 1940년대 경성역에 도착한 다카라즈카
가극단이 가장 먼저 한 일은 신사참배였다. 레뷔 무대

로 사용된 연예관과 일본인 극장 유락관은 경복궁 안에 있다.

"마릴린 먼로도요, 그녀가 서야 했던 곳은 전쟁터였죠. 남성들은 마릴린 먼로의 춤과 노래에 열광하면서도 언제나 손가락질했어요. 물론 지금도 사람들은 여배우들과 여가수들의 스캔들에 유독 민감하죠."

나는 메리 씨가 보여 준 배구자와 마릴린 먼로의 사진이 어쩐지 겹쳐 보인다고 생각했다. 소녀들을 박람회장에 전시하듯 세운 제국과 마릴린 먼로와 배구자를 보며 환호하고 야유하던 남성들의 모습도 어쩐지 겹치는 구석이 있었다. 실제 조선에서도 카프를 중심으로 레뷰에서 활로를 찾으려는 시도가 있긴 했다. 물론 식민지 조선의 레뷰는 제국의 스펙터클 전시장이 되어 갔으므로 그 시도는 오히려 소녀들에 대한 비난으로 바뀌었다. 그러나 나는 과연 카프가 당대의 사회 역사적 맥락을 제거한 채 무조건 그 소녀들을 비난할 수 있는 것인지 묻고 싶었다. 그러므로 나는 예술 노동자로서의 여성은 1900년대에서 현재까지, 너무나 쉽게 혐오의 대상이 된다는 점에서 어떤 폭력이 끝없이 반복되고 있다고 생각했다. 어쨌거나 제국이든 그 반대편이든, 문화와 문학은 전선을 가장 빠르고 쉽게 넘는 강력한 무기인 동시에 선전 수단이었다. 다만 1900년대와는 달리 케이팝과 한국 문학은 이제 한국에서 일본으로 그 경계를 넘어서고 있었다. 물론, 누군가가 그것을 애써 모른 척하고 있다는 것만큼은 그때나 지금이나 마찬가지였다.

메리 씨가 서울에서 짐을 푼 곳은 용산이었다. 나로선 여러모로 활동하기 편한 명동이 좋지 않을까 싶었는데 메리 씨는 전쟁기념관과 미군 부대를 보고 싶다고 했다. 첫 식사는 식민 시기 일본인들이 모여 살던 삼각지 근처에서 칼국수로 해결했다. 밥을 먹고는 카페를 찾기 위해 철길을 건너 현재 미군이 주둔하는 녹사평 길을 따라 걸었다. 문득 미군 부대를 보자, 클럽에서 보았던 제인의 얼굴이 다시 떠올랐다.

제인, 좋아함은 무엇이야? 나는 그걸 제인에게 끝내 묻지 못했다. 제인이 서울대 정문에서 총을 맞고 죽은 그날, 나는 지명수배가 내려졌던 버스 구석에 앉아 광화문을 지나고 있었다. 횡단보도에 있는 경찰을 보고 고개를 파묻으려 할 때였다. 문득 대형 전광판에서 낯익은 얼굴을 발견했다는 생각에 아주 조금 고개를 들어 화면을 바라보았다. 그리고 그곳에서 그토록 아름다운 얼굴을 보았다. 제인의 얼굴이 왜? 구체적인 생각을 하기도 전에 커다란 자막이 눈에 들어왔다. "여장 남자 서울대생 시위 도중 사망". 나는 고개를 살짝 저었다. 아니요, 제인은 시위 안 해요. 그 어떤 비난에도 제인은 시위에 나간 적이 없었다. 그것은 주희의 영향일 수도 있지만 제인은 그저 나와 너를 사상이나 이념으로 나누는 것에 별 흥미가 없다고 했다. 제인은 학생운동에 전념하는 나를 한 번도 비난한 적이 없으나 이렇게 물은 적은 있었다. "왜 여성스러움은 그렇게 비난의 대상이 되는 거야? 여성적이라는 게 비난받아야 할 일이니? 여성이 시위의 중심이 될 수도 있잖아." 제인은 어느새 학생운동권에 만연한 여성혐오에 대해 말하고 있었다. 그리고 그렇다면 더욱이 자신의 존재는 어디에 있을 수 있는지 묻고 있었다. 그 생각이 떠오르자 중얼거림 정도였던 내 목소리는 점점 높아지기 시작했다. 나는 이윽고 버스 창문을 두드리며 소리쳤다.

"아니요, 제인은 아니에요. 아니에요, 진짜 아니야, 저 거 아니야, 제발 아니에요, 정말 아니에요!"

제인이 시위를 안 했다는 거였을까, 죽지 않았다는 거였을까. 너 미쳤어? 친구의 목소리에도 나는 멈추지 못했다. 나는 그날 현장에서 검거되었다.

"이년들아, 다리 벌리고 눈 감고 앉아!"

이후의 기억은 이 말과 함께 모두 소거되었다. 누군가 공포감과 모욕감 속에서 전경의 군화를 핥았다는 이야기, 심문을 빙자한 추행에 수치심으로 정신을 잃었다는 이야기…… 그리고 아마, 나처럼 고통 속에 기억을 묻은 사람들이 거기 있었을 것이다.

수감되고 얼마 후 주희가 호박죽을 끓여서 나를 찾아왔다. 제대로 먹지 못해 오히려 퉁퉁 부은 얼굴로 호박죽을 마주하던 내가 누구에게 하는지 모를 말을 중얼거렸다.

"주희, 제인이 오면 물어봐 주세요. 좋아한다는 게 뭔지요."

주희가 어쩐지 울음을 삼키는 것 같은 표정으로 희미하게 웃어 보였다. 호박죽을 크게 한 수저 떠서 내 손에 쥐여 주며 주희가 말했다.

"응, 그런데 제인은 이제 오기 힘들게 됐어. 그렇게 원하던 미국에 갔단다."

"아? 소련 아니구요? 아, 그래. 그거 뭐, 어디면 어때, 그 사람이 좋아하는 곳이 제자리죠."

좋아함이 무엇인지, 그제야 나는 제인이 이미 오랫동안 그에 대해 답했다는 걸 알 수 있었다. 차오른 눈물에 앞이 뿌옇게 흐려지는 걸 느끼며 고개를 끄덕였다.

"그런데 제인, 너, 너 왜 죽었어?"

이건 누가 대답해 줄 수 있는 걸까. 미처 삼키지 못한 눈물이 호박죽으로 뚝뚝 떨어졌다. 눈물이 떨어지고 나서야 명확하게 보인 건너편엔 제인이 아니라 주희가 고개를 숙인 채 눈물을 참고 있었다. 미안, 미안하다. 어째서 주희는 내게 미안하다고 했을까. 주희의 그 말이 생각날 때마다 누군가 치는 것처럼 나는 가슴이 아파 왔다. 주희는 내가 가석방될 때까지 책이며 옷이며 음식을 챙겨 왔다. 물론 두부도 챙겨 왔다. 그로부터 벌써 20년 가까운 시간이 흘렀다. 그러나 나는 여전히 독립된 나라의 수도 한가운데 있는 미군 기지를 보고 있다. 많은 것들이 사라지고 난 후에도 여전히 존재하는 그곳을.

다음 날엔 메리 씨가 궁금해하던 전쟁기념관에 갔다. 메리 씨는 전쟁기념관에 새겨진 미군 전사자들의 이름을 보고 무척 고마워했다.

"우리를 기억하고 있군요. 아버지가 기뻐하실 거예요."

아. 대체 기억이란 게 뭘까. 메리 씨의 말에 어떤 반응도 할 수 없었던 내가 잠깐 입술을 말며 할 말을 고르는데 메리 씨가 가방 속에서 사진을 하나 꺼내 들었다. 사진 속에는 젊은 남성 둘과 한복을 입고 선 여성이 있었다. 이 씨와 주희 그리고 메리 씨의 아버지 존 같았다. 메리 씨가 사진을 보여 주며 주희 씨는, 하고 말문을 열었다. 나는 이제 이보나 씨에 대해 말해 줘야겠다고 생각했다. 이보나 씨인 이 씨가 일본에서 돌아가셨다는 걸 말이다. 잠시 숨을 고른 내가 사진을 가리키며 이보나 씨는, 했을 때였다. 메리 씨와 나의 손이 동시에 한 사람 위에 겹쳐졌다. 나는 메리 씨의 얼굴을 빤히 바라봤다. "이보나 씨는 여자분이시고요." 내 말에 메리는 어깨를 으쓱해 보이며 다시 "이보나 씨는," 하면서 한 사람을 가리켰다. 아까와 같은 사람이었다. 이 씨 곁의 한 사람,

주희.

옮긴이 해설

오늘은 토요일이고 내일은 일요일. 온도는 오전 11시 현재 25도. 습도는 50퍼센트. 바람의 방향은 남서, 오후 엔 서남으로 바뀔 예정. 미세미세 앱의 미세먼지 농도는 양호.

정보는 이 정도면 충분했다.

클리너를 넣은 세탁기의 코스는 삶음으로 맞춰 두었 다. 인스타그램 광고는 믿을 것이 못 된다는 후기에도 순 전히 더 찾아볼 자신이 없어 구매한 세탁조 클리너였는 데 생각보다 묵은 때가 많이 나와 놀랐다. 때가 많은 건 지, 제품이 좋은 건지. 세탁조 안을 들여다보던 나는 헹 굼을 1회 더 추가했다. 욕실을 열어 보니 어젯밤 락스를 묻혀 타일에 붙여 두었던 휴지가 잘 정리되어 있었다.

이건 고모와 나의 합작이었다. 바가지에 물을 받아 슬슬 끼얹듯 락스를 흘려보내곤 베이킹소다를 뜨거운 물에 풀어 넉넉히 뿌려 두었다. 베이킹소다가 충분히 불면 유튜브에서 본 대로 극세사 장갑을 끼고 닦아 주기만 하면 끝이었다.

나는 청소가 좋았다.

솔직히 말하자면 그것이 꼭 청소여서 좋다기보다는 고민 없이 무언가를 하고 그 결과물을 곧장 볼 수 있는 것을 좋아한다는 게 맞았지만. 이것은 고전 번역을 직업으로 갖게 되면서부터 생긴 마음 중 하나였다. 가끔은 눈에 보이는 결과를 얻게 되는 일들에 더 마음을 쏟는 것 말이다.

어쨌거나 좋을 일은 또 있었다.

날씨는 좋고 할 일은 딱히 없는 주말. 을지로까지 바로 가는 버스를 탄 뒤 명동을 따라 을지로에서 종로로, 종로에서 안국으로 그러다 경복궁 쪽으로 가서 전시를 본 다음에 집으로 오면 좋을 일, 아. 그런데 정말 주말이구나.

그럼 연남이나 한남 쪽이 좋을까.

어째서 강남은 늘 생각 밖인지, 이런 실없는 생각까지 더하며 창밖을 바라보던 나는 문득 중요한 일을 새삼스레 떠올린 사람처럼 탁자 위에 올려놓은 휴대폰을 뒤집어 두었다. 누가 보는 게 아닌데도 회사든 학교든 오랜 시간을 밖에서 보내면 저런 습관들이 생기는 것 같았다.

일단 세수나 좀 하자, 싶었다.

아침이니까 머리는 트리트먼트로만 헹구고 드라이는 두피 쪽으로 했다. 가끔 멍해지면 머리끝까지 바싹 드라이어기를 움켜쥐고 있을 때도 있지만 어느 순간부터는 신경을 좀 쓰고 있었던 것이다. 나는 5년 정도를 이 동네에서 살았고 3년 정도를 천변 앞 문정임헤어에서 머리를 하고 있는데 문정임헤어 원장님이 그러셨다. "머리를 말릴 땐 두피 쪽만 살짝이요." 아무리 신경 써도 곧 푸석해지는 머리카락이 고민이었던 내게 원장님이 해 주신 답이었다.

"머리가 푸석하다 못해 서로 엉겨 붙어요. 전기가 통하는 것 같아요, 머리카락들끼리 말이에요. 특히나 겨울엔요."

"그러면 일단 드라이어가 비싸야 돼요."

"아."

"근데 어차피 미용실서 쓰는 거 못 사면 두피 쪽만 말려 봐요."

"아, 이쪽? 이쪽을 두피 쪽이라 하는 거죠? 요기, 이렇게요?"

"응, 손님은요, 모발이 굵은데 또 스트레스에 취약하게 생겼고."

"두피만 보고도 아세요?"

"뭐 알기도 하고 모르기도 하고요."

"네?"

"두피는 모르고 사람은 아는 것도 같고. 3년 봤으니까요."

다른 사람이 저런 말을 했으면 기분 좀 비뚤어졌을 텐데 문정임헤어에서 저런 말을 들으면 그럴지도 몰라가 되어 버린다. 이렇게 이야기하면 문정임헤어 원장님이 말 많은 사람으로 보일지 모르지만 사실 지난 3년 간 가장 긴 대화가 저것이었고 대부분은 가위질 소리만 들리는 곳이었다. 탁자 위에 놓인 조금 바랜 사진 속에 원장님은 미용 기술 자격증을 가슴께에 들고 환한 미소를 짓고 있었다. 플래카드에 쓰인 글자로 봐서 일본인 것도 같지만 나 또한 무언가를 질문한 적은 없었다. 그러니 내가 아는 원장님에 대한 것은 어쩌면 저것이 전부였다. 그래서 그런가, 그 뒤로 나는 두피 쪽으로만 드라이를 한다. 내 두피는 어떻게 생긴 걸까. 내 거라고 생각되는 것 중에 이렇게 모르는 게 너무 많다. 그런 생각을 한 후로는 더욱더 두피 드라이를 의리처럼 지키게 되었다. 근데 이건 나에 대한 의리인가, 문정임헤어에 대한 의리인가? 그래서,

일단 식빵을 굽자.

나는 식빵을 한 장 꺼내 돌아서려다 다시 한 장을 더 꺼냈다. 하지만 접시에 담진 않았다.

"고모."

"응, 나 여기. 근데 아침은 안 먹을래."

나는 고모가 보고 있는 것도 아닌데 응, 작게 소리를 내곤 문 앞에서 고개를 끄덕였다. 고모와 나는 벌써 27년째 같이 살고 있었고 그사이 고모는 한 번도 아침을 먹은 적이 없었다. 아, 이것은 거짓말일 수 있는데 나는 고등학교 시절엔 지방으로 간 부모와 잠시 함께 살기도 했고 대학을 가고 나선 일본에서 2년 정도 유학을 하기도 했다. 어느 즈음엔 고모가 집을 비웠던 적도 있었다. 그곳에선 고모도 아침을 먹었을까. 거기서는 아침을 먹을 수밖에 없었겠지? 어쨌거나 그 시간들을 제외하고 가끔 나는 고모에게 아침을 먹을 거냐고 묻는다.

고모, 오늘도 거기 있지?

이것은 고모와 나만의 안부 인사인 것.

식빵을 토스터에 넣고 선도가 약간 위험해 보이는 양파와 비엔나소시지 몇 알을 꺼내 막 프라이팬에 올릴까 하던 중이었다.

"보나야, 미국에서 사람들이 찾아왔어."

고모가 어느새 방문 앞에 서 있었다. 고모의 등 뒤로 보이는 천변 풍경이 소란하지 않게 활기차 보였다.

그런데, 난 어디로 가면 좋을까.

이런저런 생각 끝에 나는 결국 천변을 따라 걸었다. 천변을 등지고 조금만 걸으면 지하철역이 나오고 거기서 대각선 방향으로 길을 건너면 을지로나 광교 쪽으로 나가는 버스가 두 대나 지나가는 정류장이 나오지만 나는 그 정류장 쪽을 빤히 보다가 이내 천변으로 발걸음을 옮겼다. 한강까지 2.7킬로미터. 한강이 그렇게 가까웠나. 문득 고개를 들어 정면을 바라보았다. 옆으로 난 자전거 도로로 자전거 몇 대가 나를 지나쳐 앞서 나갔다. 문정임헤어가 가까이에 있었고 따릉이를 이용하긴 했지만 종종 테이크아웃해 가는 근린커피가 바로 근처였다. 그런데도 이 표지판은 처음 본 것만 같았다. 그러므로 오히려 다른 것이 떠올랐다. 오로지 그 하나만이 세상의 전부였던 것 같은 시절이 내게도 있었기 때문일까. 천변을 따라 걸으면 대학원 시간을 몽땅 보냈던 영상자료원이 있는 상암이었다. 나는 보이지 않는 상암이 있는 천변 끝을 향해 걸으며 친구 복수에게 문자를 보냈다.

넌 거기서 뭐가 제일 재밌었어?

나?

응, 거기서 맨날 영화 봤잖아, 너도 나도 모두가.

맞아, 그 옆에 마포만두도 가고 말이지.

마포만두는 그나마 돈이 좀 있거나. 영화 한두 편 봐서 시간이 좀 있거나.

맥도날드 많이 갔지.

응, 버거킹까진 안 걸었다.

3분 차인데.

웃겨, 2분일걸?

뭐, 나는 「아사코」.

그게 12월 마지막 날 영화였지, 아마?

응, 근데 사실 나 그거 12월 마지막 날 못 봤어. 알잖아, 거기 1분 늦어도 못 들어가.

너 맨날 늦는데 어떻게 영자원에서 영화는 그래도 잘 보더라.

그건 못 봤다니까.

재밌는 영화 말하라니까 이게 다 무슨 소리야.

1분 차이로 그거 놓치고 길바닥에서 소리 지르며 울었다.

영화 때문에?

뭐, 그냥 울고 싶었겠지.

야. 너 솔직히 말해.

뭘?

영화 놓쳐서 울었다고. 한때의 시네필 꿈나무야.

복수와 나는 영자원에서 만나 친해졌다. 영자원은 상영관이 딱 두 개이고, 그러니까 종일 영화를 보던 복수와 나는 자주 마주칠 수밖에 없었던 것이다. 심지어 어떤 날엔 내내 함께하는 사이가 되어 버리기까지. 우리는 서로의 존재를 인지하고도 한동안 힐끔거림을 인사 대신 나누며 우정을 지연시키기도 했다. 하지만 지연은 지연이라서 지연인 것인가. 우리는 「통행증」이라는 영화를 보던 날 말을 텄다. 『통과 비자』라는 책을 바탕으로 한 영화였다. 2차 세계대전 당시 인종청소가 한창이던 유럽에서 낙인찍혔던 인종과 성별 그리고 어쩌면 낙인찍힌 몸에 대해 말하던 그 영화와 책. 내가 그 책을 들고 있었던 것이다. 복수가 모자를 한번 만지작거리더니 저도 그 책 있는데, 하고 말했고 그 뒤로는 누가 먼저랄 것도 없었다. "아, 안녕하세요? 오늘도 나오셨어요?" 영상자료원에 온 서로에게 나오셨어요? 라니. 그게 벌써 몇 년 전인지 이제 날짜를 세어 보는 것도 의미가 없을 지경이었다. 복수와 나는 아직까지 서로의 성이 무엇인지 모른다. what is your family name? 그게 없어도 하나도 불편하지 않으니까. 어쨌거나 이제는 둘 다 영자원에는 거의 가지 않지만 영자원 이야기는 항상 한다.

근데 「아사코」야.

응.

오늘 나올 거야?

어디를?

오늘 광화문.

나올 땐 선크림만 바를까 CC쿠션을 얹어 줄까 잠깐 고민하다가 부러 CC쿠션을 얹었다. 선크림만 바르면 분명 길이나 걷다가 돌아올 게 빤하니까. 물론 꼭 화장을 해야만 외출 시간이 길어진다는 의미는 아니어서, 어느 날엔 두꺼운 책을 들고 가기도 하고 또 다른 날엔 반드시 기간 내에 번역해야 할 자료를 노트북에 담아 가기도 했다. 휴일에 집에서 나올 때는 언제나 오늘은 카페에 가서 아이스크림이 올라간 고칼로리 음료도 먹고 그래야지, 대신 점심은 좀 거르고 그러면 되지, 이렇게 누가 묻지도 않았는데 이유까지 빼곡하게 마련해서 나오곤 했다. 가령 혼자 점심을 먹어도 되고 먹지 않아도 되는 날, 과 같은, 거창한 건 아니어도 다른 일정을 전혀 신경 쓰지 않아도 되는 게 바로 주말이었다. 그러니 되도록 여유를 가지고 움직이고 싶었다. 게다가 이왕 돈을 쓴다면 평소에는 이런저런 이유로 먹지 못한 걸 먹거나 보고 그것을 사진으로 남기고 싶을 만큼 흡족한 곳에 머물고 싶었다. 하지만 길을 걷다 보면 계획은 늘 계획으로만 남곤 했다. 주말에 사람이 없는 카페가 있을 리 없는데 그런 걸 찾다 보니 번번이 안쪽만 보다 돌아 나오게 되는 거였다. 나를 신경 쓰는 사람은 하나도 없을 텐데 나는 늘 사람들을 신경 썼다. 그건 단순히 누군가 나에 대해 어떻게 생각할 것인가 하는 문제만은 아니었다. 그냥 비좁은 카페에 들어섰을 때 내가 누군가에게 거슬리고 나도 누군가를 거슬려 하고 이런 것들이 지속적으로 로 신경 쓰이는 게 피로했던 것이다. 아이고, 이럴 바에야 집에서 마시자. 오래되고 낡은 드롱기 커피머신이지만 집에 그것도 있겠다. 떨어지지 않게 쟁여 두는 아프리카 원두도 있겠다.

"너 카페에서 글 못 쓰지? 책 못 읽지?"

"응, 고모도 그래?"

"어, 나 카페에서 글 못 써. 도서관에서 책 못 읽고. 집이 제일 나아."

"아."

"멋없는 걸 닮아 버렸네."

"고모."

"응?"

"고모 두피는 어떻게 생겼는지 알아?"

"두피? 음. 글쎄. 두피도 사람마다 다 다르겠지?"

"내 두피 한번 봐 줄래? 문정임 원장님이 내 두피 예민하게 생겼대."

"그걸 바로 알아? 역시 전문가는 다른가 봐. 내 두피도 그러려나? 나도 물어볼까?"

"그럼 고모가 내 두피 닮은 거야?"

"그럴지도 몰라."

"아. 고모가 멋없는 걸 닮아 버렸네."

하지만 나는 고모를 닮는 게 좋았다. 잔뜩 꾸미고 나

가 아무 일도 하지 않은 채 들어와 아무 설명 없이 그저 누워만 있어도 캐묻듯 질문하지 않는 고모. 누구나 가끔씩은 모든 걸 답할 수 없는 순간이 있다는 걸 잘 아는 고모. 그러니까 내가 궁금하지 않아서 질문을 하지 않는 게 아니라는 걸 느끼게 해 주는 사람이라서. 그래서 나는 고모랑 사는 걸 충분히 견딜 수 있었다.

"고모, 「벌새」 봤어?"

"아직. 요즘 통 영화 못 봤어. 그거 유명하더라, 좋다고?"

"고모, 거기 나오는 여자 선생님 있는데."

"응."

"고모 같다."

"응?"

"고모 대학 다닐 때 같아. 카키색 점퍼 입고 머리 짧게 자르고 책도 많이 읽고 말도 잘하고. 고모 되게 멋있었는데."

"음? 되게 멋있었던 건 뭐야?"

"몰라. 그냥 되게 멋있었잖아. 고모가 가르치던 학생들이라고 많이 찾아도 오고."

"다들 잘 살려나."

"잘 살겠지. 고모가 그랬잖아, 그 사람들은 부지런한 사람들이라고."

"아, 그랬지. 부지런…… 부지런했지, 모두들 너무나.

그럴 수밖에 없었으니까, 그 사람들."

"고모가 사랑 소설도 읽어 주고 그랬잖아."

"보나 너도 기억나?"

"응, 「안나 카레니나」라는 영화도 보여 줬어. 저 여자 너무 멋있지 않니? 그러면서."

"그렇구나. 그럼 보나 너 혹시."

"응, 고모 혹시 뭐?"

"우리 옆집, 기억해?"

벼랑에서 만나자 부디 그곳에서 웃어 주고 악수도
벼랑에서 목숨처럼 해 다오. 그러면 나는 노루 피를
짜서 네 입에 부어 줄까 한다.

아, 기적같이
부르고 다니는 발길 속으로
지금은 비가……*

고모, 그러면 고모는 이 시를 기억해? 이렇게 묻는 대신 나는 그저 웃기만 했다. 옆집. 할머니의, 우리의 오랜 이웃. 하지만 역시나 그렇게 간단할 순 없었다. 차라리 이게 어떨까. 고모의 유일했던 친구, 그리고 내 최초

---

* 조은, 「지금은 비가」, 『사랑의 위력으로』, 민음사, 1991.

의 이상형. 오스칼. 아니, 제인.

네가 보나구나, 반갑네?

제인을 처음 봤을 때 「베르사유의 장미」 오스칼이 내게 온 줄 알았다. 아름다워서 나는 약간 입을 벌리고 제인을 올려다봤던 것 같다. 그해 여름, 아빠는 정리해고 대상이 되면서 지방으로 발령이 났다. 좁아진 살림을 맞추려다 보니 나는 홀로 할머니 집으로 가게 되었다. 외로움이었는지 두려움이었는지 나는 방에만 쪼그려 있었고 당연히 학교든 동네든 친구가 없었다. 스크류바를 혼자 다 먹을 수 있으니 좋지 뭐! 이러면서 엉엉 울었던 날이었다. 그러니까 제인과의 대화는 누군가와 며칠 만에 나눈 첫 대화였다.

오스칼…… 이세요?

너무 오래 슬펐더니 하늘에서 오스칼을 내려 준 걸까, 내 전생은 마리 앙투아네트였던 걸까. 나도 모르게 수줍은 표정으로 스크류바를 내밀었을 때였다. 스크류바 좋아하니? 제인의 물음에 나는 고개를 조금 끄덕였다. 이상하게 생겼네, 롯데 스크류바. 이게 당시 유행하던 스크류바 광고의 주제곡이었다.

이상하게 생겨서요, 이상해서 좋아요.

나 같아서요, 친구도 없고요, 저는. 누구에게든 먼저 다가가지 못하고 구석에서 그림만 그리던 애가 나였다. 친구들은 점점 더 나를 멀리했다. 그래도 그 말은 꾹 참

고 제인 앞에서 하지 않을 수 있었지만 눈물은 미처 참
아야겠다고 다짐할 새도 없이 떨어졌다. 그때까지 고개
를 숙여 나를 보던 제인이 한쪽 무릎을 꿇고 앉았더니 이
내 손을 내밀었다.

그거, 스크류바 나 주려던 거지? 나도 되게 이상하거
든. 이상한 거 진짜 너무 좋다.

역시 앙투아네트의 마음은 오스칼이 아는 걸까. 나
는 그제야 어렴풋하게나마 내가 제인에게서 느낀 아름
다움이 무엇이었는지 알 것 같았다. 그건 오스칼이 여
자든 남자든 무조건 믿고 의지했던 만화 속 앙투아네트
의 마음과 같은 것이었을지도. 나도 모르게 히히, 하는
소리를 내어 웃고 있는데 갑자기 야구 모자를 눌러쓴
고모가 불쑥 튀어 나왔다. 뭐야, 애. 제인하고는 이야기
도 하고 웃기도 해, 엄마!

세상에 완벽한 사람 없다고 고모도 눈치란 것은 좀
부족했던 것이다. 그런데 왜 제인이에요? 내 말에 고모
는 평소와 달리 조금 퉁명스러운 말투로 그런 너는 왜
보냐? 했었고 제인은 그런 고모의 팔을 툭 치며 씩 웃
더니 사람들이 나보고도 이상하대, 하고 말았었다. 제
인이 트렌스젠더였다는 건 오랜 시간이 지나고서 알았
다. 하지만 중요한 건 제인이 그런 사람이었다는 것이다.
이상하다는 말을 듣고 속이 상해 우는 사람에게 "나는
그런 사람 너무 좋다." 해 주는 사람. 그러니까 이상하

고, 그래서 너무 좋은 사람. 그런데 할머니는 나보다 더 제인과 제인의 아버지인 주희를 좋아했던 것 같다. 나는 밤낮으로 주희네 집에 가서 밥을 먹었는데 할머니가 자꾸만 반찬을 싸서 들려 보냈기 때문이다.

할머니, 주희가 왜 좋아?

주희는 욕을 안 하잖아. 나는 남자들은 다 욕을 달고 사는 줄 알고 다 참았단 말이지. 남자애니까 그렇겠지, 이럼서.

내가 맞아 맞아 하는 표정으로 이번엔 주희가 들려 보낸 반찬을 할머니에게 내밀었다. 가지를 물에 한 번 데친 후 다시 졸여 낸 가지조림이었다. 아휴 이거 귀찮을 텐데 한 번 더 삶아야 돼 가지고, 하며 할머니는 그것을 한번 먹어 보다가.

아니, 우리는 뭐 욕 못 해? 씨…… 씨, 그…… 아이고 안 할란다, 내 입 아깝지.

"그러게, 남자들은 왜 서로를 자꾸 씨발년이라고 하는 걸까?"

"그러니까. 씨발놈도 아니고, 씨발놈들이 아주."

아마도 복수와 쌍쌍바를 나눠 물고 어느 남자중학교 앞 슈퍼 처마 밑에 서 있던 날이었을 것이다. 뿌연 미세먼지가 안개처럼 보이는 날이었는데 복수나 나나 아이들을 좋아해서 그냥 그러고 있었다. 나는 아이를 정말 좋아했지만 어느 순간부터는 아이를 포기하게 되었다. 내가 이 말을 하면 사람들은 결혼 직전 헤어진 나의 전 애인을 떠올리며 눈치를 보곤 했다.

나는 웨딩 사진을 찍던 날 7년 사귄 애인과 헤어졌다. 종일 사진을 찍느라 6시 넘어서야 겨우 그날의 첫 식사로 순댓국밥을 먹으러 갔다가 그랬다. 분명 연차를 냈다고 했는데 순댓국을 한 수저 뜨기도 전에 팀장에게 전화가 왔고 그걸 받은 그가 갑자기 팀 회식에 가겠다고 일어서는 거였다. 이거라도 먹고 가. 안타까운 마음에 수저를 쥐여 주었는데 그가 갑자기 수저를 탁 소리 나게 놓더니 곧 눈에 보이도록 한숨을 내쉬었다. '결혼하면 내가 책임질 식구가 몇이야?' 결혼이 결정된 순간부터 그는 자주 그런 말을 했다. 계약직이긴 해도 나는 늘 직업이 있었다. 고모도 오랜 시간 강의를 했고 할머니는 암이 발견된 후에도 입원하기 전까지 일을 나갔다. 이 사람은 왜 자꾸 이런 말을 하는 걸까. 나는 그날 그보다 늦게 수저를 놨지만 먼저 일어서 가게를 나왔다.

"그래도 귀여웠다면서, 롯데월드 가서 네 팔에 매달리기도 하고."

복수의 말에 나는 아이스크림을 한 입 더 베어 물려다 웃음을 터뜨렸다. 사귄 지 2주년 기념으로 롯데월드 자유이용권을 끊고 바이킹을 탄 날이었다. 그때까지 이

까짓 거, 하던 애인은 바이킹이 움직이자마자 내 팔에 매달려 눈도 뜨지 못했다. 급기야 우리 뒤에 타고 있던 여고생들이 "어머, 이 아저씨 어떡해!"를 외쳤고 결국 손을 크게 흔들어 바이킹을 중간에 멈춰 주었다. 남들이 들으면 전혀 귀엽지 않을 그 일이 내겐 귀여웠으니, 그래, 확실히 애인의 그런 구석을 좋아했다. 그가 변한 건지 내가 멈춰선 건지는 알 수 없지만.

"사실 그냥 내 사랑이 변한 건지도 모르지, 뭐."

"그래, 사람도 변하는데 뭐."

어쩌면 가장 많은 변화를 감내했을 복수가 그런 내 말에 작게 고개를 끄덕여 주었다. 물론 복수에게도 말하지 않은 일이 하나 있었다.

'너 되게 매정하다. 내가 알던 애가 아니야.'

할머니와 고모가 결혼을 깨겠다는 내 말에 동의해 주었을 때부터 그는 누구에게인지 모를 사과를 하기 시작했다. 이어지는 사과에도 내가 결심을 바꾸지 않자 결국 그는 정말 모르겠다며 저런 말을 했다. 여태 무작정 그저 자신을 용서해 달라고만 했다는 것은 전혀 모른다는 듯 나의 매정함에 서운함을 토로하는 그 얼굴은 아주 말갛고 참으로 무해해 보였다. 그때 처음 알았다. 아무것도 모른다는 게 언제나 천진하지는 않다는 것을 말이다.

하지만 어쩌면 저런 말 못 할 기억이 이제는 정말 내

가 좋아하는 사람과 살겠다는 다짐을 만들어 준 것인지도 몰랐다. 그러니 내가 아이를 포기한 이유는 엎어진 결혼으로 인한 실망과 상처 때문은 아니었다. 그것과도 조금은 별개로 이제는 아이를 낳아 키울 자신이 없었다. 우선은 내 벌이로 아이를 책임질 수 있을지 아득해졌기 때문이다. 게다가 결혼을 한다고 해도 남편과 함께 아이를 키울 자신이 없었다. 그게 대체 무슨 말이냐고 한다면 정확히 설명하긴 힘들었지만 언제부터인가 막연하게 그런 마음이 들었다. 남편을 사랑하고, 사랑하지 않게 되고 이런 문제가 아니었다. 단지 아무리 어린 시절을 돌이켜 봐도 내 기억 속에 아버지가 있지 않았던 것이다. 어린 시절 내 곁에는 할머니와 고모가 있었다. 그 이전엔 엄마가 나를 돌봐 주고 대화를 하고 밥을 먹고 웃음을 터뜨렸다. 오히려 아이를 키운다고 했을 때 가장 먼저 떠오르는 건 고모와 복수였다. 어쨌거나 내게 그런 문제들은 생각의 여지라도 있는 거였다. 복수는 달랐다. 복수는 아이를 낳을 수 없었다. 누군가에게 그것은 해결의 기미조차 없는 절망의 문제였으므로. 나는 복수와 종종 아이들이 많은 곳으로 갔다. 아마 복수가 수술을 받고 호르몬 주사를 맞은 지 2년 정도 되었을 것이다.

"남자가 돼서 가장 하드한 점은 화장실과 욕이야."

"눈치 보여서?"

"응, 그것도 그렇지. 장애인용 화장실이 있으면……

그냥 거길 가게 돼. 남자 화장실 가면 갑자기 누군가 들어와서 내 어깨를 획 잡아 돌리고 내 몸을 훑는 상상을 하게 돼서, 자꾸만 너 이 자식 군대도 안 갔다 온 새끼가 너 인마! 이러는 상상이 돼서."

"얼른 성평등 화장실 생기면 좋겠다."

"그렇지. 장애인용 화장실 쓰는 것도 죄송스럽고. 그리고 또 욕이란 뭐랄까."

"뭐랄까?"

"더러워. 무지."

"아. 그렇구나, 더럽구나."

「베르사유의 장미」가 끝나 갈 무렵 제인이 사라졌다. 하지만 나는 제인을 오래 생각할 수가 없었다. 그즈음 같이 사라졌던 고모가 막 집에 돌아온 시기이기도 했으니까. 할머니는 좀체 고모 곁을 떠나지 않았지만 그날은 어쩔 수 없었다. 그런 사정이 무엇이었는지는 모르지만 어쨌거나 그런 사정은 어떤 경우에는 꼭 생기고야 마는 것이다. 나는 평소처럼 학교에 갔다가 스크류바를 물고 돌아왔다. 방 안에만 있던 고모가 나와 있었기 때문에 나는 스크류바가 녹아 빨간 물이 떨어지는 것도 모르고 고모에게 뛰어가 섰다.

보나 너는 스크류바가 왜 좋아?

이상하게 생겼네, 롯데 스크류바. 고모도 이 노래 알

지? 이상하게 생겨서!

그렇구나. 넌 정말 나랑 닮았나 봐. 사람들이 그러는데 내가 좋아하는 사람도 이상하대.

정말? 그럼 나도 정의로운 사람 되겠네?

내가, 정의로워?

응, 할머니가 그랬는데 고모는 정의롭대. 공장에서 일하는 소녀들한테 공부도 가르치고 권리를 찾아 주려고 시위도 한 거라고. 그렇게 정의로워서 감옥에 간 거랬어.

그래?

응, 정말 오스칼도 정의로운데 감옥도 가고 죽고 그래, 아휴 세상이 아주 미쳤어!

어? 그런 말은 대체 어디서 배웠어? 할머니가 그랬구나?

응, 할머니가 그러는데 고모는 자기 갈 길을 제대로 가고 있었는데 반대로 가던 사람들이 멋대로 뻗은 발에 차인 거래. 원래 사람은 이렇게도 저렇게도 갈 수 있기 때문에 백번 양보해서 그 사람들에게 왜 반대편에서 왔냐고 뭐라고 할 것까지는 없는 거래. 근데 사람이 부딪히면 원래 미안합니다 이렇게 사과하는 게 중요한데 그 사람들은 그런 것도 모르고. 아주 아주 못 배운 놈들이래.

그럼 나는 단지 넘어졌던 것뿐일까……

고모 어디서 넘어졌어? 그래서 아팠어? 많이 아팠어?

보나야, 너 오스칼 많이 좋아해?

응! 하지만 오스칼 생각하면 좀 슬퍼.

왜?

오스칼은 남자인데, 남자로 살아야 오스칼인데 사람들이 자꾸 여자로 살라고 해서.

그래. 그것 참 너무, 아주, 많이 슬픈 일이네.

응. 그런데 고모, 제인은 어디 있어?

아, 제인은…… 미국에 갔대.

그럼 고모는 진짜 많이 슬프겠다.

응?

나는 오스칼도 날마다 봤고 스크류바도 좋아해서 날마다 먹는데 고모는 아예 못 보잖아. 고모 제인 많이 좋아하잖아.

보나야, 우리 그럼 제인 보러 갈까?

나는 미국에 가는 줄 알았다. 그래서 좋아하는 인형 곰순이와 『베르사유의 장미』 만화책을 가방에 챙겨 넣었는데, 막상 고모의 손을 잡고 도착한 곳은 한강이었다. 고모가 카디건을 벗어 나에게 덮어 주었던 기억이 난다. 한강에 내려오기 전 샀던 베지밀 병을 손에 꼭 쥐고 있으라고 하더니 등을 쓸어 주며 시를 하나 읽어 주었다. 그 시였다. 따뜻한 병을 쥐고 잠들었다가 깼을 때였다.

나를 용서해 줘, 제인.

고모는 그날 한강으로 걸어 들어갔다. 고모 제발 가지 마, 하는 목소리조차 나오지 않았다. 나는 고모의 팔을 힘껏 깨물었다. 내가 잘못했어, 고모. 나랑 할머니랑 여기 살자. 내 목소리는 강물과 함께 흘러가고 있었다. 어느 순간 고모가 보나야, 너는 나를 용서하지 마, 하며 나를 힘껏 물 밖으로 밀어낸 일. 내가 고개를 저으며 고모의 팔을 물어뜯듯 매달린 일. 결국 물 밖으로 나와 우리 고모 좀 구해 달라고 소리친 일 그리고 할머니가 도착할 때까지 울지도 않고 고모 곁에 있었던 일. 막상 할머니가 도착하자마자 코피를 흘리며 뒤로 넘어지듯 쓰러진 일.

내가 고모와 단둘이 살기 시작했을 즈음 사람들 몇이 고모를 찾아왔다. 고모가 강의하는 학교를 통해 연락처를 알았다는 사람들은 고모가 '그 9일 동안의 일'을 말해 주길 바랐다. 토끼를 사냥하듯 여학생들을 몰아넣고 생리하는 학생에게 생리대도 지급하지 않았다는, 그곳에서 학생들은 초코파이 하나를 돌려 먹으며 9일을 버텼다는, 온갖 추행과 고문을 당한 끝에 전경의 군화를 핥아야 했던 학생도 있었다는 '그 9일 동안의 일'에 대해. 그러니까 1990년대 중반에 빨갱이로 몰린 여대생들에 대해. 나는 고모와 함께 그 사람들을 만나러 나갔었다.

저도, 저도 정말 기억해 내고 싶어요.

고모가 한 말은 그게 전부였다. 그 말을 하기까지 나는 고모가 몇 번이나 손수건으로 식은땀을 닦아 내는 걸 보았다. 고모가 막 일어서려 할 때였다. 고모를 찾아온 사람 중 한 명이 고모의 어깨를 토닥였다. 살아 줘서 고마워. 나는 그 손이 저 말을 대신하고 있다고 느꼈다. 그날 고모를 집에 데려다주고 그 사람과 카페에서 다시 만나 잠시 이야기를 나누었다. 그 사람은 학생운동이 대학가를 휩쓸 때 오히려 학생운동 하던 이들을 가장 멀리 하던 사람이라고 했다. 특히 학생운동을 하던 남자 선배들 특유의 어떤 분위기가 싫어서 국문학과에서 경영학과로 전과하려 했다고 했다. 지금은 국가 폭력 피해 사례를 연구하며 학교에 남은 유일한 사람.

우리가 90년대 학번이거든요. 그런데 그때 혁명이라는 말을 했었어요.

고모가요?

한서뿐 아니라 모두가요.

아, 모두.

한서가 막 대학 들어왔을 땐 나랑도 친했어요. 한서가 어떤 여성 시인을 좋아해서 그 집에 찾아간 적도 있다고 했는데. 그 이야기 알아요?

어, 그 시인 집 담 넘으려고 했다는 이야기요?

아네요? 한서는 그런 애였어요. 그런 애…… 라니까 어감이 이상한데 그냥 그게 오래 기억에 남아요. '나를 만난 것이 나쁜 꿈이었던 듯 살길 바라요.' 뭐, 내가 소개팅에서 차였을 땐 이렇게 시작하는 시도 읽어 주고. 아니, 그 뒤가 더 뼈를 때리는데, '저는 여태 빌려 온 사랑 주인 없는 이별만 하였습니다.'* 재밌죠? 참 짓궂기도 하고. 모두가 한서를 좋아했죠.

고모가, 고모가 혁명이라는 말을 했어요?

그러게요. 혁명이라니. 모두를 위한. 정작 한서는 한 사람을 사랑했죠. 그 사람 기억하세요?

나는 그날 오후 광화문에 나갔다. 할머니는 내게 시위 근처도 가지 말라고 당부했으므로, 그 말에 동의는 할 수 없어도 그 마음이 무엇인지는 가늠했으므로, 시위가 한창인 광화문을 가로질러 본 것은 그때가 처음이었다. 성조기와 태극기가 동시에 걸린 천막 앞에는 글자까지 화가 난 듯한 붉은 글씨가 적혀 있었다. "죽은 자식 팔아 팔자를 펴려는 빨갱이들!" 그들 중 누군가의 옷소매는 유난히 낡고 해져 있었다. 또 다른 누군가의 얼굴은 기름을 펴 바른 것처럼 번뜩였다. 나는 그곳에서 누구의 얼굴도 바로 볼 자신이 없어 그저 고개를 숙이고

★ 신미나, 「적산가옥」,《현대시》, 2018. 7.

걷기만 했다. 그렇게 경복궁을 지나 청와대까지 천천히 아주 천천히 걸어 올라갔다. 텔레비전 뉴스에서 고개를 숙이며 사죄한다던 목소리들이 나를 따라 그곳을 걷고 있었다. 어떤 말들은 저렇게 무거우면서도 가벼울 수가 있었다.

왜 고모는 제인에게 용서해 달라고 했을까.

할머니가 죽기 전까지 나는 그런 생각을 했다. 왜 고모가 제인에게 용서를 구하는 거야? 용서를 구할 사람들은 시위대에 총을 쏜 사람들이잖아. 심지어 시위도 않고 횡단보도에 서 있던 제인에게 총을 쏜 그 사람들이잖아. 사람을 죽여 놓고 여장 남자라느니 불우한 어린 시절이 만든 불행이라니 하며 제인의 죽음과는 조금도 관련이 없는 말을 하던 그 사람들이잖아. 그리고 고모를 이렇게 만든…… 아니, 나는 속엣말로도 그 말은 늘 하지 않았다. 이렇게, 라니. 나는 가끔 나를 불쌍하게 만드는 건 나 자신이 아니라 타인들의 시선이라는 생각을 한다. 여장 남자라는 말을 제인에게 붙이기 전까지 우리에게 제인은 그냥 제인이었다. 그러니 내가 저 말을 내뱉는 순간 고모가 이렇게든 저렇게든 되어 버릴까 봐 두려웠다. 하지만 고모가 제인에게 용서를 구한 건 그것과는 다른 문제였다는 것을 나는 할머니가 죽고 나서야 조금은 알 것 같았다.

용서를 받고 용서를 해 주고 싶은 사람들은 그런 사

람들이었던 것이다.

사랑하는 사람들.

사과와 용서를 구하는 데에는 자격이 필요한 것이다.

그런데 제가 학교에 다시 돌아왔잖아요.

네?

고모를 찾아왔던 그 사람과 카페에서 커피 한 잔을 다 마시고 자리를 털고 일어서려 할 때였다. 그는 악수를 하자며 손을 내밀다 문득 저런 말을 했다.

아무 관련 없을 수도 있지만, 그런 생각이 들더라고요.

무슨, 생각이요?

한서가 말하려던 거요. 사랑인가 혁명인가, 가 아니고.

나는 그때까지 그가 내민 손을 잡지 않았다는 사실을 깨달았다. 그러나 나는 그 사실을 깨닫고도 허공에 멈춰 선 그의 손을 한동안 물끄러미 바라보기만 했다.

사랑과 혁명이었을 수도 있을 텐데.

그가 그 말을 했을 때 나는 그제야 그의 손을 감싸듯 맞잡았다. 내 손을 맞잡으며 그가 조금은 힘을 주어 말했다.

한서는 한 사람을 사랑해 보았으니까. 그래서 모두를 위한 혁명도 말할 수 있던 것 같아요.

나는 결국 증산역 쯤에서 버스를 타기로 결심했다.

그저 가장 먼저 도착하는 버스를 타야지 하고선 계단을 따라 올라와 바로 보이는 버스 정류장에 섰을 때였다. "시위가 있대요, 택시를 타도 마찬가지예요." 누가 옆에서 혼자 중얼거리는 건가 싶어서 보았더니 어떤 여성이 누군가와 다급하게 통화를 하고 있었다. 그 여성은 말은 그렇게 하면서도 한쪽 팔을 뻗어 택시를 향해 손을 흔들고 있었다. "한남동 가려면 강변북로밖에 없을 것 같은데 지금 다 그쪽으로 몰렸을 거예요. 어쩔 수 없어요. 주말엔 시위가 있잖아요." 멀리서 택시 한 대가 유턴하는 것이 보였고 어느새 나까지 아휴 다행이네, 하는 표정이 되었다. "아니, 시위를 하는 사람들을 무조건 욕할 수만은 없죠. 정말 슬퍼서 나온 사람도 있어요." 택시 안으로 미끄러지듯 들어가며 문득 그 여성은 나와 눈이 마주쳤다. 곧 택시의 문이 닫혔다.

나는 아무런 일정이 없었다.

나는 4분 후 도착한 753번 버스에 올랐다. 수색과 연희동을 거쳐 연남동으로 빠지는 버스였다. 서대문에서 서울역으로, 한남동까지 가는 버스는 대기 시간이 점점 길어지고만 있었다.

버스에서는 내내 옆에 선 남자가 무슨 일인지 욕을 중얼거렸다. 그가 욕하는 사람은 사장이었다가 지나가는 자동차 운전자였다가 폐지를 줍는 노인이 되기도 했다. 사실 나는 나만 아니길 기도했다. 그의 사정이 무엇인지는 몰라도 너무 무서웠던 것이다. 사실은.

너 거기서 무슨 일 있었어? 말해 봐.

오빠.

나도 다 들은 게 있어. 경찰서에서 무슨 일 있었냐고!

고모가 몇 개월 만에 집에 돌아왔을 때였다. 어느 주말 아빠가 술을 먹고 와선 다짜고짜 고모를 재우지도 않고 저렇게 물었다. 길게는 못 했다. 다행히. 할머니가 소리도 없이 빗자루 같은 걸 들고 왔고 고모를 추궁하듯 몰아세우는 아빠의 등짝을 마구 때렸다.

어머니는 신문도 안 보셨어요? 거기서 애가 당한 일 사실이면 애 한국에서 정말 어떻게 살아요? 여자로 어떻게 살아요? 그럼 그 전에, 어디든 보내야!

저 애가 네 동생이다, 동생이 살아 돌아왔어, 쟤가. 쟤가 살아 왔다, 너.

저는 그러니까 걱정이 되어 가지고.

내가 너 같은 걸 낳고 미역국을 꾸역꾸역 처먹고 뼈도 다 안 붙었는데 일을 하러 나갔다.

어머니, 말이 심하신 거 아니에요? 지금 저는 오빠니까 걱정이 돼 가지고. 아니, 그러니까 여자애가 얌전히 있다가 은행이나 이런 데 취직이나 하지 무슨 문학은 무슨…… 여자애가 혁명은 무슨……. 잊으셨어요? 외할아

114

버지가 그 빨치산인지 뭔지. 우리 아버지 아니었으면 누가 어머니하고 결혼을 해요. 야, 한서 니가 지금 제정신이냐? 어머니한테? 그리고, 지금이 무슨 일제시대야? 어디 나라라도 빼앗겼어? 지금 90년대야, 90년대!

너, 지금 우리 죽였다.

어머니는, 또 무슨 말씀을 그렇게나.

지금 네 말이 우리를 죽였어.

그런데, 할머니. 할머니는 욕 싫어하잖아. 그래도 어쩔 수 없는 날이, 그런 사정도 역시나 어쩔 수 없지만 있게 되는 날이 생겨 버리는 것이다. 어쩔 수 없는 건 어쩔 수 없어서 일어나겠지만 그래도 제발 그 어쩔 수 없음이 더 이상은 일어나지 말았으면 좋겠다고, 날이 갈수록 그런 생각은 점점 커져만 가는 것 같았다.

나는 그때 부엌에 서서 식칼의 손잡이를 빤히 바라보고 있었다. 한강에 갔던 날 이후 나는 고모의 팔을 보면 의자에 앉아 있어도 숨이 차오르곤 했다. 내가 물었던 자국이 남은 고모의 팔. 평생 남겨질 그 상처를 보면 내 잘못이 아니라는 사람들의 말에도 누군가 바닥에 나를 질질 끌고 다니는 것처럼 온 살갗이 다 쓰리게 아파 왔다. 그 자국까지 가지고 살아야 하는 고모에게 미안해서 자꾸만 그곳으로 시간을 되돌렸다. 다른 방법, 다른 방법, 나는 더 현명할 수 없었을까. 그런데 고모에게 그랬던 그 사람들은 지금 무얼 할까. 이런 질문들이 끝없이 나를 쫓아다녔다.

보나야, 아가, 내 강아지야.
할머니, 지금 말 너무 많이 하면 기침 심해진대.
난 담배도 안 피웠는데 왜 하필 폐에 암이 찼대?
요리할 때 나오는 먼지도 안 좋대. 간접 흡연이나…….
네 고모 오면 이 말을 꼭 좀 전해 줘.
무슨 말?
나를 용서해 달라고.
할머니, 고모는 할머니 전혀 안 미워해. 얼마나 사랑하는데.
용서해 달라고 해.
할머니가 대체 뭐를.
내가 이제 그만 잊으라고 했어, 제인을.

확실히 사람에겐 여러 개의 방이 있는 것 같다. 어떤 방문을 열면 저런 기억들이 나온다. 평소에 잘 여는 방은 아니지만 그렇다고 아예 없어지는 방도 아니라서. 그러니까 그 방을 아예 닫아 두라고 하면 처음엔 그럴 수 있겠다고 할지 모르지만 그렇다고 해도 그건 그냥 닫아 놓은 방이지, 완전히 없어지는 방이 되는 건 아니었다. 그러니까 그 방이 있다는 건 인정하고 그저 두었어도 좋을 것이다. 그러면 삶의 어느 순간에 모퉁이를 돌다, 모퉁이에 바짝 붙어서 돌게 되는 인생의 유난히 급박한 어느 순간에 우연찮게 그 방을 마주했을 때에도 그다지 놀라지 않을 수도 있을 것이다. 물론 여러 방이 있으니 슬프거나 잊고 싶은 방만 있는 것은 아니다. 분홍색 바가지에 딸기를 한 가득 씻어 알만 쏙쏙 따 입에 넣어 주던 할머니, 생계 때문에 갑자기 운전면허증을 갖게 된 어느 날엔 중고로 산 티코의 시승식을 하겠다며 고등학생이던 나를 조퇴까지 시켜 가며 불러냈던 할머니. 그런 할머니와 함께했던 모든 날들. 고모, 고모와 같이 사는 지금 집, 천변, 문정임헤어, 복수. 그리고 주 5일만 아니라면 좀 더 좋을 것 같은 직장인 고전 번역원. 1년 단위로 연장되는 계약직이긴 했지만 무엇보다 야근이 없었고⋯⋯. 복수는 내가 고전 번역원을 다닐 만큼 한자를 좋아하는 이유가 뭔지 궁금한 모양이었다. 하루는 이런 질문이 넘어왔다.

"그런데 한자가 왜 좋아? 요즘 쓰는 것도 아니고 예전 글자잖아."

"의미를 품고 있잖아."

"의미?"

"응, 그걸 해석하는 사람에 따라 다르게 품게 돼서."

"난 어렵더라."

"과거랑 이어진 것도 좋아. 없어지는 건 아무것도 없

는 것 같아서."

"전생과 현생과 다음 생이 함께 있는 기분인데?"

"중요하지 않은 건 아무것도 없다, 라는 기분이기도?"

"야야, 너 솔직히 말해."

"뭘 또?"

"너 토익 못했지?"

"아."

복수의 말을 듣다가 그렇게 이유가 하나 더 생기기도 했지만 어쨌거나 나는 이 모든 방들을 각각 사랑한다. 그리고 또 최근엔 또 하나 생겼다.

그곳은 약속을 정하지 않은 채 불쑥 찾아가도 어색해지지 않는 사람이 있는 곳이었다.

"오늘 거기 안 갔어요?"

"아, 광화문이요?"

"네, 오늘 퀴퍼."

"아."

"아아?"

"그, 일본 다녀오셨다고."

"어? 그거 어떻게 알았어요?"

"트위터 계정에서 봤는데요."

"음? 아, 여기 계정?"

"네, 무슨 디자인 페어 참석하신다고. 디자인 쪽도 일본과 관련이 많나 봐요?"

"참석이라기보다 판매였죠. 뭐, 일본에서 들어온 것들은 워낙 많으니까요. 미용부터 제빵…… 요즘은 유럽으로들 많이 가지만. 한국도 해외여행 자유화된 지 얼마 안 되었다던데."

"그렇구나. 맞다, 파는 건 많이 파셨어요?"

"음. 한국에서보단 많이요."

"좋은 거네요?"

"비행기표 값도 생각을."

"아, 그럼."

"그래도 좋죠."

"그죠?"

연남동에는 그래도 이곳이 있어서 좋았다. 꼭 가야하는 곳이라거나 가기로 정한 곳은 아니니까 '가도 좋은 곳' 정도로 해 두자. 목걸이나 귀고리, 팔찌 같은 소품부터 커피 잔이나 독립 잡지 같은 걸 파는 편집숍이었다. 가끔은 시인의 낭독회나 소규모 밴드의 공연이 열리기도 하는 곳이었다.

"근데 정말 광화문 안 나갔어요?"

"네, 여기 있잖아요."

"의외네요."

"네? 저 평소에는 좀…… 다른가요?"

"음. 뭐, 그냥 내 상상 속에서 의외요. 아, 여기 유튜브 채널 잡힌다."

그가 말하길 자신은 편집 숍의 주인은 아니고 그저 아르바이트생이라고 했다. 하지만 들여오는 물건도 직접 선택하고 행사 또한 기획하는 것 같았다. 그런가 하면, 처음 보았던 날 그는 적당히 친절하지 않은 사람이기도 했다. 물론 누군가에겐 그저 불친절한 사람이기도 했을 것이다. 그날, 가게 안의 물건들 위치를 자기 입맛에 맞게 옮겨 가며 인스타그램에 올릴 사진을 찍는 사람들이 있었던 것이다. 적당히 구경하는 것이라면 좋았겠지만 물건을 옮겨 놓은 채 사진만 찍고 그대로 내버려둔다거나 하는, 조금은 석연치 않은 손님들이었다. 하지만 나도 가게에서 사지 않고 나오는 경우가 많았기 때문에 뭔가 불만을 드러내기에는 조금 머쓱한 기분이었다. 그 손님들을 둘러싼 모두가 아마 나와 같은 생각을 하고 있었던 모양이다.

'손님, 그것은 판매용입니다. 또한 이곳은 스튜디오가 아닌 편집 숍입니다. 물건을 보시는 다른 손님들도 조금만 배려해 주시면 감사하겠습니다.'

그의 말은 정중했고 사진을 찍던 손님들은 곧 가게를 떠났다. 나는 돌아오는 길에 가게의 인스타그램 계정에 들어가 보았다. 아까 그 손님들인지 불만의 댓글들이 달려 있었다. 그가 가게 주인도 아닌데 너무 까칠하게 군다는 것이었다.

가게 주인이면 그럼 까칠하게 굴어도 된다는 것일까. 까칠하게 굴어서 문제인 걸까. 주인이 아닌데 그랬기 때문에 문제가 되었다는 걸까.

나는 한참 동안이나 그 댓글을 보았다. 나는 음식점이나 마트, 카페와 같은 곳에서 엄청난 친절을 받으면 물론 기분이 좋았지만 한편으론 늘 조금씩 울적해지기도 했다. 사람들이 그들에게 요구한 친절이 그만큼이나 어마어마했겠지 싶었던 것이다. 누구든 자기 생계가 달린 문제에 대해선 가벼울 수가 없으니까. 나만 해도 그랬다. 번역도 어떤 문장에선 사람들이 좋아하는 표현으로 더 힘이 가곤 했다. 무엇이든 서로가 적당하면 좋지 않을까. 자주 그런 생각을 하던 즈음이었다. 다음 날 다시 그 계정을 보니 새로운 게시물이 올라와 있었다. 가게 유리문에 "이곳은 스튜디오가 아닙니다."라고 쓰인 종이가 붙어 있는 사진이었다. 사진 밑에 설명은 두 줄이었다. "가게에 오신 모든 분들이 주인입니다. 서로의 공간을 지켜 주세요."

그때의 일이 떠올라 화면에 집중하는 그를 잠시 바라봤을 때였다. 그는 내가 자신이 유튜브로 보고 있는 것이 무엇인지 궁금해한다고 생각한 모양이었다.

"그렇지 않아도 유튜브로 이거 보고 있었거든요."

"퀴퍼를요?"

"네, 못 나갔으니까요. 그리고 지금 난리 났어요, 광화문."

"난리? 왜요?"

"어라, 이건 저쪽에서 찍은 건가."

다시 검색창을 새로 고침해 보니까 금세 다른 채널이 잡히고 있었다. 아무래도 퀴어 퍼레이드를 지지하는 쪽 채널과 반대하는 쪽 채널이 뒤섞여 유튜브에 올라오고 있는 것 같았다. 나는 유튜브 화면을 바라보다 문득 그를 빤히 바라봤다. "의외네요." 그런 말. 내가 너 좀 아는데 너 그거 아니잖아, 하는 것 같아 별로라고 생각해 왔으면서도 어느새 나 또한 그 말을 하고 있었다. 그는 턱을 괴고 유튜브를 보다 나를 한번 보더니, "정치에 관심 있는 거요? 그런데 이거 이제 일상 아닐까요. 저기서 시위가 있으면 차가 막힌달지. 이제 무관심한 게 더 대단한 것 같은데요?" 그러곤 어깨를 한번 으쓱하며 웃어 보였다. 그러더니 가만 내 얼굴을 바라보며 중얼거렸다.

"51개네요."

"뭐가요? 성조기 별이요?"

퀴어 퍼레이드를 반대하는 유튜브 채널에선 아까부터 성조기와 태극기가 동시에 흩날리고 있었다. 나도 모르게 그런 말을 내뱉고 꿀꺽하는 표정이 되었는데 그가 다시 중얼거렸다.

"보나 씨 속눈썹이요."

"네?"

"어, 방금 하나 떨어졌네. 50개다."

나는 뺨을 쓸어 보았다. 하나가 뺨에 아슬하게 달라붙어 있었다.

"반대쪽은 53개던데요."

"어느 쪽도 성조기랑은 상관이 없네요."

"없죠. 다음 주에 낭독회 오세요."

"누구, 해요?"

"그때 말해 준 시 읽어 봤거든요."

"아. 그 시. 그런데 저 사실 시를 잘 몰라요, 그건 그냥 고모가. 저희 고모가 시를 공부하고 학교에서 시를 가르쳐요. 왜 내가 이런 이야기를 여기서 하는 걸까……."

"저 예전에 시 썼는데."

"네?"

"누구 안 오고, 다 같이 읽어 보려고요, 그날은."

"그러면. 그런데 누구도 안 오면 어떻게 해요?"

"그럼 우리 둘이."

"둘이요?"

"우리 둘이 나눠 읽죠."

집에 들어가면 5시가 조금 넘을 것 같았다. 저번 주만 해도 5시쯤 천변에서 집으로 걸으면 쏟아지는 햇빛에 뒷덜미가 뜨끈하기까지 했는데 계절은 벌써 그 반대의 감각을 알려 주고 있었다. 이제는 차가운 물로 씻은 손을 누군가 턱 하고 뒷목에 올리는 기분이 들었다. 온도 때문인지 천변 *끄트머리*에서 내릴 땐 분명 이것저것 입맛 당기는 것이 떠올랐는데 막상 걷고 있자니 그저 빨리 집에 돌아가 눕고 싶었다. 결국 정여사김밥에서 멸치김밥을 두 줄 사고 죠스떡볶이에서 찹쌀순대랑 떡볶이를 포장했다. 이마트의 만두 시식 코너에선 잘게 잘라 둔 만두를 한 번에 두세 개씩 입에 넣고 오물댔다. 배가 차니 허리가 곧게 펴지는 기분이었다. 노브랜드 피자와 아침으로 먹을 플레인 요거트만 챙겨 셀프 계산대로 향했다. 어깨가 무거워서 다른 건 마켓컬리로 주문해야지 싶었던 것이다. 마트에 들를 계획이 없어서 계산대에 이르러서야 아차 싶었지만 가방을 뒤져 보니 장바구니로 쓰는 에코백이 바닥에서 잡혔다. 마트에 와서 에코백을 쓰지 않고 종량제 봉투를 사게 되면 돈도 돈이지만 마음이 그렇게 아까울 수가 없었던 것이다. 에코백 하나에 마음은 조금 더 펴지는 것 같았다. 그나저나 고모는 오늘 미국에서 온 그 사람을 만났을까. 계산대를 벗어난 후 마트 구석에 서서 카톡을 잠시 바라보았다.

집에 오니 온도는 뜨끈한데 기운이 적막했다. 고모가 자주 신는 신발이 없었다. 식사 시간을 넘기면 카톡을 남기는 사람이라 의아한 기분에 다시 휴대폰을 켜 보았다. 갑자기 심장이 뛰기 시작했지만 일단 사 온 음식들을 늘어놓고 사진을 찍어 고모에게 전송했다. 숨을 한

번 고른 후에는 복수의 연락처를 눌러 고모가 보이지 않는다는 메시지를 두서없이 남겼다.

이윽고 고모, 어디야? 다시 고모에게 메시지를 남기려는 찰나였다. 현관문의 비밀번호를 누르는 소리가 들려왔고 조금씩 어두운 실내에 세모꼴의 빛이, 세모꼴이 커지듯 빛이 드는 게 보였다. 쏟아지는 빛에 잠시 눈을 감았다가 다시 실눈을 뜨고 본 고모는 오랜만에 아주 환한 웃음을 짓고 있었다. 고모 뒤에 선 사람의 얼굴이 어둠 속에서 누군가 일부러 지우려다 만 것처럼 흐릿했다. 바람에 흩날리는 금발 머리를 쓸어 넘기는 손, 주변의 공기를 바꾸는 것 같은 미소를 머금고 나타난 사람.

"거기, 제인이야?"

문이 닫히고 어둠 속에서 도리어 또렷해진 그의 얼굴을 보고서야 나는 그가 오늘 고모를 만나러 미국에서 온 손님이라는 걸 알게 되었다. 국가 폭력 희생자들을 위한 다큐멘터리를 만든다는, 주희와 제인을 찾아 고모를 만나러 온 메리 씨. 고모가 천천히 내게 다가왔다. 미소를 짓는 고모의 얼굴이 가만히 내 얼굴을 쓸어 주고 있었다.

"기억하고 있었구나."

문득 들고 있던 휴대폰의 알람이 느껴졌다. 고모가 보이지 않는다는 내 메시지에 복수가 답을 보낸 것일까.

근데 복수야, 나 사실 「아사코」 봤다.

이럴 줄 알았네, 알았어. 1월 1일에 봤지, 너?

응.

사실 난 마지막 장면에서 화났어. 남자가 다른 남자에게 갔다가 돌아온 아사코랑 홍수 난 강물 보면서 더럽다고 하잖아.

맞아. 근데 난 그 장면 좋았어.

뭐가?

아사코가 그 말을 듣고 그러잖아. 더럽다고. 그런데 그렇기 때문에 더 아름다울 수 있다고.

아.

응시하는 아사코가 나는 아름다웠다. 결코 응시하고야 마는.

오늘의 날씨 맑음. 기온은 저녁 7시 현재 16도. 습도는 50퍼센트. 바람의 방향은 남서에서 서남으로 바뀌는 중. 미세미세 앱의 공기질 상태는 양호. 일정은 딱히 없는, 천변에서 불어오는 바람이 기분 좋은 날. 오늘은 토요일이고 내일은 일요일이라 좋은 날.

우리, 그럼 오랜만에 다 같이 저녁 먹을까.

제2부 좀머 씨의 이야기

Dear. 한서, 보나

서울에서 이곳으로 돌아온 지 벌써 반년이 넘었군요. 한서 당신과 조카인 보나 씨의 호의 덕에 할아버지가 주한미군으로 주둔하던 시절 좋아했다던 여성 국극단의 멤버 주희 씨의 행방도 알 수 있었고요. 무엇보다 서울에서의 촬영을 시작할 수 있었던 것 같습니다. 일전에 당신들과 이야기했던 바로 그 내용입니다. 당신들이 소개해 준 연구자 경아 씨가 많은 호의를 베풀어 주어 더욱 수월했지요. 다큐멘터리의 주인공은 뉴욕에서 자란 흑인 여성 제니였습니다. 정확히는 흑인과 아시아인 혼혈 여성이었지요. 그런가 하면 장교 출신 아버지와 변호사인 어머니를 둔, 뉴욕에서 가장 좋은 교육을 받고 자란 엘리트이기도 했습니다. 당신들과 맥주를 마시고 영화를 보고 산책을 했던 용산과 녹사평, 후커힐 일대를 제니, 그리고 경아 씨와 걸으니 또 다른 기분이더군요. 신기한 일입니다. 장소란 이렇게 기억에 따라 달라지곤 하니까요.

뉴욕의 집으로 돌아와 가장 먼저 한 일은 가족에게 주희 씨의 이야기를 전한 것입니다. 이곳 미국은 어떤 식으로 보면 한국보다도 가족 문화나 이웃 문화가 발달해 있습니다. 가끔은 그것이 한 가족의 화목을 증명해 보이는 일처럼 느껴져 애매한 기분이 들곤 하지만, 어쨌거나 가족이나 이웃에게 어떤 이벤트가 있다고 하면 모두들 한걸음에 달려오려 애쓰곤 하지요. 또 뭐랄까요, 그만큼 주희 씨의 이야기는 주요한 화제였다는 뜻이기도 합니다. 나는 할아버지가 조금 염려되었습니다. 할아버지가 주한미군 시절 가장 좋아하던 소녀 연예인 주희의 죽음이나 그 가족의 비극에 대해 깊이 낙담하실 것 같았거든요. 그런데요, 제 이야기에 눈물을 흘린 건 아버지가 아니었습니다. 바로 로지 이모였습니다. 네, 제 파트너의 어머니이기도 하지요.

로지. 여공 로지라고 아십니까? 2차 세계대전 막바지에 미국 남성들 대부분이 전선으로 보내졌습니다. 그러자 미국 정부는 여성들에게 공장에 나와 줄 것을 요구했지요. 한 번도 기계를 만져 본 적 없던 여성들이 실크 스타킹을 신은 채 불꽃이 튀는 공장으로 향했습니다. 열아홉의 로지, 그녀도 그곳으로 갔습니다. 로지 이모에겐 전쟁에 나간 남편 대신 이미 홀로 키워야 하는 아이가 있었습니다. 바로 제시카, 제 파트너 말입니다. 어린 제시카가 밖으로 나오지 못하게 문을 걸어 잠그고 공장으로 가는 사람, 아이가 잘못되면 가장 먼저 비난받게 되는 사람도 로지 이모였지요. 어쨌거나 그 시절 이러한 미국의 여성들을 로지, 여공 로지라고 불렀어요. 미국 여성들이 대부분 로지가 되었습니다. 아마도 이게 언젠가 한서 당신이 말해 준 한국의 영자 같은 존재일까요.

로지 이모는 그곳에서 배의 갑판을 땜질하는 일을 배웠습니다. 처음엔 손이 망가지면 어쩌나, 옷에 묻은 기름이 씻기지 않으면 어쩌나 우울했습니다. 그렇게 배워 왔거든요. 여자의 손은 부드러워야 하고 옷은 허리를 조이도록 날렵하고 아름다워야 하고. 하지만 시간이 흐를수록 로지 이모는 점차 자신이 자랑스러웠다고 합니다. 수리 끝난 배가 바다에 떠 있을 때면 자신의 깊은 곳에 있는 무언가도 넓은 바다로 함께 나아가는 것만 같았지요. 그러나 전쟁이 끝나자 일은 다시금 남성들의 몫이 되었습니다. 국가는 남성들에게 일자리 우선권을 모두 주었지요. 숙련공인 여성들은 일자리를 구할 수 없었어요. 로지 이모는 포기하고 싶지 않았고 많은 곳에 이력서를 냈습니다. 난생처음 로지 이모는 태어나 죽 살아왔던 캘리포니아를 떠나 뉴욕으로 가기로 마음먹었습니다. 그러나 로지 이모가 지금처럼 뉴욕에 올 수 있었던 건 이력서 때문이 아니었습니다. 애당초 로지 이모는 모든 회사로부터 여성이라는 이유로 거절을 당했으니까요. 로지 이모가 뉴욕에 온 건 제 이웃에 살던 아저씨와 재혼했기 때문이었습니다.

그러니 언제부터인지 모릅니다. 로지 이모가 "나는 로지야. 여공 로지."라고 말한 것이요. 모두가 이제 로지 이모의 원래 이름이 무엇인지 잊은 것 같습니다. 로지 이모 자신도요. 이웃의 아저씨와 이혼한 후 로지 이모는 가사 도우미와 일용직 청소 일을 하며 딸 제시카를 홀로 키웠습니다. 그리고 몇 해 전 선거 때는 공화당에 투표했지요. 그때 제시카와 격렬한 논쟁이 일어났습니다. 제시카는 컬럼비아 대학교에서 사회복지를 전공하고 인권 단체에서 일하고 있습니다. 어려운 형편에도 제시카가 공부할 수 있었던 건 로지 이모의 강력한 주장 덕분이었지요. 제시카는 그런 어머니가 자꾸만 극우화되는 것을 받아들이기 힘들어했어요. 그럴 때면 로지 이모는 앵무새처럼 중얼거리곤 했어요.

"2차 대전 때 우리가 도와준 나라들이 우리를 어떻게 엿 먹였니? 이민자들을 받아들여 우리는 일자리를 잃었잖아."

대체 그럼 딸의 동성 연인은 어떻게 받아들이는 거야? 제시카는 자신과 저의 사이를 받아들여 주는 로지가 의아했습니다. 메리는 백인이잖아. 제시카는 그날 절망했다고 합니다. 실망도 아닌 절망. 로지가 말하는 건 대부분 보수 단체의 자선 파티에 나가서 들은 이야기일 것입니다. 오전 시간이 무료한 노인들에게 파이를 나눠 주며 이민자들과 퀴어, 인권에 대해 말하는 걸 경계하자는 이들 말이에요. 한국에도 비슷한 경우가 있다고 한서 당신이 말해 주었던 기억이 나네요. 자, 그래서 지금 제가 무슨 이야기를 하려는 거냐고요? 다큐멘터리를 찍으면서 기지촌과 관련된 세 명의 여성들을 만났습니다. 두 명은 여전히 이태원에 살고 있고 한 명은 평택의 기지촌 여성들의 쉼터로 옮겨 갔더군요. 사람들은 기지촌이 이태원에만 있다고 생각하지만 사실 경기도 전역, 강원도까지 넓게 퍼져 있었죠. 그럼 우선 평택에서 만난 이부터 이야기할게요.

그이의 이름은 캔디. 달콤한 이름이지요? 그런데 공교롭게도 그이는 기지촌에서 가장 많은 학대를 당한 사람이었습니다. 물론 이 말이 잘못됐다는 것을 압니다. 누군가의 고통을 어떻게 절대치로 측정하고 그것을 비교하여 이렇게 확언할 수 있겠습니까. 다만 캔디의 고통을 명백하게 표현하고 싶었음이라고 이해해 주면 좋겠습니다. 캔디는 이른바 행신동 '시다'로 취직하여 열여 덟에 서울로 올라왔다고 합니다. 아시겠지만 1965년 한 일 협정 이후 많은 것들이 바뀌고 또 망가졌습니다. 먼 저 망가지는 것은 언제나 가장 약한 곳이지요. 캔디, 본 명 이선자는 벼농사를 짓던 아버지가 농약을 마시고 자 살하자 동생과 어머니를 보살피기 위해 서울로 보내졌 다고 해요. 그러나 당시 '시다'의 월급으로는 동료 몇과 쪼개 내던 월세를 감당하기도 어려웠죠. 보내야 할 돈이 마땅찮아 고민하던 중 주인집의 손에 이끌려 기지촌으 로 왔대요. 기지촌이 무엇을 의미하는 줄도 모르고, 그 저 '미군이 놀러 오는 곳'이며 그곳에서 '찻잔을 나르면 된다'고 알고요. 물론 그녀를 기다린 건 포주의 매질과 용기를 준다는 약, 사실은 마약이었던 그것이요. 그리고 하루에 50명까지도 받아야 했다는 미군들, 하얀 방으 로 기억하는 보건진료소였지요.

"그런데요, 캔디 씨. 성병을 치료해 주면 좋은 거 아닌 가요? 왜 도망가고 싶어 했어요?"

"모르겠어, 그런 거. 근데 옆방 언니가 치료제를 맞 고 개처럼 침을 흘리고 기어 다니더라니까……. 부작용 같았어. 무서워서 도망치려고 했는데 그러면 또 주사를 놔."

그녀는 평택의 쉼터로 옮겨 오고 나서야 겨우 주민등 록증을 갖게 되었다고 합니다. 이태원에서도 몇 번 주민

등록증을 만들기 위해 돈을 모았지만 번번이 브로커에게 돈을 뜯겼다고 해요. 그때 그 브로커들이 한국 남성이었기 때문일까요, 아니면 서울에 오기 전 농약을 마셨다는 아버지가 죽을 만큼 자주 어머니를 때렸기 때문일까요. 캔디가 가장 치를 떠는 건 한국 남성입니다. 가장 보고 싶어 하는 건 그녀와 8개월간 살았다는 백인 병사였지요. 캔디는 그 당시 일이라면 길 위의 쓰레기통 위치까지도 정확히 기억했습니다. 하지만 어느 순간부터 저는 모든 것을 도저히 믿을 수가 없었습니다. 캔디가 정말 그 백인 병사와 행복했을까요. 그녀가 정신을 잃을 정도로 폭행당한 곳도 바로 그곳이었는데요. 그렇게 보고 싶다던 백인 병사가 낙태를 종용하며 임신한 그녀를 무차별로 구타한 것입니다. 그러니 참 기이하지요? 돈을 빼앗아 갔다던 그 한국인 브로커나 백인 병사나 매한가지 나쁜 사람 같았는데요. 캔디는 대화 내내 한국인 남성과 일본인 남성에 대한 적의를 드러내곤 했습니다. 조금은 한 방향으로 치우쳐진 정치적 견해를 이야기하기도 했고요. 하지만 듣다 보니 의아했지요. 캔디는 종일 기지촌 골방에만 갇혀 있어서 뉴스를 보지도 못했을 테고 시위 현장을 보지도 못했는데 말이에요. 캔디, 그런데 이런 이야기는 어디서 들은 거예요? 이렇게 묻자 캔디가 그러더군요.

"몰라, 그때 기지촌에 있을 때 포주들이 그러는데 그

때 그 대통령이 잘해서 우리가 잘 먹고 잘산댔어. 미국 대통령이 돈 줘서. 그 브로커 놈들도 칭찬을 하더라니까."

순간 나뿐 아니라 경아와 제니도 아무 말을 하지 못했습니다. 캔디는 우리랑 헤어지던 마지막 날까지도 나와 경아, 그리고 제니에게 이렇게 말했습니다.

"연애 많이 해, 그게 사람 사는 거야. 나도 우리 신랑이 나 쥐어박고도 안아 줄 때 얼마나 좋았게?"

우리는 그저 캔디에게 환히 웃으며 고개를 끄덕였습니다. 그러나 손을 흔들던 캔디가 시야에서 사라지자 경아가 주저앉아 울음을 터뜨렸습니다. 한서 당신도 아시겠지만 경아의 고모는 광주 민주화 항쟁 때 실종되었지요. 경아는 늘 말했습니다. 자신의 아버지를 이해할 수 없다고요. 아버지는 고모가 실종되고 이듬해 진학하려던 국문학과를 포기하고 군인이 되었다고 합니다. 실종된 누이를 찾아 헤매다 그렇게 군인들에게 얻어맞았다는 그가, 홀로 조용히 시집을 읽는 것을 좋아했다던 그가 말이에요. 아버지는 죽을 때까지 할머니와는 끝내 화해하지 않았다고 해요. 경아는 할머니가 죽을 때까지 "그 군인이 네 동생을 죽인 거야. 네가 그 옷을 입고 있다니." 이렇게 중얼거리던 모습을 잊을 수가 없다고 합니다. "어머니, 그래도 우리를 지켜 주는 건 이 군복이에요." 아버지는 단 한 번 그런 말을 했다고 해요. 게다가

요즘은 태극기와 성조기를 들고 집회에 나간다고 합니다. 사실 그때까지 제니는 말이 별로 없었고 우리와 걸을 때도 조금은 떨어져 걷곤 했지요. 그러나 그날, 우는 경아의 등을 쓸어 준 건 제니였습니다.

이태원에서 만난 두 번째 인터뷰이는 가정이 있었습니다. 자식들은 물론이고 남편도 그녀가 기지촌 클럽에서 일한 것을 정확히는 모르고 있는 것 같았습니다. 그녀 또한 자신은 그저 클럽의 웨이트리스였을 뿐이라고 말했지요. 그녀가 서울에 온 이유는 캔디와 비슷했습니다. 시골집이 어려워 공장에 취직했고 임금이 모자라 방법을 생각했습니다. 다만 그녀는 앞선 캔디와 달리 계획이 있었죠. 사무직 직원이 되겠다고 처음부터 마음을 먹었어요. 그 시절 여성이 사무직 직원이 되려면 대학 졸업장이 필요했습니다. 그녀는 삼각지역 근처 타자 학원에 다니기 위한 돈을 모으려고 웨이트리스로 취직했죠. "그러면 그것을 왜 숨기시나요? 웨이트리스는 합법적이고 훌륭한 직업이잖아요." 내 말에 그녀는 처음으로 내 눈을 똑바로 보며 말했습니다.

"남자들은 젊은 시절 추억으로 그런 이야기를 하죠. 하지만 여자들은 생계를 위해 일을 해도 더럽다고 해요. 미국에서 밀가루 들어오고 쌀 들어오고 시골집은 망해서 공장에 들어갔어요. 그런데 공장에서 팔 다쳐서 나갔더니 할 수 있는 일이 뭐겠어요? 거기 있는 애들이 대학을 나왔겠어요? 그런데요, 내가 아무리 진실을 말해 봤자 뭐 해요? 누가 믿어 주나요?"

그녀는 일전에 비밀로 해 주겠다는 어느 신문사와 인터뷰를 했다가 곤욕을 치렀다고 합니다. 신문 기사를 읽은 남편의 친구가 남편에게 말했고 그는 한동안 그녀를 의심했다고 해요. 무엇을 의심한 건지는 모르지만……. 그래도 좋은 일을 하신 거잖아요. 우리의 말에 그녀는 오랜 세월이 흐른 지금도 무섭다고 했습니다. 그곳에서 자신을 봤다는 사람이 찾아올까 봐서요.

"나도 웃기죠, 평생 집하고 마트밖에 안 다녔어요, 일부러요. 근데 난 뭘 그렇게 평생 증명하고 싶었던 건지……. 저기 참, 담배 있어요? 집에 가기 전에 한 대만 피울래요. 여기, 이태원에서요."

그녀는 담배를 피우면서 허탈한 듯 혼잣말 같은 웃음을 터뜨렸습니다. 아무리 나이가 들어도 이태원으로 와야만 담배를 피울 수 있다는 것입니다.

"사람이요. 내가 이상한 년이라고 생각하지 않는 사람에게는 솔직해질 수 있어요. 자기를 해명하지 않아도 되니까요. 누구든 그런 거잖아요? 나를 나로 두는 곳에서 살고 싶은 그 마음이요. 그런데 여기서는 그랬어요. 다들. 그래도 서로 손가락질은 안 했어요. 믿어 줬어요."

기지촌엔 공장에서 밀려난 여공들과 시골에서 멋모르고 끌려와 학대를 당하는 사람들이 대부분이었지만 클럽에 놀러 왔다 마약에 당해 그 일을 하게 된 사람도 있었고, 또 트랜스젠더들과 명문대 졸업생들도 있었다고 합니다. 다양한 사람들이 살던 곳이었지요. 성별 정정을 위해, 혹은 공부를 위해 미국에 가고 싶어 한 사람들이 많았다고 했어요. 아니면 이혼한 전력이 있어서 더 이상 한국에선 가정을 갖기 어려워진 사람들이거나요.

"어머. 내 정신 좀 봐. 시간 다 됐네요. 여기 이거 보세요, 우리 손녀 귀엽죠? 카톡 프로필 사진의 꼬맹이요." 그녀는 회사에 다니는 딸 대신 어린 손녀를 데리러 가 봐야 한다며 자리를 털고 일어서셨습니다. 인터뷰 도중에도 끝없이 허리가 아프다던 그녀에게 이제 좀 쉬셔야 하는 거 아니냐고 했더니 고개를 젓더군요. 그러면 딸이 회사를 못 다닌다고요. 그러면서 우리에게 한 명을 더 소개해 주었지요. 당시에 미군 장교들과 여대생들을 연결해 주는 역할을 하던 '이태원의 언니'라는 사람이었어요.

우리를 만나자마자 경아를 보고 "너 한국 놈이랑 사냐?" 하던 이태원 언니. 경아가 고개를 젓자, "한국 놈들 여전히 똑똑한 여자 좋아 안 하지?" 하던 그 '이태원 언니'는 평택에서 만났던 캔디만큼이나 한국 남성을 싫어했어요. 조금 다른 점이 있다면 이태원 언니는 미군도 별로라고 했지요. 다만 자신이 했던 일에는 자부심마저 느껴졌어요. 공부하겠다는 애들 미국 보내 준 게 뭐가 나쁜지 모르겠다고 하더군요. 그런 이태원 언니는 아주 또렷하게 제인을 기억하더군요. 미국에 공부하러 가고 싶어 했던, 생물학을 전공했던 제인을요. 아이는요? 제니가 물었을 때 이태원 언니는 그때까지와 조금 다른 모습을 보였어요. 처음으로 말을 멈췄고 허공을 잠시 바라봤습니다.

"걔는 여기 살아 봤자 환자 취급당했어."

놀라운 일일지 모르겠습니다만, 한국에서 혼혈은 언청이, 손발 기형, 미숙아, 심장병 등과 함께 장애로 분류되어 있었습니다. 동성애, 트랜스젠더들이 질병으로 분류되었던 것을 떠올리면 그 기막힘에 대해 잘 알 것입니다. 이태원 언니의 말에 따르면 기지촌에는 흑인 색시 백인 색시까지 구분되어 있었다고 해요. 백인들은 흑인을 받는 가게엔 발걸음도 하지 않을 정도였대요. 제니는 그 말을 들었을 때 고개를 돌렸습니다. 이태원 언니는 그런 제니를 한참 바라보았습니다. 제인의 음성까지 기억한다는 이태원 언니가 제니를 알아보았을까요? "제니, 너 혹시 나비 좋아하니?" 제니가 조금 급하게 고개를 젓는다고 생각했는데 다시 보니 눈물을 참기 위해서였죠. 끝내 참지 못한 눈물은 이 말과 함께 흘러내렸죠. 제가 아니라 저희 아버지가요. 아버지가 나비를 좋아했어요. 가만히 제니를 보던 이태원 언니가 중얼거렸습니다. 처음엔 한국어였어요. "어떻게 돈 때문에 아이를 낳

았냐고 할 수도 있지. 어떻게 공부가 하고 싶어서 결혼으로 미국 갈 생각을 하느냐고 할 수도 있어. 여자 아니고 남자, 남자 아니고 여자로 살고 싶은 거 뭐 그렇게 못 참느냐고 할 수도 있다. 모르면 말이야, 내가 아니라 남 사정이면 말이야. 근데 뭐든 그렇게 보이는 게 전부였을까. 그게 무슨 말이냐고?" 그다음은 아주 정확한 영어 발음이었습니다.

"Life is not simple. The truth is not simple. Lies are so simple. That's why people like it more than truth. That's it. That's all."

잠깐 로지 이모의 이야기로 돌아갈게요. 앞서 저는 로지 이모가 울었다는 말을 했지요. 네, 그렇게 로지 이모가 울었을 때 가장 먼저 다가가 안아 준 건 영선이었습니다. 저를 키워 준 나의 어머니 영선이요. 영선은 1980년대 보육원에서 일하다 역시나 주한미군이었던 아버지를 만나 미국으로 왔지요. 이화여자대학교 생물학과를 졸업한 재원이었지만 할아버지의 권유로 졸업하자마자 결혼했다고 합니다. 그때는 여성이 과학자가 된다는 건 상상하기도 어려웠다고 해요. 최초의 한국인 여성 과학자가 몇 년도에나 나온 줄 아시나요? 영선은 그저 좋은 남편을 만나는 것이 대학 입학의 목표처럼 길러졌다고 했습니다. 영선은 그러면서 잠깐 한국의 독재 정권을 이끌었던 그 군인의 부인에 대해서 이야기했습니다. 남편 대신 총을 맞았던 그녀에 대해서요. 일류 대학을 나온 여성들은 그녀처럼 자애로운 어머니가 되길 요구받았다고요.

"펄 벅 소설가가 한국에 온 적이 있어. 아직도 그 신문 기사들이 기억나. 한국인 입양에 앞장서는 세계인의 어머니 펄 벅. 기사 제목이었지."

영선은 전남편의 구타에 정신을 잃고 나서야 이혼을 할 수 있었지만 친정에서조차 받아 주질 않았어요. 왜냐면 이혼한 영선은 그 시절 한국에서 쓸모없는 사람이 되어 버렸거든요. 결혼과 육아가 힘들어졌으니까요. 어린 시절 영선과 함께 갔던 마트에서 있던 일입니다. 누군가 손을 잡고 있던 아버지와 엽선에게 이런 욕을 했습니다, 후커(Hooker). 그는 한국인이었습니다. 아버지는 모르는 척하며 내가 먹을 시리얼과 초콜릿을 골랐습니다. 평소엔 초콜릿을 절대 사 주지 않던 아버지였는데요. 영선은 내 등을 쓸어 주었지만 그 누군가 다시 한번 영선을 향해 그런 말을 했을 때 나는 참지 못하고 울음을 터뜨렸습니다. 그때 영선이 이런 말을 했지요.

"메리, 저 사람에겐 다른 언어가 필요해. 네가 저 사람에게 에스페란토를 가르쳐 주렴."

알다시피 에스페란토는 국제 보조어지요. 영선은 그 언어를 할 줄 몰랐습니다. 물론 저도 전혀 몰랐지요. 그래도 그 언어가 있다는 것 자체만으로 저는 울음을 그

쳤습니다. 영선은 그런 사람이었습니다. 로지 이모는 평생 그런 영선을 좋아하지 않았습니다. 영선은 로지 이모가 그렇게 싫어하는 이민자니까요. 그런데 로지 이모는 정말 그 이유로 영선을 싫어했을까요? 사실 로지 이모가 영선을 정말 싫어한 것인지조차 모르겠습니다.

어쨌거나 가족들에게 주희의 이야기를 전한 날, 그날만큼은 로지 이모가 영선의 품에 안겨 한참을 울었습니다. 주희의 가족사를 듣고 이태원에서 만난, 그리고 평택에서 만난 사람에 대한 이야기를 듣고서요. 물론 로지 이모는 그 후에도 여전히 보수 단체의 기도회에 나가고 이민자 추방 지지 시위에 나가요. 영선에게도 데면데면하게 굴지요. 미국에 온 지가 언제인데 레몬 파이 하나도 제대로 못 굽냐고 말이에요. 다만 그런 말을 했대요. 영선 네 나라가 궁금하다고요. 영선이 조금 의아한 표정을 짓자 어깨를 으쓱하며 이런 말을 덧붙였다더군요.

"그냥. 나 같은 여자들이 많은 것 같아서."

백인 가정에서 태어나 자란 제가 지금의 모습이 되기까지 누군가에게 영향을 받았다고 한다면 그건 오로지 나를 키워 준 영선입니다. 그렇기에 언젠가 영선과 로지 이모와 함께 다시 한국에 가 보고 싶습니다. 문득, 한서 당신과 전쟁기념관을 방문한 일이 떠오릅니다. 미군 참전자의 이름이 새겨진 벽을 보고 저도 모르게 그런 말을 했죠, 한국인들이 우리를 기억하고 있다고 말입니다.

하지만 그 말을 한 직후 이상함을 느꼈습니다. 미묘하게 가라앉던 한서 당신의 눈동자 때문만은 아닙니다. 다른 나라 수도의 한복판에 기지를 세운 나라의 국민으로서 나는 그것이 어떤 의미를 갖는지에 대해 늘 생각하려 했고, 두려워하고 경계하고 있다고 확신했습니다. 그런데 그 공간에 들어선 순간 '내 나라'의 국기에 시선을 빼앗겼습니다. 솔직히 말하자면 그 순간만큼은 진심으로 애틋한 기분이었죠. 전에 말했듯이, 나는 대학 1학년 때부터 국가 폭력 사례에 관심을 갖기 시작했고 이후 관련 대학원까지 진학했습니다. 그런 내가 보인 반응이 그러했던 것입니다. 그러니 이 말을 하는 지금도 나 자신의 정의에 대해 생각해 보지 않을 수 없습니다. 지금 이것이 정의로워 보이고 싶은 나인지, 아니면 정말 정의를 생각하는 나인지를요. 어쩌면 나는 늘 전자에 가까운 사람일지도 모르니까요. 캔디에 대해 보인 나의 태도를 생각해 보아도 그렇습니다. 나는 어쩌면 나만이 가지고 있는 정의의 틀이 있고 행복의 기준이 있는 사람일지도 모르겠습니다. 그렇지만 다시 한번, 이 생각을 몇 번이나 고쳐 하게 될지라도 다시 한번 용기를 내고 싶네요.

이제 정말 이 기나긴 편지를 마무리해야 할 시간인 것 같습니다. 제인…… 아직 제인의 이야기를 하지 않았지요? 제인의 마지막 일기는 유서였습니다. 제인의 유서는 제가 함께 동봉한 다큐멘터리의 예고편에서 확인할 수 있을 거예요. 대신 이 편지의 말미에는 캔디와의 대화 일부를 옮겨 적으려 합니다. 네, 저는 여전히 캔디의 지난 행복을 온전히 믿을 수 없습니다. 다만 저는 이제 캔디의 말에 고개를 젓지 않고 그저 응시해 보려고 합니다.

*

이모, 이모 나올 거예요.

뭐로 나와? 내가 기지촌에서 뭐 했는가, 뭐 얼마나 맞고 누구랑 하고 이런 거?

아니요.

아니야? 그럼 뭐 때문에 날 인터뷰해? 나 인터뷰해서 뭐에 써? 그런 거 아니면.

그냥 이모 젊을 때 얼마나 예뻤나, 어떻게 살았나, 무슨 음악 좋아했나, 누구를, 누구를 그렇게 사랑했나. 이런 거요.

기지촌 여성, 성 노동자, 위안부 이런 거 말고……

네, 이모. 그냥 이모. 이모, 이선자.

선자는 무슨, 나 그 이름 싫어. 자 자 들어간 거 다 싫다니깐.

그래요, 미안. 나 또 잊었다. 잊지 말아야 할 거 이렇게 자꾸 잊는다니까요, 제가. 음. 그래, 캔디. 가죽 미니

스커트 좋아하고 다방에서 마시멜로 블랙커피에 넣어 마시는 거 좋아했던 이모 이름, 캔디요.

응, 캔디. 얼마나 달콤하고 좋아, 이 이름.

그래, 그게 이모죠, 이모 이름이고요.

그러면, 이제 내 이야기 하는 거야?

네, 그냥 이모에 대해서요. 기지촌 여성, 성 노동자, 위안부 말고.

나, 그냥 캔디.

*

생물학적 제인

에스페란토.

에스페란토라니.

1887년에 만들어졌다고 해, 국제적인 의사소통을 위해 만들어진 중립 인공어.

그런 것이 존재해?

에스페란토 박사에 의해 만들어졌어, 원래의 뜻은.

희망하는 사람, 에스페란토, 희망하는 사람.

그래서 그것을 말한 사람은?

석주명.

그렇다면 그는 무엇을 한 사람이지?

나비, 나비를 사랑한 사람이요.

하마터면 나는 그들의 말에 답을 할 뻔했다. 네가 나를 향해 인사하지 않았더라면 말이다.

경아예요. 어렵죠, 발음?

솔직히 말하자면. 네, 조금요. 아. 제가 한국어를 전혀 모릅니다, 죄송합니다.

죄송하다뇨. 괜찮습니다. 뭐…… 직업이 연구자니까, 어디 보자, 연구자, 구자. 이거는 좀 쉽네요. 구자라고 부르셔도 좋고요. 발음이 이게 더 쉽죠?

어느 쪽이든 사실 괜찮았다. 나는 어차피…… 마음속에서 이 말을 맺지 못하며 우선 경아가 내민 손을 맞잡았다. 그러면서 내가 아는 한국에 대해 떠올려 보았다. 대부분 유튜브 검색을 통한 거였다. DMZ, 한강, 용산 기지, 주한미군. 이런 게 나오지 않을까 했는데 웬걸, 이번엔 카페 사진들과 디저트 영상들이 나타났다. 케이팝 스타를 따라 하는 외국인들의 영상이 한가득이었다. 한참 보고 있으려니 그저 관광을 앞둔 여행자가 된 기분이기도 했다. 아마도, 내게 아버지가 없었더라면 관광객의 들뜬 기분을 조금 더 누릴 수도 있지 않았을까.

아버지는 1981년을 한국의 이태원에서 보냈다. 정확히 말하자면 유나이트 스테이트 밀리터리 베이스캠프인 용산. 물론 파주나 동두천, 의정부가 아니라 용산이었다는 사실은 그가 늘 보이지 않게 강조하는 것이었다. 그는 장교 출신의 주한미군이었다.

"그게 특이한 건지는 나도 몰랐다만,"

그 강조점 끝에는 또 다른 강조점이 따라 붙었다. 그러면 나는 고개를 저을 준비를 했다.

"나는 주한미군이었으며 나는 또한 흑인이었다."

아버지는 주어를 지나치게 강조하는 버릇이 있었다. 아버지가 정말 하고자 하는 말이 자신이 주한미군이었다는 것인지 아니면 흑인이라는 것인지 알 수 없었다.

아직 아버지 등에 매달리기 좋아하던 어린 시절의 일이다. 할아버지가 위독하다는 말에 어머니와 나까지 짐바브웨에 간 적이 있었다. 그때 우리는 프랑크푸르트 공항에서 긴 입국심사를 견뎌야 했다. 어머니는 자신과 양친이 모두 백인인 미국 국적자인 데다가 문제를 일으킬 소지가 별로 없는 여성이었다. 아버지는 양친이 모두 짐바브웨인이며 아버지 본인만 미국 국적자였다. 아버지는 아랍인, 여러 나라의 흑인 남성들과 여성들, 그리고 무슨 일인지 실랑이를 벌이며 쫓겨난 몇몇의 트랜스젠더들과 같은 줄로 분류되었다. 나도 처음에는 아버지와 같은 줄에 서 있다가 잠시 뒤 어머니에게 넘겨졌다. 나는 아시아 혼혈인 흑인이지만 양친이 모두 미국 국적자였고 다섯 살 미만 아동이었으므로 어머니와 같은 줄에 설 수 있던 것이다. 그날 아버지는 한참 동안 돌아오지 않았다. 나를 둘러업고 입국 심사처 앞에서 아버지에 대해 설명하는 어머니는 겁에 질렸다기보다는 그저 며칠 잠을 이루지 못한 사람처럼 피로해 보였다. 어머니가 그날 왜 억지로 하품을 감춘 사람처럼 보였는지 그걸 알기까지는 오랜 시간이 걸리지 않았다. 우리에게 그런 일은 흔하게 일어났다. 나는 열다섯 살 무렵부터 마트의 게임 코너에서 게임용 총조차 함부로 만지지 않았다. 어쩌면 경찰들이 올 테고 마트는 순식간에 공포의 현장이 될 테니까.

9.11이 있은 직후엔 조금 큰일도 있었다. 아버지는 샌프란시스코에서 뉴욕으로 넘어오는 비행기에서 다시 한번 곤욕을 치러야 했다. 신기한 건 그런 거였다. 테러리스트들은 미국의 정치인들에게 타격을 입혔다고 주장했지만 가장 큰 타격을 입은 사람들은 그 빌딩에 근무하며 아무것도 모르는 채 죽어 갔던 일반인들, 그곳에서 청소하고 아르바이트하던 이민자들이나 유색인종들이었다. 누구를 욕해야 할지 모르겠군. 내가 팔짱을 끼고 중얼거리자 아버지는 나를 못마땅한 듯 바라보았다. 미국의 안전을 위해 어쩔 수 없는 거야. 나는 그럴 때마다 고개를 돌렸지만 실제로 아버지가 군인이라는 걸 알고 나면 사람들은 어깨를 툭 치며 이를 드러내 보이며 웃어 주었다. 그러곤 선심 쓰듯 이렇게 덧붙이곤 했다.

"네 직업에 대해 일찍 말해, 비록 흑인이지만 위대한

조국을 위해 평생 전 세계의 전쟁터를 떠돌았다고, 그러므로 펜타곤이 너를 지켜 주는 건 당연하다고."

그러니까 흑인이라는 것, 그저 피부색이 다른 것뿐인데도 어떠한 곳에선 여전히 특이한 일이 될 수 있었다. 살면서 깨달은 바에 따르면 사람들은 이 '다르다'는 걸 별로 좋아하지 않았다. 그러므로 다름은 언제나 설명을 요구받곤 한다는 것도 너무 늦지 않게 알 수 있었다.

"나는 당신들과 다르지만 염려 마세요, 나는 당신들을 절대 해치지 않습니다. 저는 선량한 미국 시민입니다."

아버지는 평생 자신에 대해 설명해야 했다. 물론 거짓말은 설명의 가장 쉬운 방법 중 하나였다. 그들이 원하는 설명이란 결국 그들이 원하는 것만을 말하는 것이었기 때문이다. 그런데 아버지가 그 설명의 법칙을 어긴 것이다. 일생에 딱 한 번, 나에게 말이다.

"널 낳아 준 사람이 한국에 있다."

아직 대학을 가기 전, 어머니가 지역 교회에서 주최한 바자회에 참가하러 집을 비운 어느 일요일 오후였다. 아버지와의 친목이란 휴일 오후 식탁에 놓인 레몬 파이를 나눠 먹거나 피자를 들고 텔레비전으로 야구를 보는 게 전부였던 시절이었다. 나는 난데없는 아버지의 말에 깊은 슬픔을 느끼거나 충격으로 머리가 멍해지기보다는 좀 의아한 기분이었다. 그때까지 내 상상 속에서 나를 낳아 준 사람은 한국인이 아니었기 때문이다. 아시아 여성일 거라는 생각은 했다. 아버지는 필리핀, 베트남, 한국, 오키나와를 골고루 돌아다닌 미군이었으니까. 시간이 흐르면서 필리핀 여성일까 하는 생각이 커졌더랬다. 어린 시절 나를 놀리던 아이들이 부른 노래 때문이었다. 그러니 아버지의 입에서 한국이라는 말이 나왔을 때 내 입에서 처음 나온 말은 그거 아닐 텐데였다. "동양 여성은 눈이 죽 찢어졌다던데요?" 아버지는 곧장 고개를 저었다. "네 어머니는 눈이 크고 동그랗다." 그러나 오히려 나는 그제야 긴장이 풀리는 것 같았다. 거짓말쟁이. 아버지가 무언가를 그렇게 애써 설명한다는 것, 흔히 보았던 자신을 증명하는 아버지의 방식이었다. 재밌는 건, 아버지의 말이 거짓말이라고 철석같이 믿었기 때문에 나는 스무 살 무렵 나를 낳아 준 사람을 찾아보겠다고 고집을 부릴 수 있었다는 거다. 대학 진학을 앞두었을 때였다. 아버지는 내게 법대를 권유했다. 나는 문학을 하고 싶었다. 반대하는 아버지에게 상처를 주고 싶었다.

"저 그럼 한국 가서 대학 다닐게요."

"다른 남자가 생겨 떠난 사람이다."

한국에 가서 문학을 전공하겠다는 말에 아버지는 저 말을 하며 탁자를 내리쳤다. 아버지가 탁자를 내리치는 그 짧은 순간 나는 여태 한 번도 궁금하지 않았던, 나를 낳아 준 사람이 궁금해졌다. 여전히 주먹을 쥔 채 앉아 있는 아버지 팔뚝의 근육은 마치 젊은이의 육체를 집어넣은 것처럼 생생해 보였다. 나는 여성으로서 작은 체구가 아니었다. 그러면서도 아버지처럼 근력이 좋거나 스포츠에 능하지는 못했다. 겉모습만 보고 나를 특기생으로 키우려던 선생들도 있었지만 그 자체가 곤욕이었다. 아버지는 나를 어떻게든 좋은 학교에 넣으려고 했으므로 백인들이 우세한 지역에서 학교를 다니던 나는 자연스레 외톨이가 되었다. 남자 아이들은 평균보다 키가 큰 나에게 여자가 맞는지 확인하겠다며 가슴을 치고 갔다. 그 학교를 다니던 시절, 나는 가슴이 커지는 게 저주스러웠고 내 신체가 자주 곤욕스러웠다.

"제도란, 법이란 절대적인 거다. 다만 우리 같은 사람들에겐 그것이 쉽게 주어지지 않는다. 네가 그 힘을 스스로 가져야 해."

나는 더 이상 아무 말도 하지 못했다. 명백한 성추행조차 선생들은 내 편을 들어 주지 않았으니까. 아버지의 그 말은 묘하게 나를 굴복시켰다. 그로부터 15년이 흘렀을 때 아버지는 더 이상 탁자를 내리치며 내 결정을 자기 결정마냥 주장하지 못하게 되었다. 그즈음 췌장에 발병한 암은 아버지를 조금씩 갉아먹고 있었다. 아버지는 자신이 항상 아시아에 위치한 미국의 어느 베이스캠프에서 죽을 거라 생각했다. 그렇지만 그가 멈춰 선 곳은 공교롭게도 뉴욕이었다. 제자리, 제자리걸음. 아버지의 삶을 떠올리면 그런 단어가 생각났다. 아버지가 뉴욕에서 죽게 된 것에 만족했는지는 모르겠지만 적어도 하나는 분명했다. 병실에서만큼은 더 이상 자신에 대해 설명할 필요가 없었다는 것. 그의 몸속엔 암이 있었고 그는 곧 확실하게 죽을 거였다. 그때가 돼서야 누구도 그에게 더는 설명을 요구하지 않았다. 그리고 비로소 아버지는 자신에 대해 말하기 시작했다.

"내가 네 어머니를 버렸다."

그럴 줄 알았어요. 나는 책장을 넘기며 맞장구를 쳐주었다. 아버지가 죽을 거라는 생각을 못 했는지도 모르겠다. 실감이 안 나서인지 아니면 아버지 병실을 지키면서 읽기 시작한 책에 눈길이 가서였는지, 정확한 이유는 여전히 모르겠다. 다만 그때 책 안에서는 실비아 플라스가 주방의 문틈으로 가스가 새어 나가지 않게 꼼꼼한 손길로 테이핑을 하고 있었다는 것만 또렷하게 기억이 난다. 주방을 열면 아이들이 노는 거실이 있었기 때문이었다. 실비아 플라스는 아이들에게 가스가 새어 나가지 않도록 했던 것이다.

"제인이었다. 이름이."

"한국인이라면서요?"

실비아 플라스의 다음 챕터는 버지니아 울프가 아닐까 했었다. 그러나 버지니아 울프가 나올 거라 예상했던 챕터에서는 아주 낯설고, 그러면서도 정확하게 한국인의 이름이라 할 수 있는 이름을 가진 이의 이야기가 시작되고 있었다. 전혜린. 아무리 내가 한국을 한 번도 가보지 않았고 한국어라곤 전혀 모른다고 해도 그렇지, 어떻게 저런 허술한 말을 이렇게 중요한 이야기에 가져다 붙이는지. 제인이라니 그것은 흔한 미국인 이름이었다. 아이고, 차라리 혜린이라고 하지 그러세요. 아버지.

"진짜 이름은 모른다. 제인이라고 했다. 제인이다."

"그렇구나."

"그렇구나, 라니. 어머니를 한 번이라도 만나 봐라."

"어머니는 마트에 가셨어요. 먹지도 못하는데 그래도 아버지 좋아하는 음식 향기라도 맡게 한다고 말이에요. 어머니는 평생 그렇게 아버지에게 헌신했죠. 아시죠? 올 때 되었네요."

"아니, 마트 간 어머니 말고 네 어머니, 아니, 아니, 아니. 마트에 간 어머니가 네 어머니가 아니라는 건 아니고. 그러니까. 말하자면 네 생물학적 어머니, 제인."

아버지와 일생 동안 데면데면했기 때문에 내가 그를 대하는 것에는 분명한 깍듯함 같은 것이 있었다. 하지만 제인의 이야기를 듣는 순간부터 나는 일생 동안 아버지에게 보여 주었던 깍듯함을 잃어버리자고 생각했다. 자신의 이야기를 할 땐 주어 하나조차 생략하지 않던 아버지가 제인의 진짜 이름은 전혀 모른다고 해서였는지,

아니면 평생 나를 키워 준 어머니가 잠시 마트에 간 사이 뜬금없이 제인을 내 어머니라고 말해서였는지, 사실 그 이유는 정확히 알 수가 없었지만 그 알 수 없음은 확실히 어떤 분노를 만들어 내고 있었다.

"생물학적 제인은 다른 남자를 만나 아버지를 떠났다면서요?"

"생물학적 제인이라니, 생물학적 어머니라니까."

아버지는 누워서도 고개를 저었다. 읽고 있던 책에서는 전혜린이 치사량의 세코날을 다 모으고 자살을 고대한다는 일기를 쓰고 있었다. 자신의 공부를 완성하고자 하는 전혜린과 자식을 사랑하는 어머니로서의 전혜린이 양립할 수 없는 현실에 지친 한국의 전혜린. 나는 아버지와의 대화가 피곤하다는 것을 온몸으로 표현하기 위해 안경을 벗어 들곤 콧대를 지그시 누르며 잠시 창 너머를 바라보았다. "아버지, 둘이 사랑하다 한 명이 다른 사람을 만나는 건 슬프지만 나쁜 일은 아니에요, 아무리 생물학적이라고 하지만 당사자가 없는 데서 그런 말은 좀 아니지 않아요? 이제 좀 잊으셔야죠?" 물론 마지막 말을 다 할 수는 없었다. 이제 다 잊으라는 저 단어를 실제 움켜쥐기라도 할 것처럼 아버지가 내 팔을 움켜잡았기 때문이다. 아귀힘이 너무 세서 순간 입을 다물고 몸을 움츠렸다. 죽어 가는 순간에도 저런 힘이 나오다니, 확실히 펜타곤은 인간이 아닌 전쟁 기계를 만든 것이라고 생각하며 나는 팔을 빼내려 애썼다.

"네 어머니가 공항 식당에서 잠시 밥을 먹는 사이에 너를 데리고 비행기를 타 버렸다. 김포에서 아침 비행기였는데, 도쿄로 가서 환승하는 그런 비행기였는데…… 제인이 갑자기 아침밥을 먹지 않아서 속이 쓰리다고 하기에…… 원래 나와 살 때도 아침은 잘 챙겨 먹지 않던 사람이…… 내가 먹던 토스트를 손으로 만지작거리기나 하던 사람이었는데…… 너를 가졌을 때 네 어머니가 보내 준 음식도 잘 먹지 못하던 사람이었는데 말이다……. 그래서 김치찌개를 사 줬는데……."

어머니요? 의아함에 내가 묻자 아버지가 고개를 끄덕이며 '마트에 간 네 어머니'라고 다시 한번 확인시켜 주었다. 그럼 어머니는 제인이 임신한 걸 알고서도 연락을 주고받았다는 것인가. 대체 이 사람들은 아이 한 명을 두고 무엇을 했던 것일까. 한국과 미국, 뉴욕과 용산 사이에 있던 그 아이가 나였겠지. 내가 아무런 반항을 하지 않자 아버지는 그제야 내 팔에서 스스로 손을 뗐다.

"제인이 환생이란 걸 알려 줬다."

아버지는 그 말을 하는 순간 울면서 웃었다. 그는 다정한 아버지가 아니었다. 그가 했던 유일한 집안일이라곤 휴일 오후 나와 나누어 먹을 파이를 접시에 옮겨 담는 것 정도였다.

"죄를 많이 지은 인간은 반드시 다시 인간으로 태어

난다고 그랬다."

아버지는 허공에 뭐가 있기라도 한 듯 손을 들어 쥐어 보는 시늉을 했다.

"나는 그냥 짐바브웨에서 태어나 미국으로 오지 않고 거기서 살다가 죽고 싶다."

조금 발개졌던 팔은 아버지가 움켜잡기 직전으로 완벽하게 돌아가 있었다. 그러나 나는 그 이전으로는 결코 돌아갈 수 없을 것 같았다.

"아버지는 아마 그대로 짐바브웨에서 태어나 뉴욕에서 자라 뉴욕에서 죽을 거예요."

나는 한 번도 내가 누군가의 죽음 앞에서 그렇게 화를 내리라 생각해 본 적이 없었다. 무엇보다 그는 나의 아버지였다. 가족이라는 것이 이렇게 낯선 것인가. 하지만 아버지는 내가 화낼 것을 알았던 듯 내 말에도 다시 한번 미소를 지어 보일 뿐이었다.

"제인에게 한 번만 사과하고 싶다."

"아뇨, 다시 태어나도 아버지는 그럴 자격이 없어요. 아니, 그분 근처에도 가지 마세요."

아버지는 그 말에 대답하는 대신 기도 같은 혼잣말을 중얼거렸다.

"내가 나비로 태어나는 일은 없겠지⋯⋯. 결코 다시 인간이겠지."

아버지는 동물원을 무척 싫어했다. 아버지는 아시아

의 어느 나라에서 작전을 수행하다 오폭 명령을 하달한 적이 있다고 했다. 동물원은 말 그대로 폭탄에 산산조각 나 사방으로 터져 나갔다. 만약 인간이었다면 구해 줄 수 있었을까. 아버지는 어머니에게 가끔 그것에 대해 물었다고 했다. 그러고는 대답을 기다리지 않고 고개를 저어 보였다. 인간이어도 외면했겠지, 인간이면 더 외면했겠지. 전쟁 중이었으니까.

휴일에 우리 가족은 다른 친구들과는 달리 식물원이나 가든으로 향했다. 식물원에서 아버지는 항상 나비 표본실 앞을 서성였다. 그러고는 안내 데스크로 가서 표본된 나비에 대해 묻는 모습을 본 적이 있었다. 안내받은 대로 두꺼운 나비 도감을 소중히 안고 돌아온 날의 기억이 선명했다. 아버지가 무언가를 그렇게 소중하게 안은 것을 본 적이 없었으므로 그 장면을 잊을 수가 없었던 것이다. 아버지가 주둔지를 옮길 때마다 그 책을 들고 갔는지는 확실하지 않지만 집에 머물 땐 언제나 신중하게 그 책을 들여다보던 기억이 난다.

"한국에는 정말 아름다운 나비 박물관이 있다. 그걸 봤으면 너도 마음이 달라졌을지 몰라."

아버지는 나에게는 주둔지에 관한 이야기를 거의 하지 않았다. 제인의 이야기도 죽기 직전에야 할 정도였으니 이해가 되지 않는 건 아니었다.

"20년 동안 한반도 전체의 나비를 모은 사람이 그 박물관을 만들었다더구나."

나는 죽어서 움직이지 않는 나비 표본을 좋아하는 아버지가 정말 나비를 좋아한다고 말할 수 있는 건지 잘 모르겠다는 생각을 늘 하고 있었다. 살아 있는 나비도 아니고 표본된 나비일 뿐인데, 그 빛깔은 가짜고 그들에 겐 활력이란 것이 없는데 그런 것도 좋아한다고 말할 수 있는 걸까. 그 때문에 나는 오히려 나비를 모았다는 사람이 늘 궁금했다.

"그 사람도 그 나비 박물관에 가면 만날 수 있어요?"

"나도 그 사람이 무척 보고 싶었지만, 안타깝게도 그 사람은 한국전쟁 중에 그 박물관 앞에서 죽었다더구나."

그 말을 들으니 아버지에게 나비 박물관을 알려 준 이가 누군지를 묻는 게 조금 어렵게 생각됐다. 그래도 만약 지금이라면 아버지에게 이런 질문 정도는 했을 것 같다. 아버지에게 그런 아름다움을 알려 주었던 이가 누구였냐고, 자신을 증명하기 위해 수없이 많은 사람을 죽여야만 했던 아버지에게 이 세상에 나비라는 것이 있다는 걸 말해 준 사람은 대체 누구였냐고 말이다.

"차라리 나비로 태어나세요. 그래서 아무도 해치지 마세요."

이것은 내가 아버지에게 전할 수 있는 가장 큰 진심이었으며 최선의 사과이기도 했다. 그러나 아버지는 아무런 대꾸를 하지 않았으므로 나비에 관한 이야기가 다음 날 깊은 잠에 빠진 사람처럼 죽은 아버지의 마지막 말이 되었다. 아버지의 장례를 치른 후 나는 유언을 어기는 사람이 되는 건 어떤지에 대해 잠시 고민했다. 일단 나와 단둘이 있을 때 한 말이니 누가 아는 것도 아니고 잊으면 그만 아닌가. 하지만 반대로 아버지의 말을 마지막으로 한 번 더 들어주는 사람이 되는 것도 나쁘지 않을 것 같았다. 이미 아버지는 죽었고 내가 아버지의 유언을 들어줬다고 해서 파이를 나눠 먹으며 하는 어설픈 화목 같은 걸 이제 다시 반복하지 않아도 될 테니까. 나는 몇몇 인권 단체와 접촉했다. 내가 단체 사무실에 찾아갔을 때 그들은 처음에 나를 알아보지 못했다.

"다행히 너무 좋은 환경에서 잘 자라셨네요."

뭐가 다행이라는 거죠? 나도 모르게 공격적인 말이 나올 것 같아 그 말의 의미를 알면서도 모르는 척 뒷머리만 만지작거렸다. 그들에겐 악의가 없었다. 오히려 선의가 가득했다.

"그런데 한국어는 하나도 모르세요?"

사실 영어가 퍼스트 랭귀지인 나는 다른 언어를 알아야 할 이유가 별로 없었다. 영어를 쓰면 세계 어디서든 대화가 통했다. 심지어 내 영어 발음을 듣고 나선 나를 대하는 태도가 달라지는 걸 느낄 정도다. 내가 만약 문학을 공부했다면 다른 언어를 배웠을지도 모른다. 하지만 전공마저 법학이었다. 하지만 그날은 왜 저 물음에 그토록 억울한 기분이 들었을까.

"에스페란토는 할 줄 압니다."

그들은 잠깐 멍한 표정을 지었다. 에스페란토요? 국제적 의사소통을 위해 만들어진 중립어. 이런 때를 위해 만들어진 것이다. 사실 나는 그 언어를 할 줄 몰랐지만 그들의 어리둥절한 표정을 보고 나선 왠지 사과하고 싶지가 않았다. 그들은 내가 한국인 성매매 여성이 낳은 아이라는 걸 생각하지 못하는 것 같았다. 그런데 이상하게도 그걸 느낀 순간부터 나는 제인이 정말 궁금해졌다. 제인이 죽어서도 끝없이 규정당하고 있는 것 같았고 그 순간 나도 모르게 억울함이 차오르기 시작했던 것이다. 물론 나는 알고 있었다. 내가 정말 견딜 수 없었던 건 상대의 선한 의도를 그대로 받아들이지 못하는 나 자신이었다는 것을 말이다. 생각이 거기까지 미치자 나는 그 자리를 더 이상 견딜 수가 없었다. 그날 나는 이렇게 말하고는 자리를 털고 일어섰다.

"저, 불쌍한 사람 아닙니다."

다음 날 전화를 걸어온 인권 단체 사무장은 내 기분을 이해한다고 말하며 사과를 구했고, 물론 나 또한 거듭 사과를 했다. 나는 다시 그들과 제인에 대해 이야기할 수 있었다. 그리고 몇 달 후 나는 그들을 통해 한국 현지 대학에서 이 특수 과제를 연구하고 있는 사람과 연결될 수 있었다. 그를 만나 보시겠어요? 제인을 기억하고 있을지 모릅니다. 나에겐 어차피 선택지라는 게 별로 없었다. 나는 고개를 끄덕였고, 그렇게 나는 한국으로 왔다.

한국행 비행기 안에서 나는 사진 속 제인을 뚫어져라 봤다. 정확히 말하자면 제인으로 추정되는 한국인 여성. 사진 속 제인의 셔츠 깃이 단정하게 가라앉아 있었다. 치맛단은 한 번도 구겨진 적 없었던 듯 반듯했다. 나는 엘에이 거리를 걷다가 국경 근처에서 만났던 여성들을 떠올렸다. 그들은 내가 혼혈 여성이라는 사실때문에 나를 경계하지 않았다. 그들 중 일부는 한낮인데도 시야가 어둡다는 듯 눈을 제대로 뜨지 못했고 몸도 제대로 가누지 못했다. 그들이 종이에 감싸 두었다가 주위를 두리번거리며 보여 주었던 건 대마초 가루였다. 나는 그들이 죽을까 봐 몇 달러씩을 그냥 쥐여 주었다. 고작 몇 달러에 허겁지겁 나로부터 멀어지던 사람들, 그것 때문에 사람이 죽을 수도 있다는 듯 겁에 질려서 말이다. 나는 고개를 갸웃할 수밖에 없었다. 제인의 옷차림은 도서관에서 자주 보는 사서들의 옷차림과 더 비슷했기 때문이었다.

"제인은 대학생이었을 가능성도 있어요."

제인에 대해 알아봐 준 인권 단체의 사무장이 말하

길, 1970~1980년대 한국의 여성 노동자들은 겸업을 하지 않으면 생활이 힘들 만큼 낮은 임금을 받았다고 했다. 그렇기 때문에 기지촌으로 흘러드는 경우가 많았다고 했다. 또한 흔히 말하는 명문 대학의 여대생들이나 이혼한 전력이 있는 여성들, 트랜스젠더들이 기지촌으로 들어왔다고 했다. 그들이 기지촌 클럽을 찾은 이유는 주로 미국에 가기 위해서였다.

"여성은 공부를 계속하기가 쉽지 않았을 테니까요. 이혼 전력이 있는 사람이나 트랜스젠더들도 기지촌으로 많이 들어왔다고 해요. 그러니까 어떻게 보면 다들 한국 사회가 정한 여성상에서 벗어난 이들이었던 거겠죠."

하지만, 한국은 최대 입양 국가이기도 하잖아? 한국행 비행기 안에서 나도 모르게 혼잣말이 나왔다. 인터넷을 찾아보니 한국은 저출산 대책을 수립하는 국가 중 하나였다. 태블릿 피시로 뉴스를 보던 나는 손거울을 꺼내 내 얼굴과 제인의 얼굴을 변갈아보았다. 제인은 원래 체구가 작은 사람 같았다. 나는 사진을 좀 더 가까이 가져다 댔다. 손이나 발, 이런 것들을 자세히 보면 좋을 텐데. 제인은 두 손을 가지런히 맞잡고 있었으므로 그런 나의 희망도 별 소용이 없었다. 자라면서 사람들은 자주 나에게 '주워 온 거 아니냐'며 하고 놀리곤 했는데, 사진을 보니 아버지 어머니는커녕 심지어 제인조차 나와 비슷한 데가 없었다. 나는 턱을 괴고 비행기 창에 형

태만 있는 나를 잠시 바라보았다. 문득 어린 시절 천식이 있던 내가 책을 좋아하는 바람에 어머니가 꽤 곤혹스러워했던 기억이 떠올랐다. 나와 달리 어머니는 실용서를 읽는 게 전부였고 아버지는 거기에 나비 도감이 겨우 하나 추가되는 정도였다. 혹시 제인이 문학을 전공한 건 아니었을까. 사무장으로부터 제인이 대학생이었을지도 모른다는 말을 들었을 때 처음엔 그런 생각을 했다. 그러나 제인으로 추정되는 이를 찾은 후 사무장에게 전해 들은 바에 따르면 제인은 생물학과를 다녔다고 한다. 나는 다시 사진 속 제인의 얼굴을 바라보았다. 제인, 나는 요즘 마이 셰발이라는 스웨덴 작가의 탐정소설을 좋아해요. 얼마 전엔 전혜린이란 사람의 일기도 빌렸죠. 혹시 당신도 좋아하나요? 물론 나는 제인과 질문을 오래 주고받진 못했다. 바랜 사진 한 장을 두고 좁은 이코노미석에서 혼잣말을 하는 흑인이 수상했는지 누군가 승무원에게 연락을 했으므로. 나는 늘 하던 대로 순순히 여권과 시민증을 꺼낸 뒤 천천히 손을 들고 좌석에서 일어섰다. 그래도 유나이트 스테이트 항공 다신 안 탄다, 라고 말은 못 하겠다. 이것마저 타지 못하면 나는 그럼 무얼 타고 어딜 갈 수 있지?

"제인은 못 탔잖아요, 그것조차."

그래, 경아가 말해 줬다, 그것을. 경아가 말이다.

"제니 씨는 가고 싶은 곳이 있나요?"

경아는 제인을 기억하는 사람들을 만나기 전 하고 싶은 것이 있느냐고 물었다. 그러면서 잠시 내 손에 들린 책을 바라보았다. 아버지의 장례를 치르느라 잠시 미뤄 두었던 책이었다. 이제 막 전혜린의 챕터에 들어서고 있었다. 나는 잠시 경아와 내 손에 들린 책을 번갈아 바라보다 아버지가 늘 말했던 한국의 나비 박물관을 찾고 싶다고 했다. 정확한 위치나 이름을 몰랐기에 나비 박물관의 주인이 한국전쟁 중에 죽었다는 것, 식민 시기를 통과하는 20년 동안 나비만을 모은 나비 연구자였다는 것 등에 대해 두서없이 늘어놓았는데 대답은 의외로 빠르게 돌아 왔다. 석주명.

"그는 원래 음악을 공부했다고 해요. 소리에는 경계란 것이 없으니까요. 하지만 10년의 시간이 흐르고는 자신이 조선인이라는 사실이 죽어서도 바뀌지 않을 것 같다는 생각을 했대요. 그러자 그의 일본인 스승은 그에게 아무도 조선의 아름다운 나비를 알지 못하니 그 아름다움을 네가 사람들에게 알려 주라고 했다는군요."

나를 향해 서 있었지만 경아의 시선은 여전히 내가 들고 있는 책에 닿아 있었다.

"에스페란토를 연구했다고 해요."

"그 시절에요?"

"네, 희망하는 바가 있었나 봅니다."

제인도 아버지도 희망하는 바가 있었을까요? 나는

그 말을 삼키며 경아를 바라보았다.

"원래 그 나비 박물관 근처에 있는 창경궁은 동물원이었는데요. 음. 식민 시기에 조선의 궁궐을 동물원으로 만들었다고 하더라고요."

"네? 궁이면 왕족이 사는 곳 아닌가요?"

"아무리 커다란 코끼리도 제국의 채찍 하나면 충분하다는 걸 보여 주고 싶었겠지요."

그러나 당시 일본 내지와 연결된 신문과 잡지들은 하나같이 창경궁에 열광하는 식민지인들의 모습을 그려 냈다. 코끼리 몇 마리를 보기 위해 온 경성이 성황을 이루었다는 기사에는 돈이 없는 이들은 코끼리를 보지 못해 발을 동동 굴렀다는 이야기가 덧붙여졌다.

"그 신문 그거 조작 아닐까요? 설마요, 조선인들이 정말 그렇게까지 열광했을까요."

경아는 어깨를 조금 으쓱해 보였다. 그러더니 다른 이야기라고 느낄 수도 있겠지만, 하고선 이런 말을 꺼냈다.

"전혜린은 세코날을 먹고 죽었다지요? 세코날은 한국 기지촌에서 가장 흔하게 사용된 마약이기도 했대요."

나는 그제야 내가 들고 있던 책의 전혜린을 떠올렸다. 경아는 이내 미소를 보였다.

"그런데…… 기지촌에서 악명 높았던 포주가 구속되면서 이런 실험을 했어요. 소고기 위에 세코날을 올려놓는 것이요. 세 시간 뒤엔 소고기가 전부 뭉개져 흘러내렸다고 하네요. 독성 때문에요."

나는 한 손에 그 책을 든 채 건너편 경아의 얼굴을 빤히 바라보았다. 경아는 제인이 어떤 상황이었는지도 나보다 잘 알고 있을 것이었다.

"한 가지 확실한 건. 기지촌 여성들에게 세코날은 그저 부끄러워서 남자를 데리고 오지 못하면 포주가 주는, 일명 용기를 내는 약으로 통했죠. 미군의 폭행과 포주의 압박을 견디지 못한 기지촌 여성이 자살한 사건이 있었어요. 모아 둔 세코날을 먹었죠, 유서도 없이. 물론 전혜린도 그걸 먹었고요, 일기에 남겼듯이요. 모두 슬픈 일이죠. 그런데 말이에요."

나는 그제야 경아를 골똘히 바라볼 수 있었다. 마치 처음으로 제인이라는 이름을 소리 내어 발음하고 싶어지는 느낌으로. 경아 또한 그제야 고개를 들어 나를 바라보았다. 입가엔 옅은 미소가 걸려 있었다.

"예전에는 나비 박물관에 가면 석주명만 떠올랐는데 이제는 박제된 나비도 보여요. 창경궁에서 코끼리를 외면할 수도 있었던 한 사람만 궁금했는데, 가장 먼저 코끼리를 볼 수 있던 사람이 왜 나비를 좋아했는지 그게 궁금했는데, 이제는 그 뒤에서 열광하는 사람들도 보여요. 그들이 더 보여요. 그들의 열광에 공감해서가 아니라. 그들이 왜 그래야 했는지 알고 싶어 한 적이 없었기 때문이에요. 그들에겐 증명의 기회조차 없었던 게 아니었는지."

*

"왜 나비를 좋아해요, 아버지?"

아버지를 따라다니던 식물원이 너무 지겨워졌을 무렵이었다. 나비는 힘이 세지도 않고 그러니까 무언가 도움을 받을 일도 없고 그렇다고 말을 할 수 있는 것도 아닌데, 아버지는 대체 왜 나비가 좋은 걸까. 아버지처럼 힘도 세고 나라를 위해 일을 하는 사람이 말이다. 아버지의 커다란 손이 내 머리 위에 모자처럼 얹혀진다고 생각했을 때였다.

"나비는 아무도 해치지 않고도 아름다우니까. 자신의 아름다움을 증명하지 않고도 아름다우니까."

경아는, 그럼 이제 우리 다시 갈까요, 하며 앞장섰다. 잠시 바람이 불어온다고 생각했다. 이미 완벽히 소멸되었다고 생각했는데, 어쩐지 어느 벽면에 있을 나비의 날개가 움직이는 것 같다는 생각을 했다. 나는 조금씩 경아의 뒤를 따라 걷기 시작했다.

P.S.

친애하는 나의 친구 한서, 그리고 보나. 이태원 언니

로부터 전달받은 제인의 유서에는 이렇게 적혀 있었습니다. "전혜린이 세코날을 먹고 자살했다. 나에게도 세코날이 있다. 하지만 이것이 모두 같은 세코날이 될 수 있을까. 나를 기억해 주는 사람도 있을까." 기지촌 여성, 성 노동자, 위안부…… 제인이 그동안 불렸던 이름들이 겠지요. 그러나 저는 이제 이 이야기를 해야 할 것 같아요. 생물학을 공부하고 싶었던 제인에 대해서요. 이 다큐멘터리의 제목은 '생물학적 제인'입니다.

흐릿한 불빛 먼 불빛 흐릿한 영

흐린 향불 는 민 불

머리말

이 원고는 2019년 5월 27일, 일본 히츠토바시 대학교에서 진행된 「동아시아의 재외 한인과 기록의 현재」라는 학회에서 「전후 동아시아 관광객으로서 재외 한인-해녀 이 씨 혹은 이노우에 아키코」라는 발표문을 들은 직후 작성된 메모를 토대로 한 것이다. 그 발표문은 두 가지 이유에서 매력적이었다. 글이 다루고 있는 인물 해녀 이 씨와 그 글을 발표하고 있는 인물 한주. 나는 발표자의 이전 글을 기억하고 있었다. 「동아시아 사상 검열의 역사 ─ 조선에서 온 차이콥스키, 정추」. 발표문은 재외 한인 작곡가 정추에 관한 것으로, 전후 남한과 북한

모두에 외면당한 재외 지식인의 위치에 관한 글이었다.[*]
그 글이 재외 한인 중 지식인 남성의 위치에 초점을 맞춘 것이었다면 이번 학회의 발표문은 조선적[**], 여성, 제주도, 해녀라는 다중의 아이덴티티를 갖게 된 인물 해녀 이 씨에 집중하여 전후 동아시아 재외 한인 여성들의 삶을 핍진하게 설명하고 있었다.

우선 발표문이 다루고 있는 인물, 해녀 이 씨 혹은 이 노우에 아키코에 대해 조금 이야기를 하고 넘어가겠다. 제주도민의 절반이 죽음을 당했다는 4.3 때 목숨을 구하고자 밀항이 뭔지도 모르고 배를 탔다는 조선적 재일인 이 씨는 이후 조선 학교에 헌신하는 재일 조선인 남편 대신 해녀 일과 밀수를 통해 생계를 꾸린다.[***] 젊은

---

[*] 「동아시아 사상 검열―조선에서 온 차이콥스키, 정추」의 인물 정추는 1923년 광주 출생으로 조선어를 쓰지 못하게 한 일본인 교관에게 반발하여 일찌감치 조선을 떠나야 했다고 한다. 이후 그는 음악을 할 수 있다는 말에 니혼대학교에 입학하고 전쟁 직전 평양대학에 일하다 북한 정권으로부터 음악적 재능을 인정받아 국가장학생 신분으로 모스크바음악대학으로 가게 된다. 모스크바국립대학을 수석 졸업하지만 북한의 사회주의에 협력할 수 없다고 판단한 그는 뜻을 같이한 친구 여덟 명과 진짜의 자신, 이라는 의미의 한자인 참 진으로 이름을 개명하고 북한 대사관을 찾아가 망명 의사를 밝힌다. 이후 평생을 카자흐스탄에서 살며 고려인들의 민족음악에도 깊게 관여한 것으로 알려져 있다.

[**] 일본 제국 패망 후 1947년 미군정이 재일 한국인에게 외국인 등록제도의 편의상 만들어 부여한 임시 국적.

[***] 이 내용은, 재일 조선인 해녀 양의선 씨를 다룬 다큐멘터리 「해녀 양 씨」를 기반으로 하고 있음을 밝힌다. 「해녀 양 씨」는 굉장히 흥미로운 내

시절엔 밀수를 위해 부산에 드나들고 나이가 들어선 북한에 보낸 자식들을 보기 위해 평양을 향해 가고, 일생동안엔 먹고살기 위해 오사카에서 후쿠오카를, 일본과 한국 사이의 바다를 횡단한 이 씨. 이 발표를 들으며 내 머릿속에는 이 구절이 조립되고 있었다. "영원한 관광객, 해녀, 이 씨."

이 글이 원고의 머리말인 점을 빌어 내가 그 학회에 참석하게 된 경위를 밝히고자 한다. 당시 나는 존중하는 연구자이자 오랜 벗인 류큐대학 소속 하마구치 사츠케의 「윤이상과 미디어의 검열 기록」이라는 발표를 듣기 위해 참석했다. 도쿄를 일주일 방문하면 서울에서의

용을 많이 다루고 있는데, 가령 양의선 씨가 부산에 밀수를 하러 드나들었다는 인터뷰나, 그의 자식 중 둘째 딸은 일본어가 서툴러 다시 한국으로 넘어갔다는 이야기는 당시 한국과 일본의 표면적인 관계뿐 아니라 그 이면에만 존재하던 재일 조선인의 위치 또한 핍진하게 보여 준다. 특히 북송 사업이 이루어지던 시기에는 북한이 남한보다 잘살았기 때문에 자식을 보냈다던 양의선 씨의 후회 섞인 인터뷰와 이젠 어머니에게 더 이상 돈을 못 해 드려요, 하고 이어지던 막내아들의 한숨 섞인 인터뷰가 시사하는 바는 크다고 할 수 있다. "우리도 할 만큼 했습니다." 막내아들의 저 말이 과연 그의 어머니에게 하는 말인지, 북한 정권에 하는 말인지, 한국 정부에 하는 말인지, 또 일본 정부에 하는 말인지 생각해 볼 필요가 있을 것이다. 이러한 대규모 북송 사업이 실질적으로는 일본 정부가 관여한 '우회적 추방'이라는 의혹이 제기되기도 했다. 이 의혹은 테사 모리스-스즈키, 『북한행 엑서더스』, 아사히 신문사, 2007; 서경식, 한승동 옮김, 『디아스포라의 눈』, 한겨레출판, 2012, 114쪽에서 재인용, 유진월, 「위치의 정치학과 소수자적 실천: 재외 한인 여성 감독의 다큐멘터리 영화를 중심으로」, 『우리문화연구』, 우리문학회, 2015, 313∼340쪽에서 재인용했음을 밝혀 둔다.

한 달 생활비가 지출되었으나 사츠케와 나 사이에는 이런 상황을 전복할 수 있는 말이 항상 존재했다. "사츠케니까." 10년 동안 나는 도쿄와 서울을 오갔다. 내가 도쿄에 가면 사츠케는 긴자에 있는 본가를 두고도 나와 숙소를 공유했다. 사츠케는 항상 그 집은 부모님 거고, 자신도 객이나 다름없다고 말하곤 했다. 그러면서 요즘 일본은 상속세 때문에 부모의 집을 포기하는 젊은이들이 많다며 자신도 곧 그렇게 될 것이라고 덧붙였다. 자연스레 도쿄에서 사츠케와 나의 첫인사는 함께 잡은 숙소의 현관에서 이루어졌다.

그러나 올해 초부터 사츠케가 오키나와 류큐대학에서 전임 강사직을 맡게 되면서 도쿄에서의 만남도 달라졌다. 사츠케에게도 이제 도쿄는 잠시 들렀다 가는 곳이 되었기 때문이다. 나는 하네다의 국내선을 이용하는 사츠케와 함께 도쿄 시내로 진입하기 위해 처음으로 나리타가 아닌 하네다로 발권을 했다. 그러면서 어쩐지 이제야 내가 진짜 관광을 하러 도쿄에 가는구나 싶었다.

여태 내게 도쿄는 관광지라기보다 그저 사츠케를 만나기 위한 장소에 가까웠다. 이중국적자라는 말을 들을 정도로 자주 도쿄를 방문했지만 도쿄타워를 본 적도 없으니 말이다. 하네다행은 스케줄이 넉넉하지 않고 가격도 비쌌으므로 아침 7시 비행기를 끊어야 했다. 이른 새벽에 공항에 도착한 나는 보딩 게이트가 열리기를 기다리며 졸음을 참았다. 대기 공간에 틀어 놓은 티브이에서는 뉴스 앵커가 일본, 중국 관광객 대다수의 목적지가 강남의 성형외과와 케이팝 스타들의 소속사라는 조사 결과를 전하고 있었다.

"이제 여자들이 성형하려고 비행기까지 탄다는 거야?"

"말 그대로 강남 스타일이군."

그 비아냥거림은 순식간에 내 졸음을 쫓았다. 주위를 두리번거렸지만 그들의 얼굴을 확인하진 못했다. 그저 말쑥한 정장 차림의 남자 둘이 캐리어를 끌고 가는 뒷모습만을 볼 수 있었다. 곧 보딩이 시작되었기 때문에 나는 더 이상 뉴스에도, 그들에도 주목할 수 없었다.

단지 이문구의 『우리 동네』 속 성형수술에 집착하는 쇠락한 농촌 여성들이 떠올랐다. 그러나 성형수술까지 해 가며 도시로 가고자 했던 여성들을 만든 것은 과연 누구였을까. 도시로 간 여성들이 공장으로, 윤락가로 가야만 했던 이유는 과연 어디에 있었을까. 나는 비행기 안에서 멀어져 가는 서울을 바라봤다. 가족들의 생계를 위해 서울로 올라와 공장에 다니고, 임금이 부족해 성매매 업소로 갔던 여성들이 흘러간 곳이 지금의 강남이나 신촌, 용산이라는 것을 사람들은 알까. 문득 문구 하나가 떠올랐다. "1930년에서 1950년 사이의 시기로 향할 때면, 독일인들은 그 시기의 자신들에게 시선을 던지는 동시에 거두어들인다."* 나는 한국인들의 시선이 야말로 타자로 향할 때 던져지는 동시에 거둬들여지는 것일지도 모른다고 생각했다.

사츠케와는 하네다 공항 지하 1층의 맥도날드 앞에서 만나기로 했다. 이른 오전인데도 매장 안에는 자리가 없었다. 나는 캐리어에 올라앉아 챙겨 온 책을 찾았다. 무얼 집어 온 줄도 몰랐는데 공교롭게도 내가 가져온 책은 다자이 오사무의 『사양』이었다. 공교롭다는 말을 쓴 이유는, 내가 도쿄에서 묵을 곳이 다자이 오사무의 소설 속 배경으로 등장하는 긴자였기 때문이다. 사실 사츠케에게 긴자는 좋은 선택지는 아니었다. 본가가 코앞인 데다 숙소비는 다른 지역보다 훨씬 비쌌다. 그럼에도 긴자를 권유한 것은 사츠케였다. "너 이상이라는 작가 좋아한다고 했잖아. 여기 미츠코시 백화점이 있다고." 그런 사츠케에게, 사실 이상은 석사 초반에 잠깐, 이 말은 차마 꺼내지 못했다. 게다가 시간이 지날수록 나도 긴자가 편했다. 그건 사츠케의 생각처럼 이상을 떠올릴 만한 무언가가 있어서가 아니었다. 내가 만약 또래의 일본인이거나 이곳에 장기 거주하는 외국인이었다면 긴자에 집을 얻을 생각은 하지도 못했을 것이다. 그러니까 긴자에 잠시 내 공간을 가지고 머물 수 있다는 것, 그게 바

---

* W. G. 제발트, 이경진 옮김, 『공중전과 문학』, 문학동네, 2013, 머리말.

로 관광객만 누릴 수 있는 특권이었다. 이런 생각을 하니 이상도 나와 같은 시대에 태어나 차라리 도쿄에 관광이나 하러 왔더라면 어땠을까 하는 생각이 들었다.* 그렇게 원하던 미츠코시 백화점 옥상에는 엘리베이터를 타고 단번에 갈 수 있었을 텐데. 문득 나는 손에 들고 있던 『사양』의 표지를 바라봤다. 거상의 아들로 태어나 예술 혁명을 꿈꿨다는 다자이 오사무와 죽어서도 함께 공부했던 건축학과 동료들로부터 타락한 자라는 말을 들었다는 이상.** 그들은 비슷한 시기 한국과 일본의 문학사상 가장 영향력 있는 작가라는 공통점으로 자주 묶이는 것 같았다. 그러나 내 생각에 그들을 찬양하든 비판하든 그들을 하나의 담론 안에 욱여넣는 건 어쩐지 무리였다.

이상과 다자이 오사무, 그리고 긴자에 대한 내 생각이 오래 이어지지는 못했다. 사츠케의 그림자가 내게 겹쳐지는 순간 나는 책을 내려놓고 사츠케를 향해 팔을 벌렸다. 사츠케는 이미 캐리어를 한쪽에 두고서 두 팔

---

* '관광자의 시선'이라는 말은 존 어리라는 사회학자의 언어로 푸코의 '시선' 개념을 가져와 쓴 책의 제목이다. 권력으로서의 시선 개념을 대입해 보면 현대 사회에서 관광객이 갖는 복잡한 위치가 어느 정도는 설명되는 듯하다. 그들은 시선에서 가장 자유로우면서도 속박되어 있고 권력의 위치의 최하위에 있으면서 최상위에 있기도 하기 때문이다.

** 김소연, 『경성의 건축가들: 식민지 경성을 누빈 'B급' 건축가들의 삶과 유산』, 루아크, 2017.

을 벌린 채였다. 우리는 아무 말 없이 서로를 안았다. 나는 왜 모든 사람에게 있는 가슴과 배와 등과 목이, 또 어느 사람에게는 이다지도 각별한 감각으로 다가오는지에 대해 생각했다. 팔을 풀고 간단한 인사를 주고받을 때였다. 사츠케가 캐리어 위에 놓인 책을 힐끗 바라봤다.

"다자이 오사무라니. 그 시절 일본 남자의 자기반성을 읽다니."

아무래도 사츠케 자신은 그 시절 일본 남성의 자기반성에서 제외된다고 생각하는 모양이었다. 이럴 땐 "사츠케, 너니까."라는 말의 의미가 달라질 수밖에 없다는 걸 모르는 걸까. 나는 그저 사츠케를 향해 어깨를 한번 으쓱해 보였다.

"그나저나 이제 너의 순정은 어떻게 하지?"

각자의 캐리어를 끌고 지하철을 향해 걸을 때였다. 문득 사츠케가 나를 돌아보며 물었다. 그가 말하는 나의 순정이란 나리타에 있는 항공박물관을 가리키는 것이었다.

나는 비행기를 좋아했다. 철도도 자동차도 아닌 비행기가 좋았다. 여행엔 별 취미가 없었으나 비행기만은 정말 좋았다. 사람들은 내 유별난 비행기 사랑을 들으면 일본과의 연관성 연구를 하는 나의 배경에서 그 이유를 유추하곤 했다. 그러나 내가 비행기를 좋아하는 이유는 아주 단순했다. 편리하니까, 쾌적하니까.

물론 사람들의 호기심도 납득은 되었다. 나는 일전에 「전후 일본의 과학으로 보는 제국의 부활 기획」이라는 글을 발표한 적이 있었다.* 과학과 기술에 대한 전후 일본의 집착과 전공투 이후 실패한 학생운동권의 정치권 진입이 이른바 원전 마피아라는 거대 집단을 만들었으며, 이것이 동아시아 원전 문제의 핵심이라는 것을 규명하는 내용이었다.** 그렇게 보면 물론, 비행기는 전후부터 현재까지 동아시아의 과학과 기술, 그리고 그 과학과

---

* 전후 일본의 과학과 기술에 대한 집착이 현재 동아시아 문제의 맹점으로 부상하고 있는 후쿠시마 원전 사태와의 관련성으로 이어지는 이 내용은 「나의 1960년대—도쿄대 전공투 운동의 나날과 근대 일본 과학기술사의 민낯」이라는 텍스트를 바탕으로 설명될 수 있다.

** 이 책은 도쿄대 공대의 핵심 인력이 훗날 도쿄전력의 주요 간부가 되었으며 이들이 정치계와 깊은 연관을 가지게 되었다고 설명한다. 이 유착은 곧 '원전 마피아'를 탄생시켜 후쿠시마의 원전 사태로 이어졌음을 부연한다. 이 부분이 중요한 이유는, 전력 수급 부족 국가도 아닌 대한민국에서 고리 원전이 어째서 여전히 가동되고 있는지를 밝히는 과정과도 연관되기 때문이다. 또한 이러한 논의는 한국 학생운동의 여성혐오에 대한 기원을 일본의 학생운동인 전공투의 학생운동 방식에서 찾을 수 있게 해 준다. 한국의 학생운동, 민주화운동의 중심 세대라고 여겨졌던 386세대가 정권의 주요 요직에 몸담고 있는 한국의 이후 상황은 일본의 전후 상황과 유사하기 때문이다. 일본어가 빼곡한 가게들이 즐비한 공원길마저도 '연트럴 파크'라고 칭하는, 여전히 일본을 벗어난 적이 없으나 끝내 부인하며 욕망할 수밖에 없는 대한민국의 여권을 가지고 있는 사람으로서 나는 그 부인과 욕망의 시발점으로 기꺼이 전진해야 한다고 생각한다. 그 부인과 욕망의 시발점에서 지연되고 사라진 개인들에 대해, 한국사에 대해 좀 더 이야기할 때가 되었다고 생각한다.

기술의 핵심 중 하나였으므로 나의 순정처럼 그렇게 단순하고 명쾌한 것만은 아니었다. 하지만 비행기에 대한 나의 마음만은 사츠케의 표현대로 순정, 정말이지 순수한 애정 그 자체였다.

"나 언젠가 격납고에 들어가 시동이 완벽하게 꺼진 비행기의 바디를 온몸으로 안아 보고 싶어. 금속이 낡을 수는 있어도 변하진 않을 거잖아."

언젠가 사츠케와 맥주를 마시다 서로의 '일생일대의 욕망'에 관해서 이야기한 적이 있었다. 사츠케는 글쎄, 하며 말을 흐렸다. 사츠케는 일단 욕망이라는 말이 싫다고 했다. 꿈이라든가, 소원이라든가 그런 말이 낫지 않니, 했던 것이다. 하지만 나야말로 꿈이나 소원 같은 단어를 붙일 만한 건 떠오르지 않았다. 은행 빚 없이 내 집을 서울에 갖는 것? 30대에 평생 직장을 갖는 것? 꿈이나 소원이 절대 이루어질 수 없는 것을 희망함, 이라는 뜻이라면 가능한 말이기도 했다. 하지만 그 말을 할 때의 나는 그토록 멀리 있는 것이 아니라 지금 당장 좋아하는 것을 떠올렸다. 무엇보다 욕망이라는 단어가 뭐 어때서, 그렇게 마주 앉아 있던 사츠케와 나도 서로를 욕망하기 때문에 그러고 있던 건데 그게 왜? 그동안 소설에서 강요되듯 순정을 바치며 소비되는 여성 인물들을 보면서 나는 다짐한 게 하나 있었다. 내 소원도 꿈도 그거 다 내 거다, 그것은 모두 다 내 욕망이어야만 한다. 내가 다짐한 건 그거였다.

"하지만 2차 세계대전 당시 히로시마에 떨어진 에놀라 게이를 싣고 간 것도 네가 그렇게 좋아하는 비행기라는 것, 너도 알지?"

그러나 내 욕망은 확실히 사츠케를 거슬리게 한 모양이었다. 나는 사츠케의 말이 내 윤리의식을 겨냥한다는 걸 알고 있었다. 그러나 나는 에놀라 게이를 만든 맨해튼 프로젝트의 일원 중 누구도 그것이 실제 히로시마로 갈 줄은 몰랐다는 것, 아우슈비츠에 뿌려진 독가스를 만들었던 화학자의 부인 또한 화학자였고 그 출처를 알게 된 뒤 결국 남편의 승진 축하 파티에서 권총 자살을 했다는 것.[*] 나는 이렇듯 표면이 아닌 이면에 대해서도 말하고 싶었다. 무엇보다 우리를 만나게 해 준 건 전후 과학기술의 발전이라는 의미에서의 비행기가 아니라, 저들의 과학 하는 마음, 그 자체에 가까울 것이라는 말을 하고 싶었다. 그러나 끝내 꺼내지 못했다. 사츠케는 나를 만날 때면 항상 들떠 있었고 그 들뜬 기분에는 언제나 '네가 왔잖아, 도쿄에.'라는 말이 있다는 것을 알고 있었으니까. 그리고 그 뒤에는 또다시, '나는 갈 수 없잖아, 한국에.' 그 말이 있다는 걸 누구보다 잘 알고 있었기 때문이다.

---

[*] 이종필, 『사이언스 브런치』, 글항아리, 2017.

*

　내가 사츠케를 처음 만난 건 약 10년 전이었다. 나는 그해 부산에서 하라 카즈오의 「극사적 에로스」를 보았고 이 이야기를 하기 위해 트위터 계정을 만들었다. 그때까지 나는 그저 발음이 예쁘다는 이유로 오키나와를 좋아했다. 그러니까 오키나와를 발음이 아닌 그 자체로 받아들인 건 「극사적 에로스」를 본 이후부터였다. 「극사적 에로스」는 오키나와로 떠난 여성이 자발적 미혼모의 삶을 선택하고 여성들로만 구성된 가족을 만드는 모습을 보여 줌으로써 일본의 가부장적 사회에 종언을 고하는 내용이다.

　나는 「극사적 에로스」 속 그녀가 사회에서 요구하는 여성의 몸과 삶을 거부하고 자신이 원하는 삶을 선택하려 하는 모습을 보면서 내 안에서도 무언가가 돌이킬 수 없게 바뀌고 있다는 걸 깨달았다. 그때가 2009년이었으므로. 한국은 이제 막 잘 흐르고 있던 강을 둑으로 막고 청계천의 물이 역류하여 고이는 걸 모른 척하던 시기이기도 했다. 「극사적 에로스」와 상관없지 않느냐고 말하는 이들도 있을 것이다. 하지만 중요한 건 내 안에서 변화한 그 무엇인가였다. 발언하는 나, 누군가에게 호명되기만 하는 게 아닌 호명하기도 하는 나. 나는 그런 이야기들을 「극사적 에로스」에서 받은 느낌과 연결시켜 여러 글을 올렸다. 그때 내가 올린 글을 보고 사츠케가 이런 멘션을 달았다.

"지금 이대로의 일본이라면 2018년엔 100년 넘은 도쿄의 츠키지 시장이 고작 올림픽 때문에 이주해야 할지도요. 무언가가 계속 붕괴되고 있어요. 무너지는 건 인구가 아니라 일본 그 자체일지도 모르겠군요." 이어, 몇몇 정치인들이 자위대의 전쟁 참여를 위해 개헌을 주장한다는 사츠케의 말에선 한숨이 묻어났다. 그 한숨이 아주 허황된 것만은 아니었다. 10년 지난 지금 츠키지 시장은 2020년 도쿄올림픽 때문에 이주했고 아베 정권은 강제 징용 기업에 대한 대법원의 배상 판결에 화이트 리스트 제외라는 카드로 대답했다.* 그럼에도 불구하고 막을 수 없는 케이팝과 한국문학이라는 흐름에는 최대한 외면의 제스처를 취하면서 말이다. 물론 한국도 정권이 세 번 바뀌었다. 그럼 나와 사츠케는 그사이 어떻게 되었지?

「극사적 에로스」를 시작으로 1년 가까이 사츠케와 대화를 나누던 다음 해 가을, 나는 부산국제영화제 표를 알아보고 그에게 메시지를 남겼다. "부산으로 오세

---

* 아베 정권의 화이트 리스트 제외에 관하여, 일각에서는 이것이 강제 노역 배상과 관련한 대법원의 판결에 대한 불만뿐 아니라 시스템 반도체 시장의 우위를 점하고 있는 한국의 경제 상황에 대한 견제라는 의견도 제시되고 있다. 화이트 리스트 제외에 앞서 일본이 수출 규제 품목으로 지정했던 세 가지가 모두 이와 관련한 것들이다.

요, 같이 영화를 보고 맥주를 마셔요." 곧장 답이 올 거라고 생각했는데 처음으로 하루가 넘도록 답이 없었다. "저는 사츠케 씨도 저를 보고 싶어 하실 줄 알았어요. 저는 많이 보고 싶거든요." 후회하느니 부끄러운 게 낫다는 생각에 솔직한 심정을 담아 다시 남겼을 때였다. 사츠케가 답을 보내왔다.

"저는 한국에 갈 수가 없어요."

이게 무슨 말이지? 상상이란 것도 어느 정도는 배경이 있어야 가능하다는 것을 그때 처음 알았다. 밀항이라도 하신 건가요? 내 말에 사츠케는 장시간 또다시 말이 없다가 이 짧은 문장만으로 답변을 보내왔다. "제가 아니라 저희 할아버지께서요." 그러나 그때의 나는 재일, 조총련계, 조선적 같은 단어를 알지 못했다. "제게는 한국으로 갈 수 있는 여권이 없어요." 그래? 그럼 어쩔 수 없지, 부산과 영화는 포기한다. 나는 다시 빠르게 답을 했다.

"그럼 제가 도쿄로 가면 되죠. 전 도쿄 가는 여권 있어요."

사실 사츠케는 많은 말을 준비했다고 한다. 재일의 역사와 사정에 대하여 말이다. 오래 알아 가고 싶은 친구를 오해하게 만들고 싶지 않았으니까. 그러나 나의 대답에 그는 모든 말을 삼키기로 했다. 대체 왜요? 내가 물으면, 그저 "너는 여권이 있고 나는 없어."라고 말할 수밖에 없으니까.

　복잡한 그와 달리 나는 실제 그를 보고도 좋으면 당장 사귀자고 말할 생각뿐이었다. 그가 한국엔 절대 못 온다니 그럼 반드시 내가 가야 했는데 문제는 돈이 하나도 없었다. 결론은 아르바이트였다. 종일 여행 경비를 버느라 바쁜 나 대신 사츠케가 도쿄 관광 지도를 그리는 데 투입되었다. 그러나 나는 그때도 아르바이트가 힘들다는 생각보다는 고백에 실패할까 봐 두려운 마음이 컸다. 게다가 사츠케의 실제 모습도 상상해 봐야 했다. 나는 그때까지 사츠케가 그저 시간이 많고 친절한, 예의 바른 영화 오타쿠일 거라고만 생각했다. 사츠케와 나는 열한 살 차이였고 당시 그는 지금의 내 나이였다. 10년 전 나는 세상 모든 건 의지만 있으면 선명해질 수 있다고 믿는 사람이었다. 그게 그때까지 내가 경험한 세상이었다. 자연스레 사츠케처럼 책을 읽고 글을 쓰는 삶은 내 경험 밖에 있었기 때문에 상상하기 어려웠다. 물론 삶은 언제나 상상하기 힘든 모습으로 그 실체를 드러낸다는 것 또한 그때는 몰랐다.

　실제로 만난 사츠케는 내 예상대로 친절하고 예의 바른 사람이었다. 그리고 그 외엔 모든 게 내 상상과 달랐다. 우선 그는 재일 교포가 아니라 재일 조선인이었다. 그게 정확히 무슨 차이인지는 몰랐다. 그러므로 당시엔 그가 재일 조선인이라는 사실보다는 하라 카즈오에 별

관심이 없다는 것이 더 놀라웠다. 그는 뉴욕에서 활동하는 영화감독 누나의 부탁으로 「극사적 에로스」를 한번 본 게 전부였다. 솔직히 취향의 같고 다름이란 별 상관없는 일이었는데도 사츠케는 그 사실을 내게 숨겼다. 이유는 묻지 않아도 알 수 있었다. 그리고 하나 더, 나는 사귀자는 말도 끝내 하지 못했다.

나는 사츠케가 너무 좋았다. 처음 만난 순간부터 너무 좋았다. 그러나 그의 설명을 들은 후 나는 차마 그 말을 할 수가 없었다. 내가 노력하면 된다는 생각은 곧, 그런데 무엇을 노력한단 말인가. 사랑을? 국적을? 재일을? 한국을? 말문이 막혔다. 그렇게 나는 내 삶에서 처음으로 선명하지 않은 무언가를 남겨 두었다. 오로지 사츠케를 계속 보기 위해서 말이다.

*

긴자에 도착해서는 미츠코시 백화점 앞 르 도토루 카페 2층에 앉아 커피를 한 잔 마시고 근처의 애플스토어에 들렀다. 사츠케가 예약해 둔 아이패드 미니를 찾는 다기에 동행한 것이었다. 나는 핸드폰 같은 전자기기에는 큰 관심이 없었다. 처음 스마트폰을 쓸 때 아이폰3로 시작했기 때문에 계속 아이폰을 쓸 뿐이었다. 그래서 여행까지 와서 스토어 앞에 이렇게 줄을 서는 사람들이 흥미롭게 느껴졌다. 특히나 아이패드 미니를 찾을 생각에 전날부터 가슴이 두근거렸다는 사츠케의 표정은 정말이지 행복 그 자체였다. 그런 사츠케의 표정에 내가 웃음을 터뜨리자 그는 약간 의아한 듯 말했다.

"뭐가 그렇게 재밌어?"

"너도 저 사람들처럼 즐겁게 여행하는 것 같아서, 그게 좋아서."

나는 다른 관광객들을 가리켰다. 하지만 사츠케는 어딘지 불편한 사람처럼 보였다. 그러더니 별안간, "한국어로 너무 크게 말하네, 여기 일본인데." 하고 쏘아붙이듯 말했다. 난 한국인이고 여긴 관광지인데 그게 뭐 어떤가 싶었지만 사츠케의 표정이 아이패드 미니를 손에 쥘 때와 달리 확연히 굳어지는 걸 보고는 입을 다물었다. 아무리 많이 다녔다고 한들 나는 잠깐 있다 돌아가는 사람이니 이 나라의 대화 예절을 다 알지 못해서 실수한 건가 싶었던 것이다. 그러나 사츠케는 관광객들이 북적이던 애플스토어를 벗어나자 다시 한국어로 대화를 하기 시작했다. 저녁은 무얼 먹을지, 이후의 시간은 어떻게 보낼지 하는 이야기가 시작되자 아까의 일은 뭔가 이상하긴 했지만 더 물을 것 없는, 그저 어리둥절한 해프닝 정도로 멀어지는 것 같았다.

"이제 곧 없어진다니, 츠키지 한번 가 볼까? 아침에 수산 시장은 끝났겠지만."

평소엔 복잡해서 가 볼 생각도 안 하던 곳인데 없어진다니 아쉽게 느껴졌던 모양이다. 그러다 문득 사츠케가 맛집을 찾는 건 역시나 별로라며 머뭇거렸고 우리는 다시 동네의 곱창구이집으로 걸음을 옮겼다. 긴자의 골목에는 나와 사츠케가 자주 가는 집이 있었다. 5시 이전에 오는 손님에게는 해피아워라고 해서 맥주 한 잔을 시키면 작은 곱창구이 세 개를 선택할 수 있게 해 주는 곳이었다. 구비해 놓은 맥주 이름도 '도쿄'라든가 '삿포로', '오키나와' 같은 것들이어서 나름 골라 마시는 재미도 있었다. 단점은 무한히 취할 수 있다는 것 정도랄까. 하지만 그날 우리는 그 가게의 단점이 하나 더 있다는 걸 깨달았다. 그 가게로 가는 길은 사츠케의 부모님이 사는 곳과 가까웠던 것이다. 어떻게 본다면 여태 그의 가족을 마주치지 않은 게 신기할 정도였는데 그날은 결국 사츠케의 어머니를 마주치게 되었다.

"너 집에 오는 길이니?"

"아니?"

"그럼, 너 어디로 가니?"

이런 대화를 하는 사츠케와 어머니 사이에 서성이던 나는 그러게, 사츠케가 어디로 가야 하는 걸까. 그리고 나는? 어느새 그런 생각을 하고 있었다.

사츠케를 따라 들어간 그의 부모님 집 거실 벽면엔

김일성과 김정일 부자의 사진이 걸려 있었다. 다른 사람의 집 안을 꼼꼼하게 보는 건 실례라는 생각이 들었지만 눈길이 가는 걸 막을 순 없었다. 도쿄 한복판 고급 빌라에 있는 김일성과 김정일. 게다가 텔레비전은 삼성 제품이었고 에어컨은 소니였다. 온 세계가 이 집에 몰아넣어져 있는 기분이었다. 어머니가 부엌에서 다과를 들고 나오지 않았다면 나는 유엔 본부를 견학하는 관광객이 된 듯한 기분에 사로잡혔을 것이다. 어머니는 김일성과 김정일 사이에 서 있는 손님이 익숙한 듯 웃어 보이더니 다과를 내려놓았다. 그러더니 내게 머리가 땅에 닿도록 절을 했다. 놀란 내가 어쩔 줄 몰라 하며 함께 엎드렸지만 사츠케는 어머니가 그렇게 절을 하는 걸 보고도 별말이 없었다. 대신 그는 김일성과 김정일의 사진을 가리켰다. "엄마, 김정은은 왜 안 모셔?" 어머니는 그 물음에 그저 웃음을 보일 뿐이었다. "어머니는 가벼운 치매 증상이 좀 있으셔." 그가 너무 담담하게 말했기 때문에 나는 놀라는 표정조차 짓지 못했다. "엄마, 김정은은 별로야?" 어머니는 그제야 작은 목소리로 속삭이듯 답했다.

"걔는 아직 몰라."

"뭘 몰라? 북한을? 미국을? 남한을?"

어머니는 오미자차를 한 모금 마신 후 이렇게 답했다.

"아니, 내 이름을, 우리를."

사츠케는 얕은 한숨을 내쉬었다.

"어머니 기억에서 시간이 지날수록 선명해지는 건 자신의 이름이야. 아버지가 어머니 이름을 불러 준 적이 없거든."

사츠케의 아버지는 할아버지의 파친코 사업을 물려받았다. 아버지는 매일 아침 유리잔에 든 물을 마시고 집을 나섰는데 이틀에 한 번꼴로 무언가를 본 사람처럼 거실 벽면에 컵을 집어 던졌다. 아무 색이 없는 물은 곧 흔적도 없이 말라 버리곤 했다. 사츠케는 아버지가 물컵을 김일성 부자에게 던진 건지 아니면 아침마다 사진을 닦던 어머니에게 던진 건지 여전히 잘 모르겠다고 했다. 사실 어머니가 그들의 사진을 닦았던 건 할아버지의 당부가 있었기 때문이었다. 어쨌거나 확실한 건 하나였다. 평생 그의 아버지는 어머니를 그렇게 불렀다는 것이다.

"저거 치워."

그 순간, 사츠케의 어머니와 나, 그리고 사츠케와 어머니, 다시 어머니와 나와 사츠케와 이 세상 사이에는 재일 여성해방운동에 앞장섰던 김이사자의 말이 놓였다. "나에게 재일이라는 것과 여성이라는 것은 동일한 것이다."*

★ 경제력을 바탕으로 이방인의 시선을 벗어나야 살아갈 수 있었던 재일 조선인 사회는 북한의 일인 왕국 사회와 유사했다. 그 과정에서 가장 먼저 탈각되어야 하는 건 여성의 존재였다. 재일 조선인 여성의 주체적 해방운동을 전개했던 김이사자의 말에 의하면, 그들에게 재일 여성은 재일 사회

그날, 그저 웃기만 하던 어머니가 내게 했던 유일한 질문은 이거였다.

"사츠케와 결혼해서 함께할 거라면, 국적은요?"

그와 동시에 사츠케가 겉옷을 들고 일어섰기 때문에 그것은 처음이자 마지막 질문이 되었다.

"애는 한국어로 연구를 하고 자기 글을 쓰는 사람이야."

무언가를 던지듯 대답하며 나를 두고 먼저 걸어 나가는 사츠케의 뒷모습에 나는 아무 말도 하지 못했다. 대신 나와 그의 어머니는 오래 눈을 맞춘 채 서로를 한참 바라봤다. 어머니는 한참 만에 고개를 깊게 끄덕였다.

"이름을 가졌군요, 멋있어요."

사츠케의 부모님 집을 방문하고 단골 가게에 갔을 땐 이미 해피아워가 끝난 뒤였다. 해피아워를 놓친 나와 사츠케는 맥주를 더욱 신중히 골라야 했다. 처음에 우리

의 일원이 아니었다. 가정과 사회에서 착취당하고 가부장의 폭력에 짓밟혀도 버텨 나가는 재일 여성들의 모습은 일본인들 사이에서도 미덕으로 여겨져 칭송받았다고 한다. 김이사자는 재일 여성들이 왜 듬직해져야만 했는지, 그 원인을 오직 일본의 제국주의에서만 찾을 뿐 가해자 본인들의 가해성에 대해서는 일언반구도 하지 않는 재일 남성과 일본 사회의 시선에 대한 강한 비판을 전개했다. 관련 내용은,『주권의 야만: 밀항, 수용소, 재일 조선인』(권혁태·이정은·조경희·성공회대 동아시아연구소 공저, 한울아카데미, 2017)을 참조했다.

는 도쿄 특산 맥주인 도쿄 대신 북해도 특산 맥주인 삿포로를 마시기로 했다. 그러다 무슨 생각이 났는지 사츠케는 다시 도쿄를 마셔야겠다고 변덕을 부렸다. 나는 삿포로를 다 마신 뒤 사츠케가 권유한 도쿄를 거절한 후 오키나와 특산 맥주인 오키나와로 넘어가는 중이었다. 오키나와를 마실수록 그가 어머니의 질문을 자르듯 답하고 먼저 나가던 모습이 머릿속에서 반복 재생되었다. 더불어 국적이라는 이야기에 말문이 막히던 내 모습도 함께 떠올랐다.

지난 10년간 사츠케와 나 사이에는 금기어가 몇 개 있었다. 우리, 미래, 사랑, 결혼, 국적. 그 10년을 그의 어머니가 한 번에 뛰어넘어 준 거였다. 그러니까 역시 무언가를 뛰어넘는 건 오롯이 그러고자 하는 '마음'이었다. 하지만 막상 어머니가 뛰어넘은 그 마음 저편에서 나와 사츠케는 여전히 꼼짝도 못 하고 있었다. 순간 나는 그 가게의 사진이라도 몇 장 남겨야겠다는 마음이 되었다. 그런 사진이라도 없으면 지난 10년이 정말 아무것도 아니게 될 것만 같았다. 가게의 주인에게 허락을 구한 뒤 사진을 찍으려는데 사츠케가 조용히, 그러나 단호하게 내 팔을 잡으며 말했다.

"누가 보면 우리 관광객인 줄 알겠어."

나는 사츠케를 빤히 바라봤다.

"나 관광객 맞는데."

나는 사츠케의 말을 못 알아들은 게 아니었다. 언제부터인가 사츠케는 한국어로 이야기를 하다가도 가게나 거리에서 사람들이 지나가면 일본어로 말을 했다. 일부러 먼저 자리에 가 앉으며 내게 일본어로 주문을 해 보라고 하기도 했다. 모르는 척해 왔지만 사실 나는 좀 억울했다. 여긴 내게 여행지일 뿐이었다. 게다가 사츠케가 아니면 굳이 도쿄에 오지도 않았을 것이다. 좋은 여행지를 골라 보라고 한다면 엄청나게 많았다. 게다가 이제 사츠케도 더 이상은 도쿄에 살지 않는 사람이었다. 자기 스스로도 도쿄의 집은 부모님 것이라고 하지 않았나. 오히려 그의 집이라고 한다면, 비록 월세지만 자신의 이름으로 얻은 집이 있는 오키나와라고 해야 맞지 않을까.

"왜, 내가 이 사진 어디에 올릴까 봐?"

예전부터 사츠케는 내가 도쿄에서 찍은 사진들을 트위터나 인스타그램에 올리는 걸 좋아하지 않았다. 여행은 둘만의 시간인데 그걸 왜 굳이 남에게 공개해야 하느냐는 말이나, 이게 다 너를 위해서라는 말 같은 건 더 이상 듣고 싶지도 않았다. 일본인들 사이에서 일본어를 하길 바라고 함께 찍은 사진은 올리지 않길 바라는 자신의 의견이 존중받아야 한다면, 그 반대편에 있는 내 의견도 존중해 줘야 비로소 관계의 균형이 이뤄질 거였다. 게다가 머릿속에선 아까부터 사츠케의 아버지가 했다던 그 말이 자꾸만 반복해서 재생되고 있었다. "저거 치워. 저거, 치워." 나는 고개까지 저어 가며 그 말을 쫓고 싶었다.

"나, 깨지면 그냥 치워지거나 버려지는 물컵 같은 거 아니야, 나도 사람이라고."

계산서를 들고 나가려던 사츠케는 내 말에 다시 자리에 앉았다. 잠시 계산서에 시선을 두던 사츠케가 맥주를 한 모금 마셨고 볼에 바람을 집어넣었다 뱉더니 입을 열었다.

"누나는 오래전부터 뉴욕에 있어."

그건 나도 이미 아는 사실이었다. 내가 사츠케를 처음 만나던 그때도 그의 누나는 뉴욕에 있었다. 무슨 의미인지 고개를 갸웃하며 잠시 전의 흥분을 가라앉히기 위해 맥주잔을 들었다. 내가 든 것이 도쿄였는지 오키나와였는지는 잘 분간되지 않았다. "누나 얼굴이 기억이 잘 안 나." 그러더니 그는 내가 들고 있던 맥주잔을 넘겨받았다. 그의 기억에 여전히 남아 있는 건 단지 뉴욕에 갈 수 있다는 것 때문에 영화 공부를 선택한 누이가 한 말이었다.

"나는 지워지거나 가려지고 싶지 않다. 차라리 합법적인 관광객이 되어 살아갈 것이다."

1960년대부터 1980년대까지, 일본에는 공대 열풍이 불었다. 주로 퇴역한 고위 군인이나 정치인, 그리고 사업가의 자식들이 도쿄대나 교토대 공대로 진학했다. 패전의 원인을 과학의 부재로 보고 인문은 별 쓸모없다는 식의 선전을 했던 것이다. 사츠케의 아버지도 그의 누이에게 공대 진학을 권유했다. 그러나 누이는 아버지가 가장 질색하는 예술대를 갔다. 머리를 짧게 자르고 민소매에 짧은 치마를 입고 집에 온 누이를 본 아버지의 한마디는 이랬다. "과학자가 되랬더니 긴자의 모던 걸들이나 하던 짓을 하고 다니는군."

누이는 당황하지 않았다. 곧장 근대 이후 모던 걸의 탄생은 과학에 대한 동경과 관련이 있음을 설명했다. 여성이 열등하다는 것은 관습이나 미신이며 생물학적으로 여성은 전혀 열등하지 않다는 것이 모던 걸이 탄생한 배경이라는 이야기였다. 그럴 때면 아버지는 누이를 뚫어져라 보다가 또다시 유리컵을 던졌다. 그러고는 말했다.

"치워, 저거."

죽을 때까지 그의 아버지는 누이가 뉴욕의 대학에서 강의한다는 사실을 믿지 않았다고 한다. 아버지에게 모던 걸들은 할리우드 영화나 보러 몰려다니는 정신 나간 여자들이었다. 사츠케는 사츠케대로 뉴욕으로 간 누이가 승승장구할 때마다 동네의 오락실에 가서 물풍선을 던지는 게임을 했다. "아버지 혼자서만 아직 그 사진들 사이에 있다고요." 그는 이런 말을 읊조리며 물풍선을 던졌다. 물론 벽에 던져진 물풍선은 아무 색도 남기지 못하고 흘러내렸다. 사츠케의 말 또한 언제나 그곳에서만 발화되고 사라졌다. 물론 그도 그것을 잘 알고 있었을 것이다.

"오늘 난 집으로 갈게."

그렇게 말한 사츠케가 먼저 가게를 나선 뒤에도 나는 한참을 더 앉아 있었다. 그가 집으로 간다면, 그렇다면 나는 대체 어디로 가야 할지 모르겠어서였다. 심지어 지금 당장 서울로 돌아가도 거기엔 내 집이 아닌 타인의 집에 딸린 방 하나가 있을 뿐인 걸 그는 알고나 있을까. 아니면, 알고도 모르는 척하는 걸까. 나와 사츠케는, 그런데 얼마나 무엇을 더 모르는 척해야 하는 걸까.

"집에 간다더니?"

한참 뒤 내가 숙소로 돌아와 문을 열었을 때 사츠케는 등을 돌린 채 침대 속에 있었다. 나는 사츠케의 등 뒤에 잠시 서 있었다. 내 말에 그는 눈을 감은 채 반대 방향으로 다시 몸을 틀었다. 눈을 감고 있었지만 자는 게 아니라는 걸 알 수 있었다.

"여기 있으려고."

여기가 어딘지, 잘 모르겠지만. 그는 이렇게 덧붙이곤 다시 반대 방향으로 몸을 틀었다.

"내가 집이 어딨어."

둘이 동시에 그런 말을 중얼거리곤 잠시 침묵. 나는 얼마간 그를 내려 보다 침대로 들어가 그의 등을 끌어 안았다. 곧 그가 다시 등을 돌려 나를 껴안았다. 비행기와 달리 따뜻한 심장이 뛰는 소리가 들려왔다. 이 심장은 당연히 언젠가는 멈추겠지만, 그래도 내 일생일대의 욕망 중 하나쯤은 적어도 그 순간엔 충족되는 것 같았다.

*

다음 날 사츠케의 발표는 성공적이었다. 발표가 끝나고 동료들과 인사를 하는 사츠케를 두고 나는 한주를 잠시 바라보았다. 동아시아, 해녀 이 씨, 한주. 모든 것이 하나로 묶이는 것 같다는 생각이 나를 따라다녔다. 사실 나는 한주에 대해 들은 적이 있었다. 한주가 석사를 했던 곳은 내가 공부한 학교였다. 한주는 등단 직후 석사 논문을 썼고 곧장 학교에서 사라졌다고 한다. 사라진 자리에는 한주 대신 소문이 들어왔는데 그가 오랜 시간 데이트 폭력에 시달렸다는 것이다. 그런데 정작 가해자는 어느 학교의 전임 자리를 얻었고 그 충격으로 한주는 모든 걸 포기하고 일본으로 떠났다는 것이다. 순간 한주가 고개를 돌려 나를 바라보았다. 그가 웃었기 때문에 나도 웃음을 지어 보였다.

"재외 한인 중 여성의 삶, 특히 조선적 재일이라는 여성의 삶을 하나로 규정짓기는 어려우며 이에 관한 여러 담론이 있을 수 있겠으나, 기본적으로 그들은 예외 상태입니다. 저는 이 예외 상태를 관광의 개념에 적용시켜 보려고 합니다. 물론 그 관광의 자발 여부는 시대와 사회에 따라 면밀하게 규명되어야 할 것이며 그에 따라 그것이 긍정인지 부정인지는 확인해 봐야 할 개별성의 문제입니다만,* 해녀 이 씨를 통해 저의 관광 개념을 확대해 본다면 그것이 좀 더 조선적 재일 여성의 삶에 더욱 다양한 관점을 제시할 수 있을 것이라 생각합니다."**

---

* 아즈마 히로키는 앞서 설명한 존 어리와는 조금 다른 시선으로 관광객의 눈에 대해 이야기한다. 그의 저서 『약한 연결』을 통해 처음 명명한 이 '관광'이라는 단어는 후쿠시마와 연계되며 많은 이들이 찬반 논쟁을 벌이기도 했다. 그는 후쿠시마와 같은 예외적인 공간의 실제적 상황을 알리는 것은 이러한 관광객들이라고 말했다. 그들이 보고 간 곳의 상황을 SNS에 사진이나 글을 통해 게재하고 이것이 알려지며 공감과 연대를 형성할 수 있다고 본 것이다.

** 이와 관련해서는 레비트와 쉴러의 초국적 이주자(transmigrants)라는 용어를 통해서도 설명해 볼 수 있을 것이다. 모든 이주자들은 본국과 이주 국가 사이에서 다양한 관계망들을 갖게 되고 이런 관계망 속에서 자신들의 정체성을 재정의하며 변화된 권력을 행사하는 존재라는 것이다. 이 논의를 대입해 보면 이주자들의 문화적 혼종성에 대해 주류 사회에 적응하지 못하거나 아직 덜 동화된 상태로 바라봤던 기존의 논의에서 벗어날 수 있다. '고정된 위치'가 아닌 능동적 네트워크의 형성자로도 위치 지을 수 있는 셈이다. 이러한 논의는 이민자 혹은 난민 2세들의 다양한 사회 체험과 정체성 확립에 대해서도 이야기해 볼 수 있으며 이 과정에서 사회에서 갖는 이들의 위치가 유동적임에 대해서도 설명할 수 있다. 관련 내

누군가 손을 들어 질문을 청했다. 질문자는, 한주의 발표가 몹시 흥미로웠으나 조선적 재일이라는 특수 예가 어떻게 보편을 포괄하는 다양한 관점까지 설명할 수 있느냐고 물었다. 그러면서 한주의 발표문에서 해녀 이씨와 같은 관광 개념의 예로 들었던 근대 이후 '모던 걸'에 대해서도 의문을 표했다.

"실제 모던 걸 중에 그런 의식을 품은 사람이 몇이나 있었을까요?"

한주는 잠시 질문자를 바라보다 이렇게 답했다.

"있었는지 없었는지, 오로지 리얼의 문제만을 생각하면 나아감이란 없습니다. 없는 것을 있게 만든다, 그것이 모던 걸들이니까요."

그 대답에 웃은 건 나뿐이었다. 그 대답은 1928년 「어떤 결말」이라는 작품이 발표된 직후 《분게지다이》 서평회에서 소설 속에 등장하는 모던 걸과 같은 여성이 실재하긴 하느냐는 한 남성의 물음에 이시하마 긴사쿠가 답한 것을 그대로 가져온 것이었다.[*] 웃은 나와 달리 사츠케도 한주의 답변에 어리둥절한 표정이었다. 발표

용은 이혜진·김현미, 「일본의 이주 배경 청소년 조직 '스탠바이미'의 당사자성의 구성」, 『디아스포라연구』, 전남대학교 세계한상문화연구단, 2018, 197~228쪽에서 재인용했다.

[*] 관련 내용은 신하경, 『모던 걸 — 일본제국과 여성의 국민화』, 논형, 2009 참조.

가 끝난 후 나는 한주를 따라잡았다. 그러나 막상 뭐라 해야 할지 몰라 그저 발표를 잘 들었다는 인사를 건네고 숨을 고를 때였다. 학회장 한편이 북적여서 둘러보니 한국에서도 유명한 재일 조선인 연구자가 지나가고 있었고 학생 한 명이 최근 출간된 그의 저서에 사인을 부탁하고 있었다. 그 학생은 일본어를 사용하고 있어서 나로서는 한국인인지 일본인인지를 분간할 수 없었다.

"사인을 받는 거 보니 조국의 딸이 분명하군. 한국인들은 사인받는 걸 좋아하니까."

조국, 그 단어를 듣는 순간 나는 지난 10년 동안의 사츠케와 내가 떠올랐다. 그리고 나도 모르게 이렇게 중얼거렸다.

"조국, 대체 뭘까. 지겨워……."

중얼거리던 나는 퍼뜩 정신을 차려 한주를 돌아보았다. 그리고는 곧장 누구에게인지 모를 사과를 하기 시작했다. 내가 누구의 조국을 지겹다고 한 것인지 알 수 없었다. 그러나 나는 그 순간 분명 실수했다. 그 재일 조선인 연구자는 평생 한국 땅을 한 번도 밟아 보지 못한 사람이었다. 그런가 하면 나는 한 번도 여권에 대해 고민해 본 적이 없었다. 그 학생의 한국어에 대해 의심할 이유조차 없었다. 그것은 나를 자극하는 부분이 아니었던 것이다. 한주는 잠시 그런 나를 보더니 미소를 지었고, 곧 이렇게 되물었다.

"경아 씨는 조국이, 아니, 당신은 소속이 있나요?"

문득 저쪽에서 나를 찾아 두리번거리는 사츠케가 보였다.

"저는……."

나를 발견하고 손을 흔들려던 사츠케는 내가 한주와 대화하는 걸 보고는 입 모양으로 작게, 이야기 끝나면 저쪽에서 봐, 하고 말했다. 입 모양으로만 말을 하느라 얼굴 근육이 과하게 움직이는 것처럼 보였지만, 어쩐지 그편이 좀 재밌었다.

"저는 아무래도 관광객인 것 같은데요."

"관광하는 모던 걸인가요?"

한주와 나는 동시에 웃음을 터뜨렸다. 그제야 나는 조심스럽게 이 질문을 꺼낼 수 있었다.

"그런데, 한국은. 이제 안 가시나요?"

조심스러웠던 나와 달리 한주의 대답은 상쾌하게 느껴질 정도로 경쾌했다.

"아니요, 부산에 종종 가요. 절반 이상의 의지가 그곳에 있거든요."

내가 고개를 갸웃하자 한주는 다시 한 번 싱긋 웃어 보이곤 이렇게 덧붙였다.

"제 의지가 있는 곳이라면, 저는 어디든 갈 거예요."

반가웠다며 악수를 청해오는 한주의 얼굴을 보던 나는 한주가 내민 손을 맞잡았다.

"네. 관광하는 모던 걸은 쉽게 멈추지 않으니까요."

*

"다시 올 거지, 도쿄?"

나는 활주로를 바라보고 있었다. 이륙 신호를 기다리는 비행기들이 줄지어 대기하고 있었다.

"비행기는 수명이 얼마지?"

대답 대신 질문을 하는 나를 보며 사츠케가 한숨을 내쉬었다. 글쎄, 오래 쓰지 않을까. 나는 여전히 비행기를 바라보며 다시 물었다. 쟤들은 변해? 글쎄, 그냥 낡겠지? 그렇지?

"올 거지, 도쿄?"

사츠케가 다시 물었다. 나는 고개를 돌려 사츠케를 바라봤다. 누군가에게 선뜻, 내가 갈게, 하지 못하는 삶이란 뭘까. 나는 많은 순간 말하곤 한다. 내가 갈게, 내가 할게. 너무나 당연해서 당연하다는 말조차 하지 않아도 되는 것. 그런데 세상에 당연한 게 있나? 나는 다시 비행기를 봤다.

"아니."

내가 웃음을 머금은 것과 반대로 사츠케의 표정은 심각했다. 나는 잠시 캐리어 손잡이를 움켜쥔 그의 손을 바라보다 다시 비행기로 시선을 옮겼다.

"나 비행기 많이 좋아해. 정말 많이 좋아해. 어디든 갈 거야. 내가 좋아하는 것을 위해서는."

제국은 전쟁을 수행하는 군대에 갈 수 있는 강한 남성과 국가를 위해 순종하는 여성이라는 이분법을 만들어 냈다. 이러한 이분법에서 벗어난 여성들은 서양문물에 빠져 소비와 타락을 일삼는 모던 걸이라 지칭되며 손가락질당했다. 그러나 여성들은 쉽게 조립되는 기계 부품이 아니었다. 그들은 사회가 긴 생머리의 여성상을 요구할 땐 짧게 머리를 잘랐고 발목을 덮는 길이의 치마를 원할 땐 짧은 바지를 입었다. 원하는 남성에겐 언제든 사랑을 고백했다. 타락해서가 아니었다. 그것이 그들 스스로가 원하는 모습이었던 것이다. 그러니까 모던 걸은 원래 자신의 선택을 따라 움직이는 사람, 그러므로 관광하는 모던 걸 또한 어디든 갈 수 있다.

"너를 좋아하는 나를 위해서, 이제 오키나와로, 나하로 갈게."

그러므로 이 글은 근대 제국의 경영 방식이었던 과학기술의 발전과 모던 걸의 탄생을 방법론으로 하여 전후 한국의 과학, 관광이 독재정권의 국가 경영의 방식이었음을 고찰하고 그것이 갖는 의미를 분석해 보고자 한다. 이 과정에서 여성, 재일, 노동자, 성소수자, 아동 등의 소수자에 대한 혐오의 작동 방식에 대해서도 논의해 볼 수 있을 것이다. 이것이 의미를 갖는 이유는 이 책의 시작과 끝, 모든 것이 너로 향하는 과학 하는 마음 그 자체이므로.

2019. 9.
서울에서.

조만간 다시 태어날 작정이라면

그러니까 그날 그들은 처음부터 여행을 갈 생각은 아니었다.

바다 보러 갈까?

영애가 물었고 잠시 후 지윤이 고개를 저었다.

바다라니, 여길 두고?

그러게. 그리고 보니 그것도 그렇지.

그들은 바닷바람이 정면으로 불어오는 항구를 끼고 있는 서쪽의 소도시에서 나고 자랐다. 태풍이 오면 간판이 조각배처럼 시내를 떠다니는 그런 곳이었다.

그래도 일단 멀리 가 보자.

수연이 그렇게 덧붙였고 그러자 이번엔 지윤이 확신한다는 듯 중얼거렸다.

서울이로군.

역에 전화를 건 것은 영애였다. 옆 동네를 가는 시내
버스조차 20분에 한 대인 이곳에서 서울 가는 기차는
서너 시간에 한 대꼴이었다. 게다가 그들이 여행을 결심
한 시각은 밤 12시. 그들은 이날 저녁 6시에 거나한 저
녁을 먹어 보자며 만났다. 초중고를 함께 나온 이들은
각별한 사이였다. 어떤 면에서는 그저 '각별한 게 틀림
없겠지' 싶은 그런 각별한 사이. 어느 순간부터는 넷이
한자리에 모이는 경우가 드물어졌기 때문이었다. 지윤
과 경아, 영애가 모였을 땐 수연이 막 출산을 한 즈음이
었고 영애와 경아, 수연이 모였을 땐 지윤이 막 이혼을
하고 장기 휴가를 떠난 상태였다. 수연과 현과 지윤이
머리를 맞대고 있었을 때도 있었다. 그곳은 혼자 아이를
낳아 기르고 있는 영애가 출산하던 병원 대기실이었다.
영애의 딸 윤진이 태어났다는 말에 수연과 경아와 지윤
은 포옹까지 해 가며 진심으로 기뻐했다. 그러나 별안간
수연이 펑펑 울었기 때문에 경아와 지윤은 영애의 기분
을 생각해서 수연을 곧장 집으로 보냈다. 결국 그날 수
연의 자리가 빈 채로 경아와 지윤은 얼굴이 퉁퉁 부은
영애와 사진을 찍었다.

나 솔직히 그때 수연이 너 좀 짜증 났어, 영애를 왜
불쌍한 애 만드나 싶어 가지고.

나도 수연이 네가 울어서 좀 당황스럽긴 하더라, 좋은 날인데.

영애가 잠시 화장실에 간 사이 수연에게 경아와 지윤이 그날의 눈물에 대해 물었다. 시간이 아무리 흘러도 이해가 안 된다는 표정으로 지윤이 한숨을 내쉬었고 경아는 그런 지윤과 수연 사이에서 조금은 난감한 표정으로 미소를 짓고 있었다.

나도 내가 그럴 줄 몰랐다. 근데 애 키워 보니까 그래. 남편 있어도 정말 힘들잖아. 남편도 없이 어떻게 혼자……. 사람들이 영애를 가만 놔두겠나 싶고.

수연은 대학 다닐 때 총여학생회 회장이었다. 경아는 수연이 《여성신문》에 썼던 칼럼들을 정말 좋아했다. 호주제 폐지와 가부장제에 관한 칼럼들. 지윤은 장난스레 혀를 차는 시늉을 했다. 수연이 넌 남편이 있어서 힘든 거 아니고? 경아는 지윤이 아마 자신보다 그런 수연을 더 좋아했으리라 생각했다. 지윤의 말에 수연은 그저 아하, 하는 표정을 짓더니 손가락 두 개로 오케이 하는 제스처를 취해 보였다.

경아는 언젠가 수연과 함께 영애 딸인 윤진의 생물학적 아버지를 만나러 갔던 날을 떠올렸다. 남자에게 친자 포기 각서를 들이밀던 수연은 결국 그날 그 남자의 머리채를 잡았다. 처음에 경아는 수연의 팔을 잡으며 말리는 척했지만 그 모습을 보고 있자니 몇 년간 은근히 따라다니던 두통까지 사라지는 기분이었다. 어느 순간 경아가 꽉 잡았던 수연의 팔을 놓은 걸 그 남자는 몰라도 수연은 알았을 것이다. 그때 지윤은 없었다. 보건행정 무기직인 지윤은 인근 보건진료소로 출장 중이었다. 지윤이 그 사실을 알 리가 없었다.

인터넷 검색도 한계가 있는 곳이 아직 대한민국에 있다는 걸 서울 사람들은 모를 거야.

수연의 말에 모두 고개를 끄덕이며 본격적으로 역 대합실 번호를 찾기 시작했다. 이런 곳에선 인터넷으로 정보를 찾는 것보다 전화로 직접 물어보는 게 빠를 때가 있다. 남은 표가 있을 거였다.

넷은 모두 이 마을에서 태어나 자랐다. 어릴 적 먹은 간식도 비슷했다. 지금은 없어진 터미널 옆 천운슈퍼에서 간식을 먹으며 학원 차를 기다렸기 때문이었다. 대학은 서울로, 혹은 서울에 적을 둔 대학의 지방 캠퍼스로 갔다. 공부를 가장 잘했던 영애가 오히려 가장 우왕좌왕했다. 4년 장학금을 받고 이 지역 가장 큰 도시의 국립대로 갈 것인가 아니면 서울의 사립대로 갈 것인가 고민했기 때문이다. 그때 영애의 집은 사정이 좀 어려웠다. 수능 때 긴장했는지 안타깝게도 서울대에 갈 점수는 나오지 않았다. 그런가 하면 별 고민이 없었던 건 경아였다. 경아는 서울 어느 사립대학교 국문학과에 입학했다. 경아의 수능 성적은 보통 잘하는 정도였고 집안도 보통 잘사는 정도였으니까. 수연과 지윤은 도를 넘어 그나마 등록금이 싼 다른 지방 국립대로 흩어졌다. 해가 지날수록 넷은 조금씩 더 달라져 갔다. 그러나 대학을 졸업하고 어느 정도의 시간이 흐르자 영애와 수연과 지윤에게는 다시 공통점이 하나 생겼다. 바로 이곳으로 돌아왔다는 점이었다. 영애는 변호사 사무실 개업 소식을 알렸고 수연은 이들 모두가 얼굴을 아는 중학교 동창과 결혼한다며 나타났다. 지윤은 혼인신고만 하고 살던 대학 동기와 어느새 이혼을 하고 관공서 무기직 전환을 앞두고 있었다. 그렇다면 경아는?

경아는 할머니가 돌아가셔서 집에 내려와 있었다. 서울에서는 3년 동안 계약직으로 일했던 연구소 일이 종료되어 가는 시점이었기 때문에 정확히 말하자면 내려와 있다기보다는 다시 서울로 돌아갈 시점이 분명치 않다고 하는 게 맞았다.

그런데 경아야, 너 다시 올라가?

그리고 보니 애는 서울에 집 있는데 괜찮나.

우리가 집에 데려다주는 기분이겠는데.

그럼 수연이 너 남편 눈치는 안 보겠다.

야야, 나 이제 나랑 같이 사는 그 주인집 아들내미 눈치 안 봐요, 지가 어쩔 거야?

그 말을 듣던 지윤이 바닥에 굴러다니는 벚꽃을 발로 한번 툭 찼다. 그런데 벚꽃엔 향기가 없다던데, 이렇게 중얼거렸고 이번엔 영애가 꽃에 꼭 향기가 있어야 하나, 하고 받아치듯 혼잣말을 했다. 경아가 떨어진 벚꽃 하나를 집어 들어 코에 가져다 대어 보았다. 향기는 없었지만 어쩐지 그것대로 특별하다는 마음이 들었다.

그런데 나 사실 강동구 갈 일은 거의 없어서 서울 살아도 그쪽은 거의 못 가 봤어.

강동구? 강동구면 어디지?

롯데월드 있고 그쪽 아니야?

그럼 우리 롯데월드 갈까?

에이.

뭐가 에이야. 수연이 너 가 봤어?

데이트할 때 가 봤지.

좋겠다, 야. 나는 어릴 때 아빠가 용인 에버랜드 데리고 간 기억뿐이다. 야. 영애 넌 가 봤어?

거기 5월 5일에 우리 또래들 한 번씩 다 간 거 아니었어? 나도 사진 있던데.

그래도 경아 애는 롯데월드 정말 가 봤겠지, 죽 서울 살았잖아.

나? 나 안 가 봤는데.

너 완전히 서울 촌년이다?

틀린 말은 아니었다. 서울에 살수록 그랬다. 익숙한 곳에서 익숙한 사람들만 더 확고하게 보게 되었다. 경아에게 서울의 카테고리는 이러했다. 강북은 카페나 미술관. 강남은 결혼식.

2시 기차가 있대.

영애의 말에 다시 서로의 얼굴을 보았다. 그런데 익산으로 올라갔다가 내려가고 어쩌고 하시는데, 아마 기차가 좀 돌아간다는 뜻 같아. 아직 전화를 끊지 않은 영애가 그런 말을 덧붙이기도 했다. 어쨌거나 그즈음에는 넷모두 그저 누군가 나서서 결론을 내려 주길 바라는 것만 같았다.

바다라는 건 서울 사는 사람들이나 그리워하는 곳일거야.

다들 수연을 바라보았다. 그 옆에 선 지윤이 이어 붙였다. 택시를 타자, 하고.

어라, 너 양말 짝 안 맞는다.

택시를 기다리며 도로 곁에 붙어 섰을 때였다. 옷깃을 여미며 지윤이 수연의 발을 가리켰다. 발 한쪽은 강아지, 다른 한쪽은 고양이.

그러네. 양말 되게 잘 없어지지 않냐.

머리끈도 그래.

어머, 맞아. 세트로 사 뒀는데 묶으려고 보면 왜 한 개도 없니.

영애의 말에 경아가 웃으며 고개를 끄덕였다. 정작 양말 실종의 당사자인 수연은 제법 심각한 얼굴로 고개를 갸웃대고 있었다. 수연의 말로는 나오려다 보니까 서랍에 넣어 두었던 양말 중 한 짝이 없었다는 것이다. 강아지 얼굴이 절반씩 나누어져 프린트된 양말은 아파트 단지 입구의 문구점이라면 어디에서나 팔 법한 흔한 것이었다. 게다가 수연은 아들만 둘 키우고 있었다. 대체 누가 내 양말을? 수연의 말에 지윤이 심드렁한 표정으로 중얼거렸다. 니 아들이랑 남편이 먹었나 보지. 나는 아들도 없고 남편도 없는데 내 양말 한 짝들은 대체 어디로 가는 거지? 이번엔 영애와 경아까지 고개를 갸웃댔다. 지윤은 여덟 평 남짓한 관사에서 혼자 살고 있었다. 읍도 아닌 면 단위의 보건진료소 관사는 주변이 허허벌판이라 거의 혼자 쓰는 거나 다름없었다. 외롭지 않냐는 말에 지윤은 오히려 혼자라서 좋은 점이 더 많다고 했다. 우선 도청에서 근무할 때와 달리 그 나이 먹도록 결혼을 왜 안 했냐고 묻는 사람이 거의 없다는 거였다. 그런 말을 안 들으니 자연스레 이혼했다는 걸 누군가에게 설명할 필요도 없고 결혼 생각이 없다는 걸 말할 필요도 없던 것이다. 할아버지 할머니들이 자꾸만 감이나 사과, 말린 깨 같은 걸 가져와서 식재료 값도 거의 들지 않는다고 했다.

그나저나 강아지와 고양이 얼굴이 반반씩 있으니까, 뭐랄까…….

두 배로 좋은 거 아니야? 귀여운 게 두 배잖아.

영애의 말에 다 같이 와하하 웃음을 터뜨렸다. 경아는 영애의 대답이 영애 같다고 느꼈다. 영애는 그런 긍정이 있는 애였다. 그래, 젓가락질 잘해야만 밥을 먹니? 수연의 말에 지윤이 약간 질색하는 표정을 짓더니, 어머 90년대! 하고는 얼른 멀리 보이는 택시를 향해 손을 흔들었다.

택시는 구도심을 가로질러 역을 향해 질주했다. 경아는 이곳에서의 밤 11시 30분이란 마치 평일 서울의 새벽 3시 같다고 느꼈다. 그것도 목요일이나 금요일이 아닌 월요일이나 화요일 서울의 새벽 3시. 아직 폐지를 줍는 노인들도 서성이고 있지 않았다.

여기 사람이 너무 없지요?

예전에 우리 중학교 다닐 때도 그랬었나, 저 여기 사는데도 그 기억이 안 나네요.

인구도 인구지만요, 손님들.

앞자리에 탄 수연이 기사의 옆얼굴을 보았다. 지윤은 아까부터 말이 없었다. 지역 사회가 좁아서 관공서 근무하면 무조건 입조심 얼굴 조심이라는 거였다.

여기, 그때, 80년에 그 자리 아닙니까.

다들 잠시간 말이 없었다. 그들은 80년에 태어나지 않은 이들이었다. 수연이 잠깐 창밖을 보는가 싶더니 입을 열었다.

그런데 기사님.

네, 손님.

저희는 85년에 태어났는데, 그런데 말이에요.

아이구, 그렇지요. 손님들은 그러셨겠네요.

이상하게 그날을 겪지도 않았는데 마음이. 슬퍼요. 너희는 안 그랬어?

그들은 다 같이 고개를 끄덕였다. 그것은 정말이었다. 초등학교 때부터 한 반에 몇 명쯤 있었다. 그러니까 아버지나 어머니가 밤마다 이유 없이 누군가를 향해 한참이나 욕설을 한다거나 텔레비전에 그 군인의 얼굴이 나오면 통곡을 하며 사라진 이모나 고모, 삼촌들의 이름을 부른다는 집들.

그게, 참. 이상하지요. 사라지지도 않으니까요.

잠시 건널목 신호 앞에 섰을 때였다. 기사의 목소리는 전생에서 온 것만 같았다.

손님들, 아무도 없어도 건널목 신호는 기다려야 하는 거잖아요.

그쵸, 맞아요.

네, 저희 괜찮아요. 시간 여유 있는걸요?

뭐…… 눈에는 안 보여도 건너는 무언가가 있을 수도 있고요.

경아의 말에 다들 경아를 돌아봤다. 여태 앞만 보던 기사의 시선도 잠시 경아에게 닿았다. 아까부터 창밖을 보던 지윤이 갑자기 아, 하고는 작게 탄성을 터뜨렸다. 택시가 움직일 때 영애가 고개를 돌려 건널목 끝을 보니 작은 오리 한 마리가 뒤뚱이며 인도로 올라서고 있었다.

역 대합실엔 그들뿐이었다. 케이티엑스나 새마을호가 거의 없는 지역이라 역은 이전보다도 한산했다. 승무원 대신 안내 표지판이 서 있었다.

경아 너 근데 왜 온 거야, 서울에서 여길.

할머니가 돌아가셔서.

사람 참 신기해.

사람이 죽어야 사람을 본다. 우리 경아랑 같이 본 지 오래됐잖아.

우리끼리는 뭐 봤니, 카톡만 주고받고, 늘.

근데 경아 할머니 돌아가신 지 꽤 되지 않았나?

그러게. 우리도 다 함께는 아니었지만 장례식장도 갔었는데. 서울, 안 가? 안 가 봐도 돼?

서울로, 안 돌아가?

경아는 벽면에 붙은 시계를 보고 있었다. 좀 기이했다. 시간은 저렇게 멈추지 않고 흐르고 계절도 변하는데 정작 하루는 점점 더 길어지는 것 같았다. 어느 순간부터 그랬다. 연구소 계약이 갱신되는 시점이 다가올 때마다 자신이 움켜잡을 수 있는 것이 하나도 없다는 느낌이 들었고 그럴 때마다 일생이 아닌 하루가 조금씩 더 길어져 가는 것만 같았다. 거꾸로는 절대 움직이지 않는 시곗바늘을 보면서 아까부터 경아는 돌아가신 할머니를 떠올리고 있었다. 돌아가시기 한 달 전부터는 하루에 불가리스 한 병을 겨우 넘길 수 있을 정도로 쇠약했던 경아의 할머니가 앓던 병은 갑상선에서 전이된 폐암이었다.

뼈마디마다 암세포가 스며들었어요. 누군가 종일 바늘로 찌르는 것 같은 고통일 겁니다.

방법이 없을까요, 하고 묻는 경아에게 의사는 진통제 처방이 전부라고 했다. 할머니, 가 보고 싶은 곳 없어? 경아가 물으면 할머니는 숨 대신 말을 삼키는 사람처럼 잠시간 천장을 보다가 이렇게 말했다.

서울, 서울 가 보고 싶어.

승무원이 없는데 어떻게 승강장을 찾아가나 싶었는데 곧 안내 방송이 나왔다. 서울로 향하는 기차가 들어올 시각이었다.

다시 태어나면.

다들 경아를 돌아봤다. 수연이 경아의 어깨에 턱 하고 팔을 둘렀다.

애 아무래도 다음 생에 서울 갈 모양이야, 안 그래?

지윤?

오, 아주 나이스. 좋은 생각. 아, 맞다. 그나저나 요즘 도《좋은 생각》잡지 나오지?

그러게,《샘터》그건 없어진다더라.

그거 우리 아주 어릴 때부터 있었던 거 아니야? 병원 이나 이런 데 가면.

응, 챙겨 본 적 없는데도 기분이 참 이상하네.

맞아, 뭐든 사라지고 난 뒤에야 그 이름을 부르게 되는 것 같아.

아까부터 잠자코 경아의 얼굴을 바라보던 영애가 그렇게 말했고 잠깐 사이 다들 말이 없어졌다. 그런 분위기가 지속되는 게 별로인 건 아니지만 조금 쑥스럽기는 하다는 듯 지윤이 뭐야, 얘 하며 웃음을 쏟아 냈고 그 웃음에 모두들 한바탕 따라 웃었다.

자, 그럼 기차를 타러 가자.

그들은 자리를 털고 일어섰다. 편의점에서 사 온 맛동산과 오징어땅콩 그리고 바나나우유와 커피도 챙겨 들었다.

역시 맛동산엔 아메리카노지.

그들 중엔 술을 마시는 사람이 거의 없었다. 물론 안주가 먹고 싶어서 술집에 가는 일은 있었다. 하지만 안주 다섯 개에 카스 한 병 시키는 사람들이었다. 대학 초반에는 이래저래 술을 마시기도 했지만 그것도 학교 축제 때나 엠티 때 분위기에 따라 마시는 정도였다. 게다가 2학년 무렵부터 그들의 대부분이 토익 준비반이나 공무원 시험 준비반에 들어가 온갖 시험들을 준비했다. 졸업을 하고 시간이 흐를수록 불리해진다는 말에 휴학도 눈치껏 했다. 바로 직전 학번만 해도 길에서 시위를 했다고 하던데 이들에겐 그런 기억이 전혀 없었다.

나 축제 때 전 부친 거 기억난다.

그런 거 대체 왜 시키는 걸까. 선배들은 술 많이 마셨다던데 나는 그런 기억도 없네. 파전 냄새만 기억나.

지윤이 너 2학년 때부터 공무원 시험 준비반 들어갔잖아.

하긴 그러네, 마실 시간도 없었지 뭐.

우리 보고 뭐라더라, 삼포 세대? 아이엠에프 키즈?

이해찬 세대 아니었냐?

뭔 세대도 많기도 많아. 근데 우린 어차피 각자인데.

맞아, 아이엠에프 때도 우리 동네는 대부분 공무원이었잖아. 서울 뉴스에서 나온 것하곤 좀 달랐어.

우리 집은 닭집이어서 안 달랐어. 그래도 고객층이 주로 공무원이어서 서울보다 낫긴 했지.

그 말을 하며 수연이 맛동산 봉지를 뜯었다. 실제로 지방 도시는 인구가 별로 없어서 군청이나 시청, 도청에 근무하는 공무원들이 반 의무적으로 그 지역에 전입신고를 하고 사는 경우가 많았다. 게다가 공장이나 기업체가 없으니까 공무원 외에 주5일 직장을 갖는 일이 쉽지 않았다. 결국 그 지역에 계속 살려면 공무원이 되든가 자영업자가 되든가였다. 그게 아니면 서울로 가는 수밖에 없었다. 수연이 흑당 맛 맛동산을 오물거리다 영애에게 물었다.

너네 할아버지 사는 동네서 큰 지진 난 적 있는 거 알아?

어?

내가 무슨「타임머신」이런 프로그램 봤는데 89년엔가 86년엔가 진도 5.5더라, 세상에.

그게 뉴스에도 안 난 거야?

수연의 말을 듣던 영애가 블랙커피가 든 캔을 돌려 뜯으며 놀라는 표정을 지었다. 영애의 블랙커피를 빤히 보며 오징어땅콩을 뜯던 지윤이 놀리듯 이렇게 물었다.

허니브래드에 아메리카노, 치킨에 제로콜라, 맛동산에 블랙커피. 그거 영애 네 마지막 자존심이냐?

너 지금 내 자존감 깎아내리니.

바나나우유도 맛있어. 단단이 최고지.

나는 요플레에 맛동산 찍어 먹는 게 그렇게 좋더라, 달아, 달아.

달지, 안 달 수가 없지, 그거.

단것만 먹어도 짧은 인생이야.

당 쇼크 와서 진짜 짧아질 수도 있고.

다시 태어나면 되지.

지윤과 수연이 무슨 소린지 모를 말을 주고받는 사이 문득 생각난 듯 영애가 경아를 돌아봤다.

근데 너 아까 다시 태어나면, 하고 무슨 말 하려고 했어, 그 뒤에?

경아는 고개를 돌려 옆을 바라봤다. 모두의 얼굴이 하나씩 포개어져 자신을 바라보고 있었다. 다 다른 얼굴인데 다 비슷하게 보이기도 해서 경아는 차창에 비친 자신의 얼굴도 한번 확인해 보게 되었다.

경아의 할머니는 스물 초반에 할아버지와 결혼해서 할아버지의 고향으로 함께 내려왔다고 했다. 그러니까, 경아가 대학 가기 전까지 살았던 남쪽의 작은 마을. 할머니도 서울 출신은 아니었다. 할머니의 고향은 경기도와 근접한 농촌 마을이었다. 어느 날 저녁엔가 먼 친척이라는 사내가 할머니의 어머니를 찾아왔다. 서울에 있는 공장에 가면 돈을 모아 야간 대학을 갈 수 있다고, 경아의 증조 외할어머니에게 그런 말을 했다. 미국산 밀가루가 싸게 공급되면서 밀 농사를 짓던 농가들이 순식간에 폐가가 되던 시기였다. 하지만 경아의 할머니는 그때 그곳에서 아이들을 가르치는 선생님이 되고 싶었다. 그렇게 평생을 그 농촌 마을에 머물고 싶었다. 하지만 할머니는 다음 날 가방 하나를 들고 서울로 가는 기차를 타야 했다.

하루 열두 시간이 넘게 지문이 사라지도록 미싱을 돌리고 받은 돈은 서울에서 방세를 내기에도 빠듯했다. 어쩌다 돈이 모자라 집에 돈을 보내지 못하면 교환원을 통해 전화가 걸려 왔다. 서울 가더니 저밖에 모르는 깍쟁이가 되었다는 말들이 넘어왔다. 할머니는 그 이야기를 할 때마다 이런 말을 했다.

왜 우리 엄마가 꼭 그 미운 역할을 맡았을까. 우리 엄마는 나를 보려고 도시락을 싸서 서울까지 왔던 사람인데.

실제로 할머니가 보낸 돈은 어머니의 병원비나 용돈이 아니라 오빠와 남동생의 학비로 쓰였다.

할머니는 어느 날부터인가 손바닥만 한 핸드백이 그렇게 가지고 싶어졌다고 했다. 작은 농촌 마을에서 아이들을 가르치고 싶었던 할머니는 이제 무릎까지 오는 스커트를 입고 책상에 앉았다가 적당히 굽이 있는 신발을 신고 을지로나 광화문을 가로질러 퇴근하는 사람이 되고 싶었다. 버스안내원으로 버스에서 튕겨져 나가는 끄트머리에 서는 게 아니라 버스 가장 안쪽으로 밀어 넣어져 양복 입은 사람들과 섞이는 삶을 살고 싶었다. 물론 여자가 그렇게 되려면 대학이라도 나와야 했다. 상고라도 꼭 나와야 가능한 일이었다.

여대생 아니었으면 그거 하는 애들이라고 손가락질

많이 받아 가지고.

어느새 농촌에서 올라온 애들 사이에도 계급이 생기고 있었다. 공장에서 일할 수 있는 사람들은 그나마 자부심을 가질 수 있었다고 했다. 하지만 쉼 없이 돌아가는 공장의 기계에 잠이 모자란 이들이 사고라도 당하면 그들은 또 갈 데가 없었다.

강남으로들 많이 빠졌지.

할머니 기억에 그때의 강남은 서울로 올라온 사람들이 천막을 짓고 살던 곳이었다. 혹은 서울의 중심부에서 밀려난 사람들이 천막을 지었던 곳이기도 했다. 제법 마을 같은 천막촌이 생겼을 때, 거기서 큰불이 났고 천막들과 천막 안에 있던 사람들이 갑자기 사라졌다.

그 사람들, 모두 나처럼 경기도며 전라도며 제주도며 이런 데서 올라온 집 없는 사람들이었는데.

할머니는 그 말을 할 때마다 관자놀이를 짚었다. 어느 순간부터는 그 자리에 일본에서 기생관광 온 일본 기업가들이 드나드는 요정들이 생겼다. 이윽고는 강 하나를 사이에 두고 아파트 단지들이 늘어서기 시작했다. 그래도 집에 돈을 보내야 한다는 마음으로 버티던 할머니였다. 하지만 같이 살던 동료의 팔이 기계에 끼어 더 이상 공장을 다닐 수 없게 되었다는 말을 듣고는 곧장 타자 학원 등록을 했다. 사무원 시험을 보기 위해서였는데 등록만 하고 졸업은 못 했다고 했다.

그게 삼각지역에 있었거든, 넘어가서 미군 클럽서 노느라고.

그 말을 하면서 할머니는 웃음을 터뜨리곤 했는데 뭐가 그렇게 즐거웠냐는 경아의 물음에는 평생 침묵으로만 일관했다. 죽기 전 온몸을 바늘로 찌른다는 고통 속에 치매가 찾아오고서야 삼각지역과 함께 알 수 없는 이름들을 늘어놓기 시작했다. 구자, 찰스, 제인, 보나……. 후커, 후커, 후커. 경아는 할머니가 너무 능숙한 발음으로 후커(hooker), 라고 할 때 할머니의 손을 놓칠 뻔했다. 경아는 근대 이후 한국의 과학사 및 여성 과학자 연구를 주로 해 왔지만 대학원 석사과정 때는 기지촌 문학 관련 수업을 들은 적이 있었다. 부랴부랴 이렇게 물었다. 할아버지 안 보고 싶어? 곧장 웃기네 하는 표정을 짓던 할머니가 다시 그 이름들을 불렀다. 그러고는 경아에게 화련이 너는 내 편이지? 우리 택시 타자, 하며 택시를 타고 그곳으로 가자고 자꾸만 사정했다. 화련이는 경아의 막내 고모 이름이었다.

어쨌거나 할머니는 몇 년 후 손바닥만 한 핸드백 대신에 커다란 가방을 들고 이번엔 서울역에서 상행선이 아닌 하행선을 탔다. 그것은 순전히 할아버지와의 연애 때문이었다.

무슨 사랑을 죽자고 해서, 살려고 해야 하는 건데.

사람들 앞에선 입버릇처럼 그런 절절한 사랑을 핑계

삼았지만 어느 순간 할머니는 경아에게 솔직한 결혼의 이유를 말했다. 할머니는 경아의 할아버지가 대학생이어서 결혼을 결심했다고 한다. 경아가 듣기로도 할아버지는 '그냥' 대학생이었던 것 같았다. 공부를 좋아하지도 잘하지도 못했지만 집이 잘 살아서 대학을 갔던 지방 유지의 장남. 할아버지는 할머니와 결혼 후에도 금강산이다. 후쿠오카다. 상하이다 해서 그 많은 집안 재산을 헐어 가며 여행을 다녔다. 경아의 할머니는 시어머니와 단둘이 남겨졌다. 서울 사람도 아닌데 서울에서 온 며느리라고, 경아의 할머니가 무슨 말이라도 하려고 하면 감히 네가 나를 가르치려 드느냐며 더욱 모질게 굴었다는 경아의 증조할머니. 그때 할머니는 밥을 먹고도 돌아서면 늘 허기가 졌다. 특히 시어머니가 곰방대로 자신의 머리를 툭툭 치고, 남편은 그런 제 어머니 뒤에 앉아 고개를 돌리고 있으면 허기는 두 배 세 배가 되었다. 누군가에게 말하려고 해도 말할 사람이 없었다. 서울에서 일하게 되면서 고향의 친구들은 할머니를 자신들과 다른 사람으로 생각하는 것 같았다. 친구뿐 아니었다. 주변의 사람들은 대부분 할머니가 대학 나온 부잣집 남자와 결혼해서 팔자가 폈다는 식으로 말하곤 했다. 할머니는 그럴 때마다 왜 그렇게 자꾸 허기가 지는지 모르겠다는 생각만을 했다.

집안 재산을 전부 바닥내기 전에 할아버지는 설악산

에서 실족사했다. 경아의 입장에서 보자면 드라마의 여주인공이 무능한 남편과 평생 사는 것보다야 백배 천배는 나은 결말 아닌가 싶었지만 실제로는 그렇게 단순한 문제가 아니었던 모양이다. 일단 증조할머니가 아들 잡아먹은 년이라고 평생 할머니를 몰아세웠기 때문이었다. 그런 시어머니의 병수발까지 한 건 역시 경아의 할머니였다. 참 알 수 없었다. 경아는 그 말을 삼켰다. 이 말이 더 하고 싶었으니까.

다시 태어나면 서울 가자, 할머니.

경아야, 그러고 보니까 너네 고모 기일하고 할머니 기일 안 겹쳐?

우리는 시할머니랑 시할아버지 아예 합쳤는데.

수연이 니네 아직도 제사 지내? 고조선 시대세요? 지금 21세기 아니었니?

말도 마라, 그럴 때만 조상 앞에 떳떳하고 싶은 장남이시잖니, 나랑 사는 주인집 아들내미. 근데 경아네는 좀 다르지 않나. 우리는 뭐 나이 들어서 돌아가신 지 오래고.

지윤이 너네 할머니는 괜찮으시니? 5년째던가, 요양원 가신 거.

응, 아직도 내가 그 남자랑 사는 줄 아셔.

어머, 그럴 땐 어떻게 해?

뭐 내가 그 남자랑 완전 틀어져서 원수 되어 헤어진 것도 아니고. 우정이 있어서 전화하면 그 남자가 또 그런 척해 줘.

멋지다. 야. 너네 지금 아주 미국 사람 같아.

그래, 이럴 바에 일요일마다 만나서 브런치라도 먹으렴. 저기 이마트 가서 쇼핑도 하고.

너네 지금 미국 혐오 발언 하냐.

혐오라니, 우리 그거 좋아했잖아, 「섹스앤더시티」. 그 생각나네, 우리 그땐 그거 꿈이었는데. 지윤이 애가 샬롯이었나? 그 가정주부 되고 싶어 하던 캐릭터. 화목한 가정에 열망 있는.

수연이 저게 지가 자꾸 캐리 한다고 해서. 이유는 없고 그냥 주인공 한다고.

영애는 그때도 미란다 같았어, 미란다처럼 무엇이든 책임지는 사람.

그러고 보니까 영애도 변호사 됐네, 미란다처럼.

나는 경아가 사만다 되고 싶다고 할 때가 제일 기가 찼다. 아니, 한 남자랑만 7년을 사귄 애가 어떻게 세기의 팜므파탈 사만다가 되냐고.

왜, 경아 애 그 어디야, 삿포로인가 가서 인력거 끄는 남자랑 세기의 로맨스 있었잖아.

수연, 삿포로 아니고 오타루일걸?

아. 맞아, 오타루. 그 무슨 남자 배우 이름 헷갈려 하

는 소설 읽고 나서 삿포로 가면 자기를 찾을 수 있을 것 같다고 그랬잖아. 그렇게 정말 혼자 여행까지 가더니만.

난 그래도 경아 애가 오타루 가서 그 남자 꼭 다시 만나길 바랐는데.

역시 우리 영애, 우리 중에 마음 제일 약하다니까. 근데 사실 나도 그랬다.

응? 너네 전부 나 멀리 일본으로 보내고 싶었니? 서울로는 만족 못 했어?

그냥, 뭐랄까. 경아 네가 무엇인가를 그렇게 가고 싶다, 좋아한다 말하는 걸 처음 봐서.

거기까지 말했을 때였다. 잠시 말이 없던 그들은 곧 고개를 가볍게 저으며 웃음을 지어 보였다. 그래도 그땐 그들도 되고 싶어 하던 무언가가 있었다. 지금이라면 절대 상상하지 않았을, 되고 싶은 게 있던 시절. 나이가 들면서 사라지는 건 세상에 대한 상상력이 아니라 자기 자신에 대한 상상력이었다.

근데 지윤이네 할머니 영애가 윤진이 낳은 것까지도 생생히 기억하신다며?

말도 마, 윤진이 아빠가 누군지 아직도 캐물어.

경아 할머니 욕도 아직 하셔?

왜 아니겠니. 이제 무슨 30년 전 이야기도 한다, 깍쟁이 서울 년이래.

지윤의 말에 경아는 마시던 물을 삼키지 못하고 웃

음을 터뜨렸다. 영애가 옆에서 티슈를 한 장 꺼내 건넸고 수연이 자신도 달라는 듯 손짓을 하고 배를 쥐어 잡는 시늉을 하며 웃었다. 한참이나 웃던 지윤이 열을 식히려는 듯 손부채질을 하더니 문득 가벼운 한숨을 내쉬었다.

참, 근데 말이다. 요즘 노인네 보면 나도 그냥 걱정이야.

뭐가.

나도 늙을 텐데, 하고 말이지.

나도 그거 좀 무섭더라, 이제.

경아네 고모처럼 젊은 나이에 죽어도 너무 슬픈 거고.

1980년 봄이었다. 경아의 막내 고모가 집으로 오지 않은 날이 있었다. 순천에서 중학교를 다니던 막내 고모는 친구에게 버스가 막혀 보성으로 돌아간다고 걱정 말라고 전해 달라 했단다. 그날 경아의 할머니는 터미널에 아주 오래 앉아 있었다. 그때는 아직 고등학생이었던 경아의 아버지도 함께였다. 먼저 운 건 아버지였다. 밤이 지나고 새벽이 되고 그렇게 이틀을 보내고도 막냇동생의 모습이 보이지 않자 아버지는 주먹을 꽉 쥐었다가 고개를 숙이고 큰 소리로 울었다고 했다.

어머니, 애 또 서울 갔나 봐요. 제가 이번엔 절대 안 된다고 그렇게 말했는데요.

화련이 그게 나를 닮아 서울 애기 같잖니. 할머니는 그렇게 말하며 아버지의 등을 몇 번 쓸어 주었다. 아버지는 반년 후 국문학과 대신 육군사관학교에 진학했다. 쓸쓸하고, 쓸쓸한데 그것은 왜 쓸쓸한 걸까 하면 어쩐지 설명할 수 없어서 더욱 그렇게 느껴지는 어떤 것들이 있다. 무슨 말이냐면, 경아 아버지가 육군사관학교에 자원해서 들어갔다는 것이다. 어릴 적부터 시를 쓰던 아버지가, 평범한 회사에 취직하여 그저 평생 시집을 읽으며 살고 싶다고 했던 아버지가, 텔레비전에 군인들만 나오면 한동안 주먹을 꽉 쥐고 눈물을 흘리던 아버지가. 아버지가 군인이 되고 난 후 아버지와 할머니와의 거리는 점점 더 멀어졌다. 할머니는 막내딸을 죽인 건 그 군인이라고 했고 아버지는 그 말에 늘 침묵으로 일관했기 때문이었다. 역시 이 쓸쓸함에 대해선 경아도, 그 누구도 설명할 길이 없었다.

나도 서울 갈래.

1년 가까이 버티던 할머니는 결국 시신 없는 고모의 관을 태워 보냈다. 고모의 관을 태울 때 할머니가 중얼거린 건 저 말이었다. 산 사람이 너무 울면 죽은 사람의 날개가 젖어 천국으로 날아갈 수 없다는 말에 눈물마저 참았던 할머니가 그 말은 미처 참지 못했던 것이다.

애들아. 우리 좀 큰일이야.

영애의 목소리가 좀 급박하다 싶어 눈을 떴을 때 그들 앞에 펼쳐진 건 온통 하얗게 부서지는 아침 햇살이었다. 그리고 또 하나. 바로 끝없이 펼쳐진 바다.

서울에 바다가 있나?

한강이 바다로 가긴 가지.

그렇게 따지면 영산강도 바다로 가.

수연과 지윤이 또 무슨 소린지 모를 이야기를 주고받는 중이었다. 그러면서도 곧장 핸드폰을 켜 코레일 앱을 훑고 있었다. 다들 말이 없었다. 언제부터인가 그런 걸 배운 것이다. 이미 일어난 일에 대해선 후회라든지 미련이라든지 이런 걸 되도록 빨리 접는 것 말이다.

우리는 여수로 왔네.

완전 반대로.

여수 밤바다, 아니고요. 아침 바다요.

입을 다문 이유는 아마 모두들 배가 고파서였을 것이다. 걷다가 눈에 보이는 곳에 들어가자는 암묵적인 동의 후엔 모두들 팔짱을 낀 채 묵묵히 걷기만 했다. 대학 시절이라면 우리 지치도록 싸웠을까 이런 말들을 주고받는데 문득 수연이 말했다.

우리 저기 가자!

'오시오 포장마차'의 문을 열고 들어섰을 때 처음 느낄 수 있던 것은 어떤 적막이었다. 그다음엔 느꼈다기보다는 다들 보았는데 그것은 바로 오시오 포장마차의 주인으로 보이는 할머니가 구석의 평상 위에서 담요 하나만 덮은 채 모로 누워 있는 모습이었다. 아마 손님을 기다리다 그대로 잠이 든 모양이었다. 그들 중 가장 먼저 몸을 움직인 건 경아였다. 경아는 빠르게 오시오 포장마차의 주인 할머니에게 다가가 코 가까이에 손가락을 대어 보았다. 할머니의 병간호를 오래 하면서 생긴 버릇이었다. 노인들은 잘 자다가도 갑자기 숨을 멈추곤 했던 것이다.

아가들이랑 노인들은 비슷한 걸까. 저러고 잘 있다가 갑자기 턱 숨을 멈추잖아.

영애가 중얼거리며 경아 옆에 쪼그리고 앉았다. 경아는 영애의 얼굴을 가만히 들여다보았다. 경아의 시선에서 무언가를 느꼈는지 영애가 중얼거리듯 입을 열었다.

윤진이는 엄마가 좀 봐 주기로 했어, 우리 다 같이 본 지 진짜 오래됐잖아.

영애는 그렇게 말하면서도 핸드폰을 꼭 쥐고 있었다. 경아는 영애의 핸드폰 화면에 보이는 윤진의 얼굴을 보고 자기도 모르게 미소를 띠었다.

야, 경아가 근데 윤진이 아빠 아니야? 얘 윤진이 대모잖아. 아니, 대부인가?

지윤도 어느새 곁에 와 쪼그리고 앉았다. 그러고 보니 이들이 다 같이 모인 적이 한 번 더 있었다. 윤진의 세례 날이었다. 슬픔 금지, 눈물 금지. 지윤이 수연에게 그런 메시지를 보냈고 영애는 영애대로 이런 메시지를 보내왔다. "드레스 코드:「섹스앤더시티」, 망사 스타킹 필수."

윤진이 세례를 받던 날 경아는 캐리처럼 과한 파마머리를 하고 평소라면 절대 못 신을(안 신는 게 아니라고 경아는 순순히 고백했다.) 10센티짜리 구두를 꺼내 신었다. 수연은 그날 바지 정장을 입고 나타났다. 조금 늦은 지윤이 치파오처럼 옆선이 뜯어진 치마를 입고 나타나는 바람에 신부님이 기침을 세 번 했던 것이 그날의 웃음 포인트였다.

지나고 보니까 그날 그렇게 화려하게 차려입은 거 너무 좋았던 것 같아.

맞아, 사진 보니까 다 근사해.

윤진이 어리둥절한 표정도 너무 귀여워. 에미야, 작작 좀 해라, 이런 표정.

지윤의 말에 경아가 고개를 끄덕였다. 아빠가 세 명이나 있어, 우리 윤진이. 영애가 이렇게 중얼거리더니 생각난 듯 주변을 두리번거렸다.

근데 수연이 쟤 아까부터 뭐 하는 거야?

경아와 지윤도 영애의 말에 뒤를 돌아보았다. 수연이 설거지통 앞에 쪼그리고 앉아 설거지를 하고 있었다.

나 아무래도 이번 생은 안 되겠어.

수연은 그렇게 말하더니 아이고 기름때 굳었네, 하며 남은 설거지를 계속 했다. 정말 저거, 최씨 집안 맏며느리 어쩔 거니. 지윤이 부아가 솟는다는 듯 쯧쯧 소리가 나게 혀를 찼다. 영애가 얕은 숨을 내쉬었다. 수연이 저러고 싶어서 저러나, 어디.

수연의 시댁은 종갓집이었다. 명절이면 오촌 삼촌까지 와서 마당에서 노래를 부른다는 곳. 처음 결혼한 수연이 그 분위기를 못 따라잡아 놀란 표정으로 멍하게 앉아 있었더니 사돈의 팔촌인지가 와서 대학 나와서 우리를 무시하냐며 수연의 등짝을 마구 때렸다는 곳. 언제부터인가 수연은 가끔 경아에게 문자를 보냈다. 정신과 상담을 받으러 다닌다고 했다.

경아야, 대학 때 학생회 동기들이 날 보면 위선자라고 하겠지?

수연의 그 말에 놀란 경아가 지금 어디냐고 물었지만 수연은 절대 가르쳐 주지 않았다. 그냥 너랑 이야기하고 싶어서. 수연은 그러고 약을 탔다며 이제 다시 집으로 간다고 했다.

우리 그냥 설거지해 드리고 가자.

경아가 갑자기 일어서 수연의 곁에 앉아 팔을 걷어붙였다. 나 젤네일 받은 지 얼마 안 됐다고. 이렇게 말하면서도 영애가 탁자 위에 흩어진 접시를 포개기 시작했다. 지윤은 아까보다 더 크게 쯧쯧 소리를 내고는 오시오 포

장마차의 주인 할머니가 덮은 담요를 좀 더 끌어 올려
주었다.

야, 나 진짜 다시 태어나면 니네랑 친구 안 하고 만다.

어휴, 누가 할 소리.

이번 생부터 안 하는 방법도 있다?

그래그래. 그래도 일단 아침밥은 다 같이 먹자.

경아는 가끔씩 할머니가 돌아가신 후 할머니의 다음
생을 상상해 보곤 했다. 다음 생이지만 할머니는 과거로
갔을 것 같다고 느꼈다. 사람들은 왜 다음 생은 꼭 미래
라고만 생각할까. 다음 생에서 과거로 간 할머니가 폭이
넓은 머리띠를 하고 손바닥만 한 체크무늬 핸드백을 메
고 광화문으로 가는 버스를 타고 있었다. 그리고 그렇게
되면 아마도.

막내 고모와는 친구로 다시 만나게 될 것이다.

그러면 인생의 어느 순간엔 못 만나고 인생의 또 어느
순간엔 겹쳐지고, 어떤 지점엔 서로 달라지고 또 다른
순간엔 같아지고. 그러나 이런 곡절에도 어디서든, 무엇
이 되었든 할머니와 막내 고모는 헤어지지 않겠지.

어쨌거나, 조만간 다시 태어날 작정이라면.

경아의 말에 수연과 영애와 지윤이 돌아봤다. 그다
음은? 누구도 묻지 않았다. 다들 그저 고개를 끄덕일
뿐이었다.

끝없는 질문의 힘

옛날이야기 해 줄까.

좋아. 혹시 공주랑 마녀랑 왕자가 나오는 이야기야? 왕자님이 공주님 구해 주는?

아니, 공주도 없고 마녀도 없는 이야기야. 왕자는 더 없는 이야기.

그럼 누가 나와?

여자 얼굴 반, 남자 얼굴 반인 사람.

응?

이 이야기를 메리에게 처음 해 준 사람은 윤선영. 선영이 처음 미국에 온 건 1985년이었죠. 존하고는 서울 용산의 한 보육원에서 만났어요. 주한미군으로서 봉사 활동을 하던 존은 보육원 교사인 선영을 보자마자 사랑에 빠졌지만 오래 고심했어요. 미국에 두고 온 어린 딸이 있었거든요. 하지만 막상 존이 청혼하자 선영은 거절하지 않았어요. 다만 이렇게 물었죠.

"저는 이혼한 경력이 있어요. 당신은 내가 괜찮나요?"

존은 무엇이 괜찮은지 묻지 못했어요. 왜냐하면 존이 생각하기에 선영은 자기에게 정말 과분한 사람이었거든요. 선영은 한국 최고의 여자대학교 생물학과를 수석으로 졸업했죠. 존은 선영에게 남편의 폭력으로 결혼이 끝난 이후에 어째서 공부를 다시 하지 않았는지도 묻지 않았대요. 솔직히 말하자면 존은 그것에 별 관심이 없었어요. 다만 선영이 좋았지요. 특히 아이들을 사랑하는 모습이요. 아마 자신의 아이도 좋아해 줄 거라 생각했나 봐요. 가끔 생각해요. 존은 그때 선영을 사랑한 걸까, 아니면 자신의 아이를 잘 돌봐 줄 사람을 구했던 걸까 하고요.

선영은 미국에 오자마자 존의 딸을 만났어요. 바로 메리였죠. 메리는 그즈음 막 걸음마를 하던 아이였어요. 선영은 아직 말을 하지 못하는 메리에게 이렇게 말했어요.

"내 이름은 선영, 언젠가 너도 네 이름을 말해 주렴."

메리는 유난히 큰 체격으로 남자아이들의 놀림을 받는 아이였어요. 아이는 자신이 여성이 아닌 남성의 몸을 원한다는 것과 여성을 사랑한다는 사실을 아주 어린 시절부터 알고 있었다고 해요. 그러나 메리는 그걸 깨닫기 전부터 신체로 놀림을 받았던 거죠. 시간이 갈수록 메리는 학교에 가는 게 점점 더 끔찍해졌는데, 집도 편안하지만은 않았어요. 존은 메리가 어째서 여자아이처럼 옷을 입지 않는 건지, 남자아이들이 놀린다고 치고받고 같이 싸우는 건지 이해하지 못했어요. 메리는 존이 그럴 때마다 제 방에 틀어박혔죠. 그날도 방문을 걸어 잠그려 했을 거예요. 거실에서 선영이 존에게 말했어요.

"사람을 사랑한다는 것은 있는 그대로의 그 사람 전체를 사랑하는 것이지, 그 사람이 이렇게 돼 주었으면 하는 것은 아니야."

네, 『안나 카레니나』의 문장이에요. 메리는 존이 침실로 들어간 후 거실에 남아 있던 선영의 무릎을 베고 잠들었습니다. 메리는 그날 선영이 자신에게 해 준 말을 기억합니다.

"너는 너일 뿐이야, 누구의 딸도 아들도 아닌 너. 내가 너의 엄마인 것처럼 말이지."

또래 여자아이들이 인형을 선물받을 때 메리는 선영에게서 '생명 도감' 같은 책을 선물받기 시작했습니다. 가끔 존이 집을 비우면 피자를 포장해 야구장에도 함께 갔어요.

"선영은 남자를 사랑해? 아니면 여자를 사랑해?"

어느 날 메리가 물었죠. 메리는 왜 선영과 존이 서로 사랑한다고 생각하지 않았던 걸까요. 선영은 메리가 물을 때면 옛날이야기를 하나 해 주겠다고 했죠. 네, 아까 그 이야기입니다.

"그런 만화가 있었다. 「마징가 Z」. 거기에 나와. 여자 얼굴 반, 남자 얼굴 반을 가진 한 사람."

"사람?"

"음, 아주 예전에는 말이야. 남자와 여자 그리고 남자와 여자가 합쳐진 사람이 모두 함께했대. 그런데 신이 질투를 해서 남자와 여자의 얼굴이 함께인 그이를 없애 버렸다지."

"그럼 그 사람은 악마가 된 거야?"

"그러게. 그런데 왜 하필 악당으로 나왔을까. 그 사람은 그저 자신의 얼굴을 만들어 준 사람을 위해 싸웠을 뿐인데."

"그 얼굴을 만들어 준 사람을 사랑한 거야?"

"글쎄. 그 얼굴을 만들어 준 사람만이 자신을 믿어 줬거든."

"그랬구나. 그럼 그 얼굴을 가진 사람의 이름은?"

어딘가에 있을 나의 반쪽, 너는 나를 사랑해 줄까.*

---

* 미네쿠라 카즈야, 『최유기』(학산문화사, 2004) 중 오공의 대사.

"나, 아가씨 아니야."

"네? 무슨 소리세요, 아가씨?"

"나, 아가씨 아니야. 나 이름 있어."

"이름이요?"

"응. 경준. 윤경준. 네 이름은 뭐야?"

제중원 간호원 복장을 한 여인이 자신을 경준이라 소개한 이를 빤히 본다. 처음엔 그저 껑충한 남자 옷을 걸친 이라고 생각했었다. 더 이상 남성에게 의지해 살아가지 않겠다고 선언한 뒤 남자 옷을 입고 남학교서 공부했던 기녀 강향란처럼, 학업을 중단시키고 혼사를 추진한 부모에 대한 반발로 남장을 했던 황육진처럼. 그런 경준을 유심히 보는 그이의 이름은 안나 서. 세브란스 의료원 의사 서윤식의 수양딸 서화련이 아닌, 이화학당 졸업생이자 제중원 간호원인 안나 서. 제중원 초대 간호원 안나 제이콥슨의 정신을 받아 가져온 이름, 이게 바로 안나가 지은 자신의 이름이다. 안나는 자신을 소개할 때 누구의 딸이라고 하지 않았다. 나는 어디선가 왔어, 라고 했을 뿐이다. 안나는 그럼 어디서 온 거지?

안나의 어머니의 어머니의 어머니는 약방기생이라 천대받던 조선 왕실의 의녀였고 그 어머니의 어머니 또한 부모가 누군지 모른 채 기미 상궁에게 길러진 의녀였다고 한다. 그럼 안나의 어머니의 어머니는 대체 누구야? 자, 다시. 그저 많은 어머니들 사이에서 살아온 안나의 어머니의 어머니는 여귀의 제사를 주관하는 여제였다. 조선 중기 무렵, 천연두가 조선을 뒤덮고 마을엔 죽은 이들의 시신이 쌓여 가니 자식이 부모를 버리고 부모가 자식을 버리기 시작했단다. 이때 환자를 돌보게 된 이들이란 식모, 하녀, 기녀, 산파 들. 남녀가 유별한 시기에 다른 이들의 몸을 만지라는 명을 받은 여성의 신분이란 이러했다. 많은 여인들이 죽어 갔으나 기록에 남지 못했다, 그들은 이름이 없었기에. 훗날 조선 시대의 전염병으로 인한 사망률을 조사했을 때 여성의 비율은 매우 낮았다. 조선은 여성이 살기에 참 좋았나 보구나, 처음 조선의 사망률을 조사하던 이들은 그런 말을 할 뻔했다 한다. 여성의 죽음은 기록이 되지 못했기 때문에 없는 것처럼 보였을 뿐인데. 천연두가 물러갔을 때 조선의 왕은 식모와 하녀와 기녀와 산파 들이 귀신이 되어 돌아올까 겁이 났단다. 여귀들이 건강한 사내의 간을 뽑아 먹는다는 소문이 사대문 안에 파다했으니까. 왕은 곧 무녀들을 모았고 이들에게 여제라 이름 붙여 그 영혼을 달래 주라 명했다. 여제의 운명은 왕이 바뀔 때마다 뒤바뀌었다. 그러나 하나 바뀔 수 없는 것, 세상이 존재하는 한 여제는 사라질 수 없었다. 무수한 여자들이 죽었기에, 이름도 없이. 그러나 안나의 어머니가 갓 네 살이 되었을 무렵, 자신이 모시던 조선의 왕이 죽자 안나의 어머니의 어머니 또한 자결한다. 정말 죽고 싶었을까. 그것은 모른다. 다만 홀로 남은 안나의 어머니가 단돈 4원에 팔렸다는 건 안다. 안나의 어머니를 4원에 데려간 사람은 동경까지 가서 공부를 한 지식인이었으나 어린 수동무가 둘이었고 안나의 어머니를 민며느리로 두고 감시했다. 안나의 어머니는 열한 살이 되던 해에 그의 등에 칼을 꽂았다. 밤마다 그에게 시달리던 수동무들을 풀어 주고 공장에 들어가 열두 시간씩 쉬지 않고 일을 했다. 죽을 것 같아서, 또 살고 싶어서 다시 도망쳤고 그렇게 경성으로 흘러들어 어느 주점의 천기가 되었다고 한다. 안나는 선교사들이 운영하던 동대문 산부인과 병원에서 태어났다. 안나의 어머니는 안나를 낳고 한 시간이 채 안 되어 과다 출혈로 사망했다. 남긴 말은 이것이었다.

이 아이에게 이름을 주세요. 이름을 불러 주세요.

"저기 그런데요."

"응."

"그런데 사내면 사내지 대체 왜 처음 보는 사람에게 반말이죠?"

전단지를 움켜쥐고 있는 안나의 손이 미세하게 떨렸다. 경준은 곧 손을 들어 보였다.

"미안. 아니, 미안해요."

경준의 사과에도 안나는 곧장 되돌아 걷기 시작했다. 안나는 사내들이 썩 반갑지 않았다. 얼마 전엔 기차에서 부인들의 옷을 칼로 찢고 도망가는 청년이 잡히기도 했고 키스를 거부했다며 여종업원의 혀를 물어뜯은 남학생에 대한 기사가 나기도 했다. 그런가 하면 여성이 남성의 옷을 입었다고 길에서 정강이를 걷어찬 사내도 있었다. 언젠가 주점에서 병원으로 다급한 연락이 와 나가 봤더니 어린 기생이 손님에게 폭행당해 죽어 갈 판이었다. 신고를 하자는 안나의 말에 주인은 울면서도 펄쩍 뛰었다. 사내를 어찌 당합니까? 우리 같은 기생들이요, 하면서.

"손에 든 건 뭐예요?"

안나를 따라잡느라 그런 건지 추운 날씨에 번져 나오는 입김 때문인지 경준은 조금 다급하게 숨을 몰아쉬는 것처럼 보였다. 안나는 그제야 자신이 경준에게 전단지를 나누어 주려 했었다는 걸 깨달았다. 안나는 헛기침을 한번 한 후 경준에게 전단지 한 장을 내밀었다.

"조선 여성에게 빛을, 서대문 여성 의원 새롭게 개원."

경준은 한동안 전단지에 적힌 문장을 바라보기만 했다. 이번엔 안나가 고개를 갸웃했다. 일본인 가정에 입양되어 일본어만 아는 조선인들이 부지기수인 터라 경준도 혹 그런 경우가 아닌가 싶었던 것이다. 안나는 영어를 잘했지만 일본어는 서툰 편이었다. 그건 안나가 선교사들이 세운 학교인 이화학당을 졸업하고 제중원 간호원으로 일하고 있기 때문이기도 했다. 안나는 어린 시절부터 의사가 되고 싶었다. 그래서 학교를 졸업하고 의술을 배울 수 있다는 제중원에 들어간 것이었다. 물론 조선의 여성이 공부해서 의사가 된다는 건 어려운 일이었다. 그래도 안나는 제중원에 들어간 덕분에 영어를 배울 수 있었던 걸 행운이라 여겼다. 언젠가는 김점동처럼 여자도 의사가 될 수 있다는 미국 대학에 갈 수 있지 않을까. 안나는 가끔 그런 생각을 하다 고개를 젓곤 했다. 어째서냐면, 아버지 서윤식이 정해 놓은 혼처가 있었으니까. 애당초 서윤식은 제중원에 들어가는 걸 허락하는 조건으로 두 가지를 반드시 지키라고 했다. 안나가 자신의 수양딸임을 죽을 때까지 발설하지 않을 것, 스물한 살이 되면 어떤 일이 있어도 혼인할 것.

"사람에게 소젖을 먹여도 괜찮은 거예요?"

경준의 말에 안나는 퍼뜩 전단지로 되돌아왔다. 한강까지 얼어붙었다는 추위에 산비탈을 오르면서까지 안나가 나눠 주던 전단지는 서대문에 개원하는 여성 의원을 홍보하는 거였다. 선교사 마이어스는 1921년에 태화 여자관을 설립하며 '어두운 조선 여자 사회를 위하여 새로운 빛을 주고자'라는 목표를 내세웠다. 하지만 병이 돌면 독한 약물이 든 공장 폐수로 몸을 씻거나 심지어 동물과 성교를 해야 한다는 풍문이 떠도는 곳이 경성이었다. 제중원에서는 월요일과 목요일 오후 2시부터 대대적인 무료 아동 진찰을 실시하고 선교사들이 아이 잘 씻기는 법과 같은 공개 강좌를 열었지만 낮에 시간을 내기 힘든 여공이나 여사원, 가난한 여인 들을 위해서는 간호원들이 직접 돌아다니며 홍보하는 게 좋겠다고 결론을 내렸다. 안나는 경준에게 1920년대 어머니들 앞에서 선보였던 '우유 급식' 사진과 한 여성이 '토요 모자 복지 클럽'에 기증한 난소낭종 모형 사진을 꺼내 보였다. 안나는 사실 경준에게 이렇게까지 시간을 할애할 마음이 없었다. 처음에 안나는 그저 경준이 거들먹거리는 사내들 흉내를 내고 있다고 여겼으니까. 하지만 전단지를 받자마자 길거리에 버리는 많은 사람들과 달리 경준은 꼼꼼히 전단지를 읽고 진지한 표정으로 안나에게 질문을 던졌다. 안나는 그런 경준에게 자신이 아는 것을 최대한 말해 주고 싶어졌다. 얼마나 많은 조선 여성들이 과도한 임신과 출산 후유증으로 죽어 갔는가에 대해 설명하기 시작했다. 앞에 사람을 세워 두고 너무 많은 이야기를 떠들었구나 싶었는데 경준의 얼굴엔 미소가 떠올라 있었다.

"의사인가요?"

안나는 하마터면 그렇다고 고개를 끄덕일 뻔했다. 안나는 가만히 고개를 저었는데 경준이 고개를 끄덕이며 말했다.

"언젠가 저도 당신에게 진료를 받고 싶어요."

안나는 경준이 어째서 자신을 진찰해 달라고 했는지 시간이 좀 더 흘러서야 알게 되었다. 다만 안나는 그날 그런 생각을 했다. 전단지를 골똘히 보는 경준이야말로 어쩐지 경준 같다는 생각. 그저 남성의 옷을 입고 거들먹거리는 게 아니라 누군가 정성스레 준비한 전단지를 열심히 읽어 주고 얘기를 들어주는 사람, 그렇기에 언젠가 자신이 정한 이름을 말해도 전혀 부끄럽지 않을 그런 사람. 그러나 이것은 기이한 이야기. 안나는 그날 경준을 처음 보았으니까. 게다가 안나가 진짜 경준에 대해 알게 된 것은 그것과는 다른 방식을 통해서였다. 꽤나 시간이 흘렀다는 생각에 경준과 헤어져 비탈길을 막 내려오던 참이었다.

"저이는 윤경아가 아니요?"

"경아요? 경준이 아니고요?"

안나의 대답에 사내는 무슨 말이냐는 듯 저 사람은 윤경아라고, 사사로운 연애소설로 여학생들의 지지를 얻는 여인이라고 설명했다.

"여인이 되어 가지고 여학생들의 연애나 시시콜콜 써서 인기를 얻더니 이제 남장까지 하고 다니나 보군요. 순사에게 걸려 호되게 혼이 나 봐야지. 어디 여자가 남자 행세를 하고는."

경준이 아니라 경아라고 알려 준 사내는 당시 안나에게 열렬히 구애를 하던 이로서 경성에서 이름이 알려질 대로 알려진 탐정소설가이기도 했다. 당시 경성 최고의 인기라면 역시 위생 박람회와 탐정소설이었다. 질병을 없애 제국에 맞는 국민을 만든다는 목표 아래 개최된 위생 박람회와, 과학으로 사건을 해결하여 나라다운 나라의 발전을 꾀한다는 탐정 수사와 소설은 모두 동경에서 시작된 거였다. 이 동경발 '과학'은 경성에서도 대대적인 인기를 얻었다. 《별건곤》에 웰스라는 서양 소설가의 과학소설이 실려 잡지가 동이 나기도 했다. 하지만 안나는 탐정소설에 별 흥미가 없었다. 그도 그럴 것이 경성에서의 과학수사라는 건 범인 한 명을 잡기 위해 70명을 잡아 두는 식이었다. 붙잡아 들이는 대상도 대부분 부랑자나 남장 여자, 여장 남자, 노동자, 여공 같은 이들이었다. 신분이 불명확하다는 이유였는데 그래 놓고 정작 진범으로 밝혀진 강간 살인마에게는 고작 징역 6개월의 판결을 내릴 뿐이었다. 그런데도 소설 속에서 사건을 해결하고 나라와 공주, 소녀와 아가씨를 구하는 과학 소년은 항상 멋있게 그려지기만 했다. 하지만 그날만은 사내의 소설 타령이 마냥 지루하지만은 않았다. 경준과 연애소설을 비꼬듯 말하던 사내가 내뱉은 마지막 말 때문이었다.

"저 사람 소설에는 과학 소녀가 나온다니…… 아주

현실을 무시할 작정인가, 아니면 제대로 된 문학 교육을 못 받아서 생긴 괴이쩍은 생각인가."

그 말을 들은 안나는 새로 생긴 동경식 주점에서 오 뎅을 먹자는 사내의 청을 거절하고 곧장 종로에서 가장 유명한 서점인 덕흥서림에 가서 윤경아라는 이름이 적 힌 책을 찾았다. 하지만 아무리 찾아도 경준의 책을 찾 지는 못했다. 대신 경준의 이름이 쓰인 소설집을 가질 수는 있었다. 무슨 말이냐면, 그날 안나는 경준을 다시 만났다는 뜻이다.

안나와 경준이 몇 시간 만에 재회한 곳은 서점도 병 원도 아니었다. 그곳은 바로 경찰서였다. 안나는 서점에 서 집으로 돌아가다 장충단공원의 수풀에서 키스를 하 는 연인을 보았다. 그즈음 경성은 '키스 금지령'이 내려 진 상태였다. 형사들은 불법 키스를 단속하기 위해 종 종 공원이나 술집 근처에 잠복해 있곤 했다. 하지만 그 법에 걸리는 건 동성 연인들이나 남장 여자, 여장 남자 커플이었다. 소문에 의하면 고위 관료의 자제는 그래도 쉽게 풀려난다고 했다. '신분이 명확하다'는 이유로. 안 나는 그들이 걱정스럽긴 했지만 나설 생각은 없었다. 그 런데 자세히 보니 그 수풀 속 연인은 간호보조원으로 일하는 안나의 친구 수성과 그의 연인 류스케였던 것이 다. 류스케는 일본 고위 관료의 아들이므로 문제가 아 니었다. 결국 경찰서에 가게 된 사람은 경성에 연고가 없는 수성과 수성의 신분을 증명하겠다며 따라나선 안나였다. 경찰은 우선 수성의 여장을 문제 삼았다. 언제든 전장에 나갈 준비를 해야 하는 남성이 여장이라니? 두 번째는 국민 등록을 하지 않았다는 점이었다. 제국의 국민으로서 제국을 위한 군대를 안 갈 셈인가? 경찰의 집요한 물음에도 수성은 팔짱을 낀 채 입을 다물었다. 오히려 안나가 초조해했다. 수성이 간호보조원으로 채용될 수 있도록 도와준 건 안나였다. 안나가 수성을 처음 만난 건 수성이 일하던 카페에서 남자 손님에게 심하게 얻어맞은 직후였다. 그때도 수성은 여장을 하고 있었다. 그러므로 수성은 병원에 갈 수 없었을 것이다. 카페에 있었던 안나가 응급처치를 해 주고 수성의 사연을 들은 뒤 마침 일손이 부족한 간호보조원 일을 소개해 주었던 것이다. 안나는 경찰에게 제중원 간호원증과 국민증을 내밀어 보였지만 경찰은 꿈쩍도 하지 않았다. 그날 수성을 풀어 준 건 간호원인 안나가 아니라 남자 옷을 입고 나타난 경준이었다.

"거, 사내끼리니까 믿고 처분합니다. 요즘 저런 변태 성욕자들 때문에 미치겠어요."

경준은 경찰과 어깨동무까지 해 가며 친밀감을 과시했다. 안나는 그날 여러모로 고개를 젓다 말다 했는데, 수성은 또 수성대로 연애소설가인 경준을 알아보고 온갖 호들갑을 떨며 사인까지 받았던 것이다.

"이 기집애야, 저 사람이 요즘 배화여고며 이화여전이며 여학생들 사이에서 그 일본 소설가 요시야 노부코보다도 인기야. 너, 몰라? 『S 언니의 로맨스』?"

"S 언니? 그게 뭔데?"

안나의 얼굴이 조금 붉어졌다. 수성은 눈을 가늘게 뜨더니 이렇게 말했다.

"음흉하긴. 그거 말고 스페이스, 우주."

물론 S 언니란 당시 여학생들 사이에서 동성애를 가리키는 은어 같은 것이었다. 경준의 소설에선 그걸 한 번 더 뒤집은 거였다. 우주, 과학 소녀, 안나는 이렇게 중얼거리면서 책에 서명하는 경준을 물끄러미 바라봤다.

"아까 왜 그렇게 봤어요?"

다 함께 국밥을 먹고 또 다른 연인을 만나러 가야 한다는 수성을 보낸 뒤였다.

"안나 씨에게도 주려고 가지고 왔어요."

알고 보니 경준은 안나가 근무하는 병원이 어딘지 묻고자 안나의 뒤를 쫓았다고 했다. 뒤늦게 안나의 간호원복을 떠올리고는 병원에 갔다가 퇴근했다는 사실에 낙담하여 돌아가는데, 그즈음 키스 금지 논란으로 유명했던 장충단공원에 대한 호기심에 그쪽으로 발길을 돌린 거였다. 그러다 안나와 수성을 본 것이었다. 안나는 가만히 경준의 손에 들린 소설집을 보다 이렇게 답했다.

"그럼 저는 윤경준이라고 써 주세요."

경준은 그렇게 말하는 안나를 잠시 바라보았다. 이 세상 유일의 책이네요, 윤경준의 책, 이라고 대꾸하며 웃던 경준은 아마 윤경아의 책을 서점에서 구하기는 힘들었을 거라고 덧붙였다. 여학생들의 연애를 부추기는 책이라는 것도 이유였지만 여성이 단독으로 소설집을 내는 것 또한 어려웠고 게다가 자신은 정식 등단을 한 소설가도 아닌 데다 대학에서 문학을 전공하지도 않았다는 거였다. 안나는 등단이 뭔지 몰랐지만 한 가지는 알 수 있었다. 경준은 국민 등록증에 여성으로 신고돼 있을 테니 책을 내기 힘들었겠다는 것. 그즈음 연애소설의 독자들은 신문광고에 적힌 바다 건너의 주소로 편지를 보내 소설을 구입하곤 했다.

"전 안나예요. 안나 서."

안나 카레니나? 라고 조그맣게 중얼거리던 경준은 그게 뭐냐는 듯한 안나의 표정에 아무것도 아니라는 듯 손을 들어 저어 보였고, 이내 중절모를 벗은 뒤 깊게 고개를 숙여 인사했다. 그러더니 별안간 볼을 부풀려 숨을 크게 한번 내쉬고는 무언가를 가리켰다. 입김이었다.

"겨울 좋아해요. 입김이 보이니까요."

안나가 고개를 갸웃하자 경준이 씩 웃더니 이렇게 덧붙였다.

"공기는 존재하지 않는 것처럼 보이지만 존재하고, 입

김은 그걸 알게 해 주잖아요."

안나는 겨울이 싫었다. 겨울엔 춥고 질병에 노출되기 쉬운데도 가난한 사람들은 바깥으로 나가 일을 해야만 하고 그러면 병에 걸릴 수밖에 없으니까. 그럼에도 따뜻한 음식이나 방은 다른 사람들에게 돌아가는 몫 같았으니까. 안나는 안나대로 손이 시리다 못해 아픈 추위에도 전단지를 나눠 주기 위해 비탈길을 오르는 게 힘겨웠다. 하지만 경준의 말을 들은 뒤로는 어쩐지 입김이 있으니까 조금은 괜찮을지도 몰라 하는 마음 정도는 담아 두게 되었다. 그래도 뭐, 그저 그뿐이라고 생각했는데. 본격적인 것은 그 뒤에 일어났다.

안나는 자신이 유독 퇴근 시간에 경준을 자주 마주친다고 생각했다. 그렇게 마주치면 경준은 그저 지나가는 길이라며 저녁이나 같이 먹자고 했다. 몇 번 그렇게 저녁을 먹은 후에는 위생 박람회에 같이 다녀오기도 했고 서점 구경을 가기도 했다. 어떤 날엔 경준이 열렬히 좋아한다는 소녀 연예인의 레뷰 무대를 보러 가기도 했고 또다른 날엔 안나가 관심 있는 창경궁 식물원에 다녀오기도 했다. 한참 후에 안나는 이 모든 것이 자신을 종일 기다린 경준이 만든 우연이라는 사실을 알게 되었다.

"저는 동성애에 흥미가 없습니다. 그것은 여학생들이나 하는 거죠."

당시 지식인 남성들은 《신여성》과 같은 잡지에 여성

들의 동성애를 권장하는 글을 쓰기도 했다. 여성들의 동성애는 서로 성교를 하지 않으니 순결을 지키는 데는 그만이라는 거였다. 안나는 동성애에 관심이 없었지만 무엇보다 서윤식의 눈 밖에 났다가 바로 혼인이라도 하게 될까 봐 무서웠다. 물론 안나는 그 말을 내뱉자마자 자신이 실수했음을 깨닫고 손으로 입을 막았다. 그러나 경준의 대답은 경쾌했다.

"좋아요, 안나 씨. 그럼 우리 친구 해요."

"네?"

"응, 그리고요, 우리 전생 연인 해요."

그러면서 경준은 친구 된 기념으로 악수나 하자며 손을 내밀었다. 저 손 씻었습니다. 손발의 청결은 타인을 위해서도 매우 중요하죠, 라는 말과 함께. 안나는 그런 경준의 손을 보며 미안함과 고마움을 동시에 느꼈다. 안나는 경준이 누구보다 남성으로 살아가고 싶어 하는 사람이라는 걸 잘 알고 있었고 어느 순간부터는 그런 경준을 마음으로 응원하고 있었다. 하지만 자신도 모르게 경준과 자신의 관계를 동성이라고 말해 버린 것이었다. 경준의 아무렇지 않은 태도가 아니었다면 분명 안나는 그 말을 한 자신을 자책했을 것이다. 안나는 경준을 보며 심각한 게 아닌 진지한 사람이란 얼마나 편안한가를 생각하게 되었다.

그날 경준과 안나는 현생 친구가 된 기념으로 영화

를 한 편 보기로 했다. 경준이 예매한 영화는 공포영화 「M」이었다. '치밀한 탐정 수사'로 연일 매진이라는데 안 나는 결말을 보기도 전에 하품이 나왔다. 난데없이 여 자를 공포에 빠뜨리고 죽이는 것도 어리둥절한데 영화 에서 다루는 과학수사의 수준 또한 그저 남자 주인공인 탐정의 예리함을 부각하기 위한 도구 같았다. 제중원에 서 하는 의학서 읽기 모임에 나가고 있는 안나에겐 그저 억지스럽고 지루할 뿐이었다. 그래도 경준이 무안할까 하품을 참으며 고개를 돌렸는데 안나는 자신이 그럴 필 요가 없었다는 걸 깨달았다. 경준은 자신의 옆에서 눈 을 질끈 감고 있었기 때문이었다. 그렇지, 경준은 역시 로맨스를 사랑해.

경준의 그런 모습을 볼 때마다 안나는 그와 현생 친 구, 전생 연인 말고 전생 친구, 현생 연인이 되고 싶다고 생각했다. 하지만 어쨌거나 안나는 경준과 친구가 되었 다. 왜냐하면 친구가 되어야 경준이 오래 살 수 있을 것 같아서였다. 1920년대부터 경성에서는 부쩍 동성 연인 들의 자살 소식이 끊이지 않았다. 연인과의 월미도 여행 후 자살한 작부부터 변산반도에서 개성까지 놀러 갔다 자살한 여공들까지. 붉은 실로 서로의 몸을 묶고 종로 나 일대의 유명 요릿집을 찾아 비싼 음식을 먹은 후 동 반자살하는 사건들이 기사로 나곤 했다.

물론 그로부터 2년이 흐른 후에는 안나와 경준 또한

별로 조심할 필요가 없었다. 더 이상 제중원 간호원 명부에서 안나 서의 이름을 찾을 수 없었다. 물론 안나는 경준과 붉은 실로 서로의 몸을 묶고 바다에 뛰어들지도 않았고 유명한 요릿집에서 식사를 하지도 않았다. 그렇다면 그사이 안나는 대체 어디서 무엇을 했는가?

안나는 그사이 화련으로 살았다. 안나는 서윤식의 적극적인 주선으로 혼인을 했던 것이다. 동성 연인들의 자살 소식만큼 잡지에 빈번하게 실리는 소식이 이른바 고등교육을 받은 신여성들이 혼인 시기를 놓쳐 눈물을 흘린다는 내용이었다. 짧은 머리의 여성이 책이 가득 쌓인 책상 앞에 앉아 눈물을 흘리는 잡지 그림이 서윤식의 마음을 언짢게 했던 것일까. 정작 안나는 그 그림에 신경 쓴 적이 없었다. 왜냐하면 안나의 선배인 박인덕이 어느 글에서 밝힌바, 대부분의 이화학당 졸업생들은 미국이나 일본 유학길에 오르기 위해 공부를 이어 가거나 선교 활동을 하며 자발적인 독신으로 살아가고 있었기 때문이다. 물론 이화여전이나 배화여고와는 사정이 달랐지만 적어도 안나의 동료 중에 결혼을 못 해 안달난 이는 없었다. 그러나 이름 있는 가문에서는 이화학당에 딸을 보내는 것 자체를 꺼림칙하게 여겼다. 초창기 제중원 간호원들을 기녀에서 선발했던 것도 어쩌면 그러한 연유였을 것이다. 그러나 서윤식은 안나와는 생각이 달랐다. 서윤식은 세상을 떠들썩하게 했던 김용주와 홍

옥임의 자살 사건을 떠올린 모양이었다. 그들 모두 배운 여성들이지 않았는가. 그들처럼 안나가 가정주부와 어머니의 역할을 거부하고 기찻길에 뛰어들어 신문에 나기라도 하면? 그 여자가 자신의 딸이라는 게 밝혀지기라도 하면? 서윤식은 상상만으로 머리가 지끈거렸을 것이다.

그해 눈이 많이 내리는 날 안나는 동경으로 가는 배에 올랐다. 안나는 현해탄 바다에 닿기도 전에 녹아 내리는 눈을 보고 입김을 여러 번 뿜어 보았다. 확실히 경준은 똑똑하구나, 생각하면서. 역시 그의 말대로 공기에 유일하게 흔적을 남기는 것은 입김인 것 같았다. 그날 안나는 여러 번 숨을 내쉬었다. 안나의 결혼에 대해 알려진 것은 별로 없다. 결혼한 사람이 교토대학 공과대학을 나온 재사라는 것, 미쓰비시 군수공장에서 연구원으로 일했다는 것 정도다. 인구 증강 정책을 위해 생명공학에 심혈을 기울이고 제국민의 통치를 위해 탐정수사를 받아들인 나라에서 과학이란 하나의 권력이었으므로 그는 최고의 신랑감이었다. 훗날 안나는 서윤식이 그에게서 결혼 지참금 명목으로 병원 한 채 값을 받은 것을 알게 되었다. 안나는 오히려 그 사실에 마음이 편안해졌다. 더 이상 남편으로부터 도망갈 궁리를 하지 않아도 되니까. 자신에겐 그걸 갚을 돈이 없으므로 그저 그와 함께 있는 동경이 세상의 전부라 믿으며 살면 되니까. 그러나 그런 생각에도 안나는 도저히 결혼 생활을 견딜 수 없었다. 그건 서윤식의 수양딸이라는 사실이 밝혀져 남편의 태도가 돌변했기 때문이기도 하지만, 남편의 사디즘적인 성향 때문이기도 했다. 안나가 어떤일을 겪었는지 그에 관해선 전혀 말하지 않았으므로 이또한 알 수가 없다. 다만 남편과 시아버지의 사디즘적인 성향 때문에 온몸이 피투성이가 된 여인이 기찻길에 투신한 사건이 조선 신문에도 실렸다는 것, 그 여인의 남편과 시아버지가 동경에서 넘어온 성과학 잡지를 본 적이 있었다는 것, 그러니 안나와 그 여인에겐 죽음과 같았던 시간이 어쩌면 그들에겐 단순한 유행이었는지도 모른다는 것 정도를 짐작할 뿐이었다.

이혼은 안나가 요구한 게 아니었다. 안나에게 이혼을 요구하며 남편이 사유서에 적은 내용은 이러했다.

'애교도 없이, 신분도 없이, 돈도 없이 너는 뭐 하러 시집을 왔어?'

그는 어째 경준은 의심하지 않았던 걸까. 그런 말을 들으면 안나는 크게 웃었다. 경준은 경아로 불릴 수밖에 없었기 때문에 남편은 오히려 경준에 대해선 한 번도 의심한 적이 없었다면서. 왜냐, 안나와 경준이 함께한 경성에서 경준은 경아로 등록되어 있었고, 그렇기에 그들은 그저 여성이었으므로. 우습게도 그 남자는 그것에 대해선 안심하여 묻질 않았단다. 안나는 그러면 오히려 경준에 대해 말을 하고 싶어졌다. 숨을 내쉴 때마다 입김을 보았으니 사실상 매일 경준과 함께한 것이나 다름없다고? 날마다 윤경아의 이름을 찾아 신문 하단을 훑으며 온갖 소설을 주문해 받았다고? 그래, 그것도 맞다. 그러나 안나가 경준에 대해 말하고 싶은 것은 그저 이런 것. 언젠가 경준과 얼음과자를 먹으러 양과자점에 들어갔을 때의 일이었다. 그즈음 양과자점에서는 위스키를 팔곤 했는데 둘 다 호기심이 동했다. 마침 그날은 경준이 새로운 연애소설 원고를 넘겨 돈을 받은 날이기도 했고 안나의 월급날이기도 했다. 안나와 경준은 얼음을 넣어 마셔야 하는 줄도 모르고 위스키의 양이 적다며 투덜댔다.

"어머, 얘들은 무슨 위스키를 막걸리마냥 들이켜?"

그렇다. 한때 경성 카페의 스타였던 수성이 오고 나서야 안나와 경준은 위스키라는 것이 얼음을 넣어 조금씩 음미해야 하는 술이라는 걸 알았다. 그러나 이미 그때는 위스키 몇 잔을 막걸리처럼 들이부은 후였다. 양과자점에서 나와 비틀거리면서도 전차를 타기 위해 뛰던 안나가 의학서를 떨어뜨렸고 때마침 마지막 전차가 들어왔다. 전차와 의학서 사이에서 갈팡질팡하던 안나는 경준에게 손을 흔들고 전차에 올랐으나 이윽고는 그저 경준을 향해 한참 손을 뻗을 수밖에 없었다. 경준이 안나의 의학서를 들고 전차를 따라 뛰었기 때문이었다. 결국 전차에서 내린 안나에게 경준이 한 말은 이거였다.

"안나 씨가 가장 아끼는 거잖아요."

그 말을 듣고 안나는 그저 웃었다. 그 웃음 속에 경준과의 시간이 있었다. 말로는 다 할 수 없는 경준과의 시간이 거기에 모두 다 있었다. 말이 비껴간 곳에 남아 있는 기억들이 그 웃음 속에 고스란히 있었다.

다시 경성 땅을 밟은 안나의 눈에 들어온 건 호외였다. 호외 전면에는 우량아 선발 대회에 대한 기사가 실려 있었다. 안나는 건강한 아이를 안고 있는 제중원 간호원들을 바라보며 미소를 지었다. 다음 장에는 간호원으로 일하다 사회운동에 헌신하게 된 정종명의 이야기가 있었다. 그 밑에 달린 한 남성 지식인의 글에서 정종명은 남자가 되고 싶어 안달이 난, 정신이 이상한 여자로 묘사되어 있었다. 안나는 고개를 저으며 시선을 옮겼다. 거기에는 탑골공원의 유명 한식집인 소동원에서 키스를 하다 걸렸다는 수동무들의 이야기가 빼곡했고, 한 사회학자가 혀를 차는 어조로 남성 간의 사랑에 대해 훈계를 하는 글이 이어졌다. '아직도 남성끼리 사랑하는 조선 말의 미개한 풍습 이어져'라는 제목의 그 글, 제국을 위해 전쟁터에 나가야 하는 늠름한 남성으로서 한시바삐 계몽되어야 한다는 그 글을 읽으면서 안나는 자신도 모르게 신음 같은 한숨 소리를 내었다. 맨 밑의 광고란은 여전히 가장 화려했다. 미국에서 곧장 상륙했다는 홍보 문구를 달고 있는 극장 명치좌의 호러영화 소식, 아메리카 순회공연을 마치고 경성에 온다는 스즈란자의 경쾌한 군무를 전면에 내세운 사진들. 동경발 에로틱, 그로테스크, 난센스는 이제 경성에 완전히 안착한 것만 같았다. 그리고 잠시 후 안나는 숨을 멈춘 듯 하나의 이름에서 시선을 떼지 못했다. 윤경아. 조선 최고의 연애소설가, 윤경아. 그 이름은 여전히 서점이 아닌 오락거리를 다루는 신문 하단에 있었다. 안나는 윤경아라는 글자에 손가락을 가져다 대 보았다. 그리고 가만히 마지막 글자를 손가락으로 가리곤 중얼거렸다. 윤경, 준.

안나는 그때 경준의 이름을 손가락으로 짚으며 자신을 낳아 준 이를 떠올렸다. 왜 그랬을까. 다만 안나는 그때를 떠올릴 때마다 이런 말을 했다.

민며느리였다가, 여공이었다가, 미혼의 임신부가 된 그이는.

그이는?

강한 사람이야.

어째서?

언제든지 변화할 수 있는 그런 사람이었으니까. 단지 눈에 보이는 세상이 전부라고 믿고 주저앉지 않았던 강한 사람.

손과 발을 청결히 할 것, 활기차게 생활할 것, 환자에게 친절할 것, 간호원이라는 인식을 가질 것, 협동할 것, 환자의 험담을 하지 말 것, 이름을 기억할 것, 조선 여성으로서의 자부심을 가질 것, 그리고 낙관할 것.

안나는 경성으로 돌아오자마자 자신의 스승이 간호원들에게 늘 당부했던 저 말들을 되새겼다. 그리고 수성을 찾아갔다. 이혼을 당한 안나는 애당초 서윤식의 집으로 돌아갈 수 없었다. 그런 안나가 기댈 사람은 수성뿐이었다. 안나와 수성에겐 그런 우정이 있었다. 그러니까 안나는 경준을 찾아가지도, 자신을 낳아 준 이를 수소문하지도 않았다. 수성은 안나가 떠난 후 간호보조원 일을 그만두고 새로 생긴 양과자점에 취직했다가 어느 일본인 사업가의 눈에 띄어 주점을 열었다고 했다. 만나자마자 그 일본인 사업가와의 일을 자랑하듯 늘어놓는 수성은 어쩐지 허공에 대고 이야기하는 사람 같았다. 안나는 수성에게 그 사람을 사랑하는지 묻지 않았다. 다만 이렇게 말했을 뿐이다.

"낙관하자."

앞으로 돈을 모아 시카고로 가서 재즈를 배우고 흑인 남자와 아주 들척지근한 연애를 할 거라며 떠들어 대던 수성은 잠시 안나를 넘겨보았다. 그러고는 실크 장갑을 벗어 안나의 팔을 툭 친 후에 이렇게 말했다.

"넌 역시 동경이 아니라 뉴욕 정도는 가 줘야 돼. 아메리카."

"아메리카는 어떻게 안 거야?"

"어떤 고매한 사랑 이야기지."

"응?"

"잡지에서 봤어. 남성인 스승을 사랑해서 고뇌하던 그 얼굴."

"그게 아메리카랑 대체 무슨 상관일까?"

먼 산을 바라보며 우수에 젖어 있던 수성은 촉촉한 눈빛으로 안나를 한번 쳐다봤다. 실린 지 한참이나 된 그 글을 수성이 어떻게 읽게 된 건지는 모르겠으나, 오래전 오산인이라는 자가 《창조》에 그런 글을 쓴 적이 있었다. 그는 남성 간의 사랑을 부인하는 사람들에 대해 이렇게 평했던 것이다.

"인생의 대서양 저편에 아메리카 대륙이 있는 줄도 모르는 치들."

안나는 수성의 표정에 웃음을 터뜨리면서도 애틋한 마음에 수성의 등을 한번 쓸어 주었다. 어쨌거나 어떤 것들은 또 여전했다. 그러나 하나의 물음이나 대답만으로는 완성될 수 없는 게 또한 세상인 까닭에 어떤 것은 그토록 변하지 않아서 안심되기도 했다.

안나는 그날 수성에게 빌린 돈으로 서대문 근처에 작은 집을 얻어 조산소를 차렸다. 그러면서 내건 광고는 이러했다.

"산부인과를 갈 수 없는 부인들에게 삶을."

돈이 없어 차디찬 방에서 소독도 안 된 가위로 탯줄을 자르다 죽는 여인들이 부지기수이고, 그러고도 딸을 낳으면 밥 한 그릇 얻어먹기 힘든 사람들을 위한 시설. 원래 기방으로 쓰이던 그곳을 수성과 둘이 치우던 날 안나는 오랜만에 배가 아플 정도로 웃었다. 벽장을 열었더니 기녀들이 입었던 고운 한복이 가득했고 수성이 박수까지 치며 좋아했다. 그 옷들을 한 벌씩 입어 보며 안나와 수성은 오후 내내 깔깔댔다. 그 옆방에서도 기둥서방의 옷인지 남자 한복이 가득 나와 안나가 남자 한복을 입고 에헴, 소리를 내 보기도 하고 서로 남녀 혼례복을 입고 맞절을 하다 머리를 부딪히기도 했다. 우리 결혼한 거야? 라는 안나의 말에 수성이, 어머 이 요물, 벌써 두 번째 남자를 만났네, 하고 대답하여 둘은 배를 잡고 뒹굴거리며 웃었다. 그렇게 기방에 조산소를 차린 뒤 안나는 결혼으로 더 이상 간호원 일을 하지 못하는 동료들을 수소문하여 도와줄 것을 간청했다. 그렇게 조산소에서는 아이를 낳은 부인들에게 건강 상담을 해 주었고 무료 우유 급식소도 안내했다. 부인들의 난소 건강에 대해 강좌를 열기도 했다. 그곳에서 많은 아이들이 건강하게 태어났다.

그러면 그 아이들은 다 잘 자랐을까, 하면, 그건 모르겠다.

어째서?

제국이 군대로 끌고 가곤 했으니까. 여성이든 남성이든. 그리고 그때부터 본격적으로 남성의 옷을 입은 여성과 여성의 옷을 입은 남성을 골라내기 시작했으니까.

징집 통지서를 받은 남자들이 국밥집에서 술을 마시고 하소연하는 소리를 들을 때마다 안나는 경준을 떠올렸다. 어린 시절부터 남장을 하고 스스로도 자신을 분명한 남자라 여겼으며 그가 나고 자란 마을에서는 주변 누구도 그가 여자일 거라고 의심치 않았던 어느 여인이 제국의 경찰로부터 남장을 금지당하고 변태성욕자라 명명되는 사건이 터진 즈음이었다. 사실 제국의 식민 통치가 시작되기 이전 조선 땅엔 여성의 옷을 입고 여성이라 믿고 살았던 남성들과 남성의 옷을 입고 남성의 일을 해내던 여성들이 많았다. 한양에서 경성이 되고서도 한동안은 기차역 앞에서 손을 잡고 조금만 더 놀자고 사정하는 남성 커플들 또한 흔했다. 하지만 전쟁이 심각해지자 그들은 모두 군대를 위한 관리의 대상이 되었다. 남자들은 군대에 가야 하는 존재들이었으므로, 그런 존재를 위협하는 것들은 모두 제거되는 것 같았다. 안나는 혹 경준이 제국의 경찰에게 잡혀 변태성욕자로 낙인찍힐까 봐 날마다 신문 가판대 앞에서 서성였다.

그래서 안나는 신문에서 경준의 이름을 찾았을까.

안나가 경준을 다시 만난 건 신문을 통해서가 아니었

다. 이전처럼 경찰서도 아니었다. 그곳은 바로 여성 노동자들이 처우 개선을 요구하며 시위를 하던 현장이었다.

3.1 운동이 광범위하게 시작되었던 그때, 여성과 노동자들을 중심으로 한 시위대는 한밤에 불을 붙였다. 낮시간 동안의 시위가 학생 중심이라면 밤시간은 여성과 노동자들이 중심이었다. 당시 세브란스 의원에선 외국인 의사들이 모르는 척 책상 위에 3.1 운동 선언서를 쌓아 두고 사람들에게 나누어 주었다. 간호원들은 현장에서 직접 시위대에 부상이 생기면 언제든 뛰어나갈 대비를 했다. 그 이후 시위는 제국의 심각한 감시 때문에 해외로 근거지가 옮겨지는 듯했으나 여성과 노동자 시위는 오히려 활발해지고 있었다. 그만큼 여성 노동자들의 근무 환경은 열악했다. 임금은 바닥을 쳤고 1930년엔 고무 공장에서 일하던 한 여성 노동자가 평양 을밀대의 지붕 위에 올라가 근무 환경 개선을 외쳤다. 그럼에도 여성 노동자의 임금과 형편은 나아지지 않았기에 시위는 계속되었다. 안나는 더 이상 간호원은 아니었으나 응급치료 가방을 들고 경성의 밤거리를 뛰어다녔다. 시위를 하고 싶지 않았어? 누군가 물었을 때 안나는, 앞에서는 사람이 있으면 뒤에서 지켜보고 보살펴 주는 사람도 필요할 것 같아, 라고 말했고 그때 안나의 표정에는 어떤 결의나 자부심 같은 것이 있었다.

그러나 그날 안나의 얼굴에는 어떤 결의도 자부심도

없었다. 안나는 사람들 사이에서 그 이름을 중얼거렸다.

"경준, 경준아."

안나는 이윽고 경준 앞에 주저앉았다. 누군가 밀어버린 듯 함부로 깎인 머리에 어색하게 치마저고리를 입고 있는, 경준이 아닌 경아 앞에 안나는 소리조차 내지 않고 주저앉았다. 주저앉고 나서야 부풀어 올라 있는 경준의 치마가 눈에 들어왔다. 그즈음 동경의 공장에 취직시켜 준다는 명목으로, 동경을 통해 미국에 갈 수 있다는 명목으로 여성들을 모집한다는 이야기를 안나도 들은 적이 있었다. 그것이 사실 군 위안부라는 것은 속아서 끌려간 이후에 알게 되었다는 것 또한. 안나는 여태 자신이 경준을 찾지 않으면, 둘이 함께하지 않으면 세상이 경준과 자신을 그대로 둘 거라 생각했다. 경준이 사내가 될 수 없는 것이 세상의 법이고, 그 법 때문에 안나와 경준이 함께할 수 없는 거라면, 그렇다면 그저 법을 따른다면 그들을 그냥 살게 둘 줄 알았던 것이다. 안나가 가만히 경준의 손을 잡자 그제야 경준이 눈동자를 굴려 안나를 바라보았다. 안나는 경준을 보고 웃었으나 경준은 그런 안나를 잠시 내려다보다 이내 시선을 돌렸다. 평소엔 매사 씩씩하던 경준도 출퇴근 시간의 전차 앞에서는 어김없이 무너지곤 했었다. 누군가 자신의 몸에 닿는 것을 두려워했다. 경준은 누군가 갑자기 자신의 옷을 찢고 몸을 훑어본 뒤 그길로 경찰서로 끌고 갈까 두렵다고 자주 말했다. 남성이 되어도 연애소설을 계속 쓰고 싶다고도 했다. 여성들이 심약하여 연애소설이나 읽는 게 아니라는 걸 말하고 싶다고 했다. 안나는 그래서 신문 하단에서 더 이상 경준의 이름이 보이지 않게되었을 때도 그저 경준이 말했던 『안나 카레니나』라는 소설을 떠올리며 미국이 아니면 노서아에라도 갔겠지 생각했던 것이다. 이제 정말 경준이라는 이름으로 살겠구나 하고서 안심까지 했었다. 그런데 경준은 이곳에서 경아가 되어 있었다. 안나가 아닌 화련으로 살았던 시절에도 어떻게든 경준의 소설을 사 들이고 경준을 떠올리며 버텼는데, 분명 입김은 늘 있었는데, 그런데 경준은 표정이라곤 아무것도 없는 백지의 경아가 되어 산 채로 죽어 있었다.

경준과 함께 조산소로 걸어가며 안나는 다시 한번 자신을 낳아 줬다는 이를 떠올렸다. 이름을 불러 주세요, 아직 눈도 뜨지 못한 자신을 보며 했다는 말. 살기 위해 인생의 매 순간을 기꺼이 받아들였던 사람, 그러고도 이름도 없이 사라져 버린 사람. 이 생각은 경준을 처음 만났을 때로 이어졌다. 그때 경준은 이름이 뭐냐고 물어봤었다. 그러고 얼마 뒤 자신이 일하던 병원 대기실로 찾아왔다.

"사랑 때문에 망하는 게 뭐 어때요?"

탐정소설을 쓰는 남자들은 연애소설을 읽는 여학생들을 무시했지만 경준은 그렇게 말했다. 돈과 권력 때문에 망하는 사내보다 낫지 않나요, 라는 말과 함께. 안나는 여전히 아무런 표정이 없는 채 그저 앞으로 걷기만 하는 경준의 손을 꼭 쥐었다.

"그이도 너도 모두 강한 사람들이야."

그로부터 한 달 후 안나는 수성이 내민 미국행 배의 티켓을 가만히 만지작거리고 있었다. 이윽고 안나가 수성에게 손을 내밀자 수성은 안나의 손을 뒤집듯 툭 치더니 보따리 몇 개를 내놓았다. 안나가 고개를 갸웃하자 수성은 그중 하나를 풀어 보였다. 그 안엔 안나가 입었던 간호원복과 경준의 소설집, 서화련의 국민증이 들어 있었다. 동성 연인의 자살 사건이 끊이지 않았을 때, 안나는 만약을 대비해서 자신의 국민증을 수성에게 맡겼었다. 혹시 자신이나 경준이 자살을 하면 경준에게 서화련의 국민증을 넣어 달라고. 죽고 나서도 계급이 낮은 여성들이나 남장을 한 여성들, 모던 걸이라고 불리던 여성들은 언론의 뭇매를 맞곤 했으므로 안나는 경준이 죽어서도 고초를 치를까 겁이 났던 것이다. 수성이 여태 그것을 소중히 간직하고 있었다는 사실에 안나는 잠시 눈물을 삼켰다. 그러고 보따리에 다른 게 더 있는 것 같아 물건들을 들추었을 때 그 밑엔 돈이 있었다. 안나가 고개를 젓자 수성이 이번엔 안나의 팔을 찰싹 때렸다.

"이 순진한 것아. 동경이나 아메리카나 돈 없으면 말짱 다 꽝이야."

안나는 수성이 이 돈을 어떻게 모았는지 알고 있었다. 수성은 자신이 성공했다 말했지만 일본인 사업가는 수성에게 술만 마시면 허리띠를 풀어 어린 사내애들을 때린다는 신문사 소유주의 접대를 시키기도 했고, 어린 소년들을 불러 키스를 해 달라고 한 뒤 혀를 물어뜯는다는 어느 문인의 술 시중을 들게도 했다. 그런 일들을 해 가며 모은 돈이었다. 그저 시카고의 어느 클럽에 취직해서 좋아하는 춤과 노래를 배운 뒤 레뷰 무대에 서서 갈채를 받고 싶어서, 성별을 정정하고 사랑하는 남자와 어디서든 진하게 키스하며 살고 싶어서, 그러니까 낙관하자는 안나의 말에 그래, 세상은 정말 낙관적이야, 라고 대답하고 싶어서. 안나는 수성이 그런 삶을 원한다는 걸 알고 있었다. 더구나 수성은 여기 남아 있으면 곧 군대에 끌려갈지도 몰랐다. 안나는 이를 악물고 다시 한 번 고개를 저었다. 그러자 수성이 안나를 가만히 껴안았다. 눈물이 흘러내리는 수성의 얼굴 위로 화장이 지워졌다.

"배운 사람들은 남자랑 여자가 사랑하는 게, 아이를 낳고 국가가 정한 법을 벗어나지 않는 게 진정한 사랑이라고 하지만 안나 너는 알지? 이 수성이가 너를 생각하는 마음도, 이 우정도 사랑이라는 것을."

안나는 고개를 끄덕였다. 잡지며 신문이며 모든 곳에서 저주처럼 그런 글들이 쏟아졌다. 변태성욕자. 서로 사랑을 나누는 여성과 남성을, 남성의 옷을 입은 여성을, 여성의 옷을 입은 남성을 변태성욕자라고 했다. 아내의 몸에 칼로 문신을 새기고 머리채를 잡아 기찻길로 미는 남성들에게나 붙는 말, 여자를 던져 죽이지 않고서는 남성들은 절대 들을 일 없는 그 말은 그러나 안나와 경준과 수성과 같은 사람들에겐 너무나 자주 달라붙었다. 그 말엔 힘이 있는 것 같아 보였지만 그건 그저 세상의 모든 것이 하나라고 보는, '대서양 저편에 무언가가 있는 줄도 모르는 이들'이나 하는 말일 뿐이었다. 수성은 경준의 아이를 자신이 키우겠다고 했다. 아이를 지우기엔 경준의 몸이 위험한 상태였기에 낳을 수밖에 없었다. 수성은 그 아이가 자신의 아이임을 첫눈에 알아봤다고 했다. 왜냐하면 그 아이는 경준의 아이였지만 그런 경준을 사랑하는 사람은 안나였기 때문에, 수성에게도 안나는 가족이나 다름없었기 때문에. 안나는 아무 말도 할 수 없었다. 수성은 안나의 얼굴을 쓸어 주며 이렇게 말했다. 아이의 이름을 지어 줄게. 그리고 기억할게. 그러니까 우리는,

"낙관하자."

바다의 한가운데서 몇 날이 흘렀을까. 안나는 경준의 무릎을 베고 누워 오래 잠을 자지 못한 사람처럼 졸고 있었다. '우리는 닿을 수 있을까? 우리에게, 그곳에?' "그곳에서 우리는 정말 우리일까." 바람인지 걱정인지 모를 소리를 중얼거리며. 여전히 아무런 표정이 없는 얼굴로 가만히 바다 위에 떨어지는 눈을 바라보던 경준이 작게 입을 벌려 숨을 한번 내뱉었다. 입김이었다.

"이름을 기억할 것."

입김이 사라지기 전 작은 목소리로 중얼거리던 경준이 안나의 얼굴 위로 다시 한번 입김을 내뱉었다. 그리고 이번엔 조금은 단단한 목소리로 이렇게 중얼거렸다.

"낙관할 것."

*

선영은 가끔 이런 노래를 부르곤 했죠. 미워하는 마음 없이 사랑을 주면 백만 송이 꽃이 피어난다는 노래 말이에요. 눈이 아주 많이 내리는 날, 존과 메리가 모두 잠들었다고 생각되는 새벽이 되면 창가에 앉아서요. 하지만 메리는 선영이 그 노래를 부르는 걸 알고 있었어요. 한국인 연인인 수연을 만난 뒤 함께 찾아보니 러시아와 일본 곡이 먼저 나오더군요. 강대국에 나라를 빼앗긴 서러움을 담은 노래라고요. 하긴, 그때 한국이라는 나라는 작은 분단국가에 불과했으니까요. 하지만 러시아와 일본 곡을 들을 때 메리는 마음이 좀 더 편안했습니다. 한국 노래 가사의 의미를 알고는 조금 불안했거든요. 그 가사는 진정한 사랑을 깨달은 이가 자신만의 아름다운 별나라로 돌아간다는 내용이었죠. 선영이 어느 날 자신의 별나라로 돌아가겠다고 할 것만 같았어요. 게다가 이 노래를 부른 한국인 여가수는 오랜 시간 다시 노래를 부르지 못했다고도 하니까요.

하지만 결국 자신의 별나라로 가게 된 건 선영이 아닌 메리였어요. 메리가 연인인 수연의 나라로 가서 살아 보겠다고 선언한 것이죠. 수연은 메리에게 이제는 맞서고 싶다는 말을 했고, 메리는 수연에게 힘이 되어 줘야겠다는 생각을 한 거예요.

"그곳은 동성혼이 불법이야."

메리는 존이 무척 화를 낼 줄 알았는데 의외로 그는 이 한마디만을 했어요. 물론 메리는 알았죠. 그가 그 어느 때보다 화를 내고 있고 여러 의미로 좌절했다는 것을 말입니다. 어쨌거나 메리는 본격적으로 이주하기 전에 선영과 한국을 한번 방문해 보기로 했습니다. 그때 처음으로 메리는 선영의 고향인 울산에 가 보았지요. 선영의 아버지는 그곳 제철소의 연구직 근로자였습니다. 선영의 아버지는 늘 야근을 했기 때문에 선영은 어머니를 따라 종종 그곳에 도시락을 배달한 적이 있었습니다. 그때

바다를 배경으로 늘어선 커다란 배와 단체로 아침 체조를 하던 근로자들을 보았죠. 그리고 또 기억에 남는 건 그곳엔 여자가 한 명도 없었다는 것.

선영은 학교가 끝나면 곧장 집으로 돌아와 숙제를 하고는 텔레비전을 보았어요. 「마징가 Z」가 유행하던 시기였어요. 한국은 철강산업 열풍이 불고 있었죠. 어디서나 커다란 기계가 돌아갔어요. 노동자들이 기계를 돌리고 그것에 감기고 그것으로 죽어 갔죠. 선영은 훗날 대학에 입학하고서 서울의 거리에서 노동자들이 자주 시위하는 것을 보았어요. 그중 눈을 감아도 잊을 수 없는 것은 이런 것이었습니다. 한 노동자의 몸에 불이 붙어 있었죠. 그가 말했어요.

"우리는 기계가 아니다."

돌이켜 보면 선영의 아버지도 가끔 그런 말을 했습니다. 쇠를 녹인 물의 온도가 아주 미세하게 변하면 또 어떤 이가 죽었을지 모른다는 생각을 했다고요.

그런가 하면 선영이 입학한 여자대학에는 두 가지 바람이 불었어요. 여성해방과 좋은 여성 만들기 운동이었죠. 좋은 여성의 모델은 정해져 있었대요. 텔레비전에 나오는 인자한 모습의 영부인이었죠. 어쩌면 저렇게 곱고 정숙할까? 어른들은 텔레비전에 나오는 그녀의 모습을 보며 그런 말들을 했습니다. 어느 고아원에 간 그녀, 아이들을 사랑하는 그녀, 남편의 그림자 같은 그녀. 선영은 미국에 오고 난 후 그녀와 비슷한 사람을 발견하고 깜짝 놀라지요. 바로 그 모습은 케네디 대통령의 부인 재클린 케네디였으니까요. 그렇다면 재클린 케네디와 그 영부인이 되지 못한 그녀들은 어떻게 되는 걸까요. 선영은 이혼을 하고 보육원의 교사로 취직했습니다. 생물학을 전공했지만 이공 계열의 회사나 대학의 연구실에 여성들을 위한 자리는 별로 없었거든요. 더구나 결혼하고 한동안 경력이 없던 선영이 있을 곳은 더욱 없어 보였어요. 선영이 근무한 보육원은 미군과 기지촌 여성들 사이에서 태어난 아이들을 맡아 키우는 곳이었습니다. 참 재미있지요? 이제 한국도 강력한 출산 장려 정책을 펼치는 곳이니까요. 선영은 하루하루가 낯설었습니다. 그러다 선영은 보육원 근처 기지촌 벽에 가득히 붙은 영화 포스터를 보게 되었습니다. 「적도의 꽃」과 「영자의 전성시대」, 「별들의 고향」…… . 하나같이 에로틱한 모습의 여성들이었죠. 그리고 그 옆에 나란히 붙은 한국 시리즈 포스터의 남성들은 또 어찌나 늠름하던지요. 3S, 선영이 조용히 읊조렸습니다. 섹스(Sex), 스크린(Screen), 스포츠(Sports). 그 깨달음과 함께 문득 선영은 어릴 적 아버지가 사다 주었던 과학소설들을 떠올렸습니다.

아마도 1965년쯤, 미국과 소련이 경쟁적으로 달에 사람을 보내겠다 하던 때지요. 그뿐인가요? 바다를 사이에 두고 핵을 쏘느니 마느니 하기도 했었죠. 그때 한국에선 과학소설이 유행이었습니다. 그 많은 과학소설의 주인공은 언제나 어떤 고난 속에서도 우주 외계인으로부터 나라와 지구를 구하고 그저 힘없기만 한 소녀를 구해 주는 멋들어진 과학 소년들이었지요. 심지어 소녀들은 자신을 구해 준 과학 소년과 반드시 사랑에 빠졌죠. 아버지는 선영이 연애소설을 읽는 것을 질색해서 과학소설이 실린 잡지를 사다 주었다고 해요. 과학을 한다는 것은 영재라는 뜻이었거든요. 물론 소년에게 한정된 말이었지만 선영은 바로 그 점 때문에 처음엔 아버지가 사다 준 과학 잡지를 열심히 읽었습니다. 하지만 이내 시들해졌지요. 소녀들은 힘없고 나약한 존재로, 외계인은 동물과 같은 모습으로 비유되곤 했거든요. 그런데 과학 소년들은 외국에서 편안하게 공부할 수 있는 자리도 내팽개치고 한국으로 돌아오는 애국자이기까지 했죠. 선영은 그때의 기억을 떠올리며 무슨 생각을 했을까요. 조금 뜬금없지만, 하고서 선영이 입을 뗐습니다. 그 기억이 들자 놀랍게도 선영은 그제야 기지촌 안으로 들어가 보고 싶었다고 합니다. 언제나 변하지 않고 반복되기만 하던 소설 속 과학 소년들보다 삶을 위해 뛰어든 소녀들이 강한 사람이라는 생각이 들었다고. 사실 그건 선영 자신에게 하는 말이기도 했어요. 선영은 이혼을 하면 세상이 모두 끝나는 줄 알았거든요.

그렇게 선영은 기지촌 거리를 걸어 보았습니다. 트랜스젠더 바에 가서 공연도 보았죠. 쫓아낼지도 모른다고 생각했는데 그곳은 그저 공연이 이루어지는 곳이었어요. 선영은 노래를 부르는 그들을 보며 아름답다는 생각을 했습니다. 그들은 변화를 감내한 사람들이니까요. 그리고 그곳에서 친구를 사귀었어요. 그녀는 기지촌 근처 보건진료소에 근무하는 간호원이었는데 밤에는 트랜스젠더 바에서 노래를 불렀지요. 남성이 되고 싶다 했어요. 생각해 보니 한국에서 남성이 된다는 건 나쁜 일 같지 않았기에 선영은 그거 좋겠다고 깊이 생각해 보지도 않고 대답했는데, 그 말에 친구가 조금 섭섭하다는 표정으로 이렇게 말했어요.

"편하게 살고 싶어서가 아니야. 그냥 나 자신으로 살아가고 싶을 뿐이야."

선영은 진심으로 미안했기에 말문이 막혔습니다. 그러자 그 친구가 오히려 미안한 표정으로 선영에게 말했지요.

"이곳에서는 자꾸 화가 나. 그런데 이게 내가 정말 화를 내는 걸까? 그러면 나는 왜 당연한 것에 자꾸 화를 내는 사람이어야만 할까. 그렇게 자꾸 화를 내는 사람으로 살아야 하니까 나 자신이 너무 거칠어 보이고 또 초라해 보이고 너무 많이 한심해."

선영은 친구의 그 말을 들으며 전남편에게 죽도록 맞

으면서도 다 자신이 한심해서 그런 것이라고 참았던 지난 시간을 떠올렸습니다. 남들 모두 버티고 사는데 너만 불만을 품어서 그렇게 된 것이라는 주변의 말만을 듣고 자신이 이상한 사람이라고 생각하며, 맞으면서도 버티고 또 버텼던 그 죽음 같던 시간을 말입니다.

"이른 새벽이었네. 죽은 애기를 끌어안고 에미는 종종걸음으로 어둑한 비탈길 내려왔네. ……벌써 날이 밝았어, 날이 밝았어, 한숨 섞어 중얼거리던 에미는 신문지에 둘둘 말아 싼 애비 모르는 죽은 것을 쓰레기통에 쿡, 처박았네. 아아, 나일론 살에 붙어 타는 냄새."[*]

그 친구는 가끔 선영에게 이런 시를 읊어 주었다고 해요. 친구는 등단을 하고 싶어 소설 강좌를 듣기도 하던 사람이었다고 해요. 선영은 과학소설들에서 멀어진 후 책을 별로 읽지 않았지만 그 친구를 만나고 난 후에는 이런저런 책을 읽기 시작했어요. 그래서, 친구는 꿈을 이루었어? 라고 물었는데 선영은 답하지 않았어요. 그 친구에 대해선 아무리 물어도 더 이상 말해 주지 않았어요. 다만 선영은 가끔, 지금이라면 이 시를 답으로 말했을 텐데, 하곤 했어요.

"우리들 어둠은 사랑이 되는구나. 우리들 어둠은 구원이 되는구나."[**]

---

[*] 이연주, 「매음녀 7」, 『이연주 시전집』, 최측의 농간, 2017.

[**] 고정희, 「서울 사랑─어둠을 위하여」, 『이 시대의 아벨』, 문학과 지성

물론 메리는 그 시가 무슨 의미인지는 정확히 알 수 없었어요. 다만 선영과 함께 한국에서 전시를 본 기억이 떠올랐어요. 대한제국 시기 경성에서 열린 위생 박람회에 전시된 인체 표본이었습니다. 메리는 표본으로 남겨진 그들의 삶 앞에서 고통을 느꼈습니다. 전시된 이들은 하나같이 기생이나 트랜스젠더, 전염병에 걸린 여성, 대만인 조선인 중국인과 같은 식민지인들이었으니까요. 그날 메리는 그 표본들 가운데 문득 무언가를 발견했어요. 이름이 없는 다른 표본들과 달리 한 표본에는 이름이 있었습니다. 한글로 쓰여 있었기에 선영에게 이름이 무엇인지 물었는데 선영은 뜻밖에 외국 이름을 말했습니다. 안나, 안나, 안나. 메리는 고개를 갸웃했지만 그 이름을 부르는 선영의 표정이 너무 간절했기 때문에 그저 선영의 어깨를 한번 감싸 안아 주었습니다. 어쩐지 선영도 그 표본도 모두 안쓰러웠습니다.

메리와 선영은 한국에서의 마지막 날에 몇십 년 만에 새로 개봉한다는 「마징가 Z」를 보기 위해 극장에 갔습니다. 선영 덕분에 메리는 어린 시절부터 마징가를 알고 있었지요. 「마징가 Z」를 보는데 어린 시절과 달리 이런저런 것들이 메리의 마음을 이상하게 만들었어요. 뭐랄까요, 마징가를 움직이는 소년 파일럿이 없으면 마징가

사, 2019.

는 그저 감정 없이 날뛰는 기계였고 마징가를 돕는 여성 파일럿 유미는 에로틱한 인형 같았죠. 그뿐인가요, 얼굴의 절반이 남성이고 절반이 여성인 아수라는 존재 그 자체로 그로테스크하다는 것이 여러 번 강조되었죠. 메리가 몇 번이나 한숨을 쉬었을 때였어요. 주인공에게 마징가를 주면서 그의 할아버지가 말하더군요. 이건 신도 될 수 있고 악마도 될 수 있다고. 그 장면에서 메리는 선영을 한번 바라보았습니다. 선영은 그저 화면에 시선을 고정하고 있었지요. 화면의 빛 때문인지 선영의 얼굴 절반이 어둠 속에 있었지요. 메리는 잠시 후 선영에게 소곤댔어요.

"선영은 신을 선택할 거야, 아니면 악마를 선택할 거야?"

선영은 조금 낮은 목소리로, 그러나 흔들림 없는 말투로 그렇게 말했지요. 나는,

"내가 사랑하는 얼굴."

잘못 들은 걸까요? 하지만 메리는 다시 묻진 못했어요. 아수라 백작의 얼굴이 화면 가득 채워졌고 애니메이션은 절정을 향해 치달았습니다. 그 절정이란 마징가 Z가 두 얼굴의 아수라 백작을 죽이는 것이었지요. 그 애니메이션을 마지막으로 메리와 선영은 다시 뉴욕으로 돌아왔습니다.

눈이 많이 내리는 날이면 선영은 여전히 기타를 치며

노래를 부릅니다. 마치 헬 박사가 만든 아수라 백작과 다를 바 없던 자신의 부하에게 총을 맞아 죽은 대통령의 술자리에 불려가 엔카를 불러야만 했다던 여가수의 노래지요. 아무 죄도 없는데 그 자리에 있었다는 이유만으로 오랜 시간 자신이 좋아하던 노래도 부를 수 없었던 그 여가수. 그런가 하면 「마징가 Z」는 그 대통령 시절 방영 정지를 당하지요.

어릴 때 이후, 메리와 함께 한국에 방문하던 그때까지 선영은 메리에게 옛날이야기를 다시 한 적이 없어요. 그런데 메리는 한 번쯤 묻고 싶었습니다. 그리고 그날이 온 거죠. 메리가 한국으로의 이주를 결심한 날이었지요. 또 그날은 수연이 울면서 메리에게 전화한 날이기도 했어요. 수연이 보낸 링크를 클릭하니 한국 군대가 성전환한 군인의 복무를 거부했다는 기사가 뜨고 있었지요.

우리는 지금 제대로 가고 있는 걸까.

수연의 울음에도 선영은 메리와 수연을 말리지 않았습니다. 그저 눈 오는 창밖을 바라보며 중얼거리듯 낮은 목소리로 노래를 불렀지요. 노래를 부르는 선영의 모습을 보자 메리는 더욱더 그걸 물어봐야 할 것 같았어요. 앞뒤랄 것 없이 이렇게요.

선영, 그런데 그것은 정말 옛날이야기였어?

사실 내 전생 연인의 이야기야.

현생에선 다시 만났고? 어, 내가 이런 말 할 자격이

되나 싶지만 그럼 나의 생물학적 아버지이자 당신의 법적 남편인 존은 어쩌지?

　나의 메리, 사랑은 여러 방식이니까요.

　어라? 진담이야?

　나의 친애하는 존재 메리.

　장난치지 말고요, 나의 선영. 한국의 옛날이야기야, 그것은?

　그러게. 그것은 정말 옛날이야기일까.

　아니면?

　우리의 이야기일까?

　혹시,

　지금 여기?

　어쩌면.

제5장

내가 처음 비를 맞은 건 어머니의 다리 사이에서였다.

그 비를 맞기 전, 나는 깊은 물속에 있었다. 깊고 검은 그 물속을 헤엄치고 있으면 간간이 나를 부르는 어머니의 목소리가 들려왔다. 어머니는 지금의 내 이름과 다른 이름을 부르곤 했다. 조금은 유치했지만, 어떤 기대감과 행복이 단단히 겹쳐 있는 그런 이름들이었다. 깊고 검은 물속에는 언어가 없었다. 그래서 어머니가 나를 부르면 나는 대답을 하는 대신 손과 발을 있는 힘껏 내저어 보았다. 내가 그럴 때면 어머니는 신음을 내며 배를 움켜쥐곤 했다. 그러면서도 결국엔 웃음을 떠올렸다, 누구나 진심으로 웃기 위해서는 반드시 한 번은 울어야 한다는 듯이. 아무것도 해 줄 수가 없어 답답한 건 오히려

나였다. 아무리 헤엄쳐도 그 깊고 검은 물 밖으로 나갈 수는 없을 것 같았다. 그러나 한편으론 물속 세상을 부수고 싶은 마음 또한 없었다. 정해진 언어가 없는 그곳에서 음성들은 제각각 모두 다정했기 때문이었다. 그래서였을까. 처음 비를 맞던 날, 나는 몹시 당황했다. 귀와 코에는 먹먹할 정도로 물이 들어찼다가 빠져나갔고 살결 위로는 작은 알갱이 같은 소름이 돋아났다. 그날 나는 비로소 색의 존재를 알게 되었다. 그러나 낯선 감탄도 잠시였다. 곧 처음 느껴 보는 빛이 눈꺼풀 사이로 들어오기 시작했다 손과 발을 아무리 내저어 봐도 어머니의 소리가 들려오지 않았다. 불안으로 가슴이 뛰기 시작했을 때 누군가 나를 들어 올리는 것을 느낄 수 있었다. 어쩐지 이전보다 팔다리를 내젓는 것이 수월하다고 느꼈을 때였다. 검은 물은 없었다. 눈동자를 굴려 아래를 보니 어머니가 보였다. 그제야 나를 들어 올렸던 어떤 손이 나를 어머니에게 데려다주었다. 폭우 대신 어머니의 눈물이 내 얼굴 위로 떨어졌다. 33년 전 그날, 사람들은 그날을 내 생일이라고 말한다.

세상의 시간은 몸속에 흐르는 피만큼 정확하게 흘러가는 것처럼 보였다. 어느새 33년이 지났고,

33년 후 그는 남쪽의 한 섬에 있었다. 사람들이 섬의

위치를 물을 때 그는 그렇게 대답할 수밖에 없었다. 섬의 서쪽으로는 본토와 자신들이 엄연히 다르다고 주장하는 작은 나라가 있었다. 지리상으로는 서쪽의 그 나라가 이 섬과 가까웠다. 하지만 섬의 영토는 동쪽의 또다른 섬나라였다. 그래서 그가 자신이 머무는 섬에 대해 이야기할 때면 정확한 지명이나 위치 같은 것보다는 다른 이야기들을 먼저 꺼내곤 했다. 이를테면 이런 것이었다.

그 섬에는 50가구 정도가 살고 있었다. 섬의 젊은 사람은 그와 두 명의 연구원이 전부였다. 그는 대학원 과정의 대부분을 빗물과 함께 보냈다. 빗물의 하수처리 방안과 재생에 관한 연구를 했기 때문이었다. 비가 내릴 때마다 그는 새로운 빗물을 채집해 밤새 기계를 돌려 가며 오류를 줄이는 실험을 했다. 비가 내리는 어두운 시간이 그에게는 가장 밝은 시간이기도 했다. 물론 그때는 그 또한 그 사실을 알지 못했다. 다만 이 말을 기억할 뿐이었다.

"빗물은 수돗물보다 깨끗하고 생수보다 신선하다."

빗물의 산성 농도는 PH 6.2, 중성에 가장 가까운 물. 석사과정을 밟으며 처음 연구실에 들어갔을 때 지도교수가 했던 말이다. 그는 단지 군대 문제를 해결하기 위해 대학원을 선택했던 사람이었기에 그 말은 어렵게만 느껴졌다. 그의 어리둥절한 표정을 보며 지도교수는 이렇게 덧붙였다.

"지상으로 가장 먼저 내려오는 것이 바로 빗물이니까."

어리둥절한 마음을 완벽히 지우진 못했지만 대학원 과정 내내 그는 성실한 모습을 보였다. 석사과정이 끝나고 동기들 대부분이 취업을 나갈 때도 그는 박사과정을 선택했고 이후에는 마치 계단을 밟아 올라가듯 망설임 없이 박사 이후 과정을 지원했다.

연구 계획서에는 「지속 가능한 자원으로써 빗물의 가치」라는 제목으로 쓴 그의 박사논문이 첨부되었다. 그러나 사실 그 주제는 이미 지도교수가 학술지에 발표한 것이었다. 아무도 몰랐으나 누가 안다고 해도 상관없었다. 여전히 그는 취업을 준비하는 것이 귀찮았을 뿐이다. 그럼에도 다른 동기들과 비슷하게 보이는 것 또한 내키지 않았다. 공부를 계속하기 위해 학교에 남고 싶다는 그럴듯한 변명을 늘어놓은 뒤 그는 파견 연구원 신분으로 그 섬의 빗물 연구소로 가게 되었다.

섬에 도착하자마자 그는 자신의 결정을 후회했다. 섬은 지나치게 평온했다. 몇 시부터 몇 시까지 무엇을 해내야 한다는 식의 계획표는 굳이 첨부할 필요도 없었다. 어차피 그곳의 시간은 온전히 그만을 위해 존재했다. 한 달도 지나지 않아서, 그는 지나친 평온에서 오는 지루함 때문에 우울증에 걸린다는 뉴질랜드 사람들의 마음을 이해하게 되었다.

그는 지루할 때마다 책상에 앉아 기억을 더듬었다. 그는 자신이 태어나기까지의 날들을 기억한다고 생각했다. 물안경을 쓴 것처럼 눈앞은 언제나 뿌옇게 흐렸고 입에는 물이 가득 들어차 있어 한마디도 제대로 할 수 없었던 그날들에 대해 말이다. 폭우가 쏟아지듯 양수가 넘쳐흐르던 날의 충격적인 느낌과는 완전히 달랐다. 물속에 있을 때 그는 평온했다. 물론 이 이야기를 누구에게 해 본 적은 없었다. 그에겐 자신을 누구보다 잘 안다는 오랜 연인도 있었고, 다정한 부모도 있었지만 어쩐지 이 이야기만큼은 온전히 믿어 줄 것 같지 않았다. 게다가 누군가 이 이야기를 듣고 그것은 거짓, 이라고 하면 어쩐지 그때부터 그 자신조차도 그 기억을 거짓이라고 생각할 것만 같았다.

섬에 대해 좀 더 이야기를 해 보자면, 그 섬이 독특했던 건 단지 위치 때문만은 아니다. 섬엔 우기와 건기가 존재했다. 게다가 섬의 우기는 몹시 짧았고, 그럼에도 사람이 살고 있었기 때문에 언제부터인가는 특별 재난 관리 구역으로 지정되어 있었다. 그가 섬에 올 수 있었던 것도 그 기후 때문이었다. 그를 포함한 연구 팀이 하는 일은 짧은 우기 동안 내리는 빗물을 관리하여 지독한 가뭄이 이어지는 날들을 이겨 내는 방법을 찾는 것이었다. 그가 속한 연구소의 이름은 따로 있었으나, 섬의 사람들뿐 아니라 연구원들끼리도 연구소를 소개할 때면 늘 '빗물 연구소'라고 말하곤 했다. 자연스레 그는 빗물 연구원이 되었다.

연구소에 온 지 반년쯤 지났을 때, 그는 각 가정에서 받아 놓은 빗물을 바로 정화시켜 먹을 수 있는 빗물 탱크를 만들었다. 사람들은 시기가 좋다며 그를 격려했다. 그해는 UN이 지정한 '물의 해'였으니 말이다. 그 빗물 탱크는 곧장 실용화 실험에 들어갔다. 충분한 양의 빗물이 있어야 가능한 실험이었다. 그러나 공교롭게도 이 '물의 해'에 섬에는 10년 만에 최악이라는 건기가 찾아왔다. 섬사람들은 그에게 최악의 건기를 견뎌 내면 최고의 우기가 올 수도 있다고 했다. 그건 지난 세월을 모두 섬에서 보냈던 사람들의 예감이었다. "진짜 웃기 위해선 한 번은 울어야 하듯이." 초조해하던 그를 견딜 수 있게 해 준 건 섬에서 가장 오랜 시간을 견뎠다는 노인의 저 말 한마디였다. 그때부터 그는 섬사람들과 그물을 손질하거나 신문을 읽으며 담담히 우기를 기다릴 수 있었다.

그러나 섬 밖의 사람들은 섬의 건기를 못 견뎌 했다. 방송국 차량들이 앞다퉈 섬으로 들어왔다. 대부분 갈라진 논바닥을 보여 준 뒤 이런 위기를 맞아 빗물 연구소의 빗물 탱크가 가뭄 해결의 주인공이 되고 있다는 결론을 도출해 내는 식이었다. 일부는 사실이었지만 대부분 과도하게 설정된 것들이었다. 빗물 탱크는 분명 '실험' 단계였지 실용 단계가 아니었다. 그러나 많은 방송국들은 원하는 인터뷰를 만들고 척박한 영상을 잔뜩 찍은 뒤 곧장 섬을 떠났다. 섬에 남은 사람들만이 다시 우기를 기다리며 하루하루를 보냈다.

그래서, 어디서부터, 다시 말해야 할까.

섬의 위치도 기후도 말했으니까, 역사에 대해 말해볼까. 섬은 언젠가 대단한 역사 이슈에 휘말린 적이 있었다. 본토라고 할 수 있는 동쪽 섬나라에서 채택된 우익 교과서의 선정을 섬사람들이 집단 거부한 사건이 있었다. 그는 그때 섬에 있지 않았다. 인터넷 뉴스로 그 소식을 봤다. 그때까지 그는 섬이 존재하는지도 몰랐다. 인터넷 뉴스에 실린 낯선 섬 사진 속 쏟아지는 햇볕에 그는 마치 33년 전 그날처럼 눈을 가늘게 떴다 감았을 뿐이었다. 자, 그리고 이제는 정말 무엇을 말해야 할까. 그는 빗물과, 그리고 빗물 탱크에 대해 좀 더 생각했다. 그러나 이내 고개를 저었다. 무엇을 말해야 할까라고 되뇌어 보았지만, 그는 이미 자신이 말하고 싶은 것에 대해 잘 알고 있었다.

한 사람에 대하여.

그 사람의 이름을 말할 때면 어쩐지 그는 섬의 이름을 말할 때와 같은 기분이 되곤 했다.

"아키코."

처음 그가 자신의 이름을 소개했을 때였다. 지도교수로부터 처음 빗물에 대한 이야기를 들었을 때처럼 그는 어리둥절한 기분이 되었다. 그 표정을 미처 숨기지 못했는지 어리둥절한 표정을 지어 보였는지 아니면 아키코에게 그런 반응은 익숙한 것이었는지 모르겠으나 아키코는 곧 웃음을 터뜨리며 초면에 장난을 쳐서 죄송하다는 말을 덧붙였다. 어째서 아키코가 죄송한 일인 걸까. 그의 생각이 끝나기도 전에 곧이어 자칭 아키코는 자신의 진짜 이름이라며 어떤 이름 하나를 말했지만 그 '진짜'라는 단어가 어색하게만 느껴질 뿐이었다.

그가 왜 하필 아키코냐고 물었을 때였다. "그냥 그 가수 멋있어서, 그 시절에 그 옷 입고 그런 머리 하고서." 그러더니 이름을 말해 주었다. "김추자. 추자, 일본어로 하면 아키코." 그 또한 들어 본 적이 있는 가수였다. 그의 어머니는 그 가수가 갑작스럽게 사라지지만 않았어도 정말 전설이 되었을 거라고도 했다. 그에 비해 아버지는 김추자에 대해 아무 말도 하지 않다가 조금 석연찮은 표정을 덧붙이며 이렇게 중얼거리곤 했다.

"너무 멋있었지만…… 어쩐지 괴물 같기도 했어, 우리랑은 너무 다른 사람 같았거든."

오랜 시간이 흐른 후에야 그는 어쩌면 아버지가 어머니보다 김추자를 훨씬 더 좋아했을지도 모른다는 생각을 하게 되었다.

"그래도 그건 여자 이름 아닌가요?"

별생각 없이 내뱉고 난 뒤 그는 문득 자신이 실언을 했다고 느꼈다.

"뭐 날 때부터 이름이 정해져 있나."

아키코가 한참 만에 엉뚱한 대답을 내놓았다. 근데 내 목소리, 김추자의 그 허스키한 목소리랑 꽤 비슷하지 않아요? 아키코가 「님은 먼 곳에」를 흥얼거렸다. 사랑한다고, 말할 걸 그랬지. 망설이다가 가 버린 사랑. 아키코가 그 노래를 흥얼거리며 그를 지나치자 그가 자신도 모르게 그 노래를 다시 한번 흥얼거렸다.

아키코는 그때 들어온 방송국 사람 중 한 명이었다. 「첫 물, 빗물, 그리고 괴물」. 그때 아키코가 만들고 있다는 다큐멘터리는 빗물의 선물 같은 면과 괴물 같은 면을 다각적으로 분석하는 내용이었다. 아키코의 섭외 전화는 매우 정중하고 명료했다. 절차를 지켜 촬영 동의 여부를 물은 뒤 촬영 일자와 구성안에 대한 언급이 이어졌다. 동의를 받은 이후엔 몇 가지 문의를 해 오기도 했다. 빗물의 유해도나 활용도 같은 기본적이지만 확실히 필요한 질문들이었기에 그는 흔쾌히 답을 해 줄 수 있었다. 몇 가지 질문이 오간 직후였다.

"처음 비를 맞아 본 건 언제예요?"

그는 순간 입을 다물었다. 농담일지도 모르는 그 질

문에 그는 하마터면 33년 전 이야기를 꺼낼 뻔했다.

"비를 연구하시면 아무래도 기꺼이, 자주 맞으실 것 같아서요."

한참 말이 없는 그에게 아키코는 죄송하다는 말을 하며 저 말을 덧붙였다. 정작 그는 사과보다는 전화기 너머의 아키코가 조금은 궁금했었다.

아키코가 처음 섬으로 들어온 날은 이른 오전부터 비가 올 듯 하늘이 심상찮았다. 하지만 건기였다. 비가 쉽게 올 리가 없었다. 그는 그때 연구원들과 촬영 팀을 기다리고 있었다. 촬영 팀이 탄 배가 멀리 보일 즈음 하늘이 한층 더 흐려졌다. 그러면서도 간간이 해가 눈에 띄기도 했다. "호랑이 장가가는 날인가." "글쎄, 여우비겠지." 연구원들이 실없는 농담을 하는 사이 그는 하늘을 바라봤다. 그리고 점점 가까워지는 배를 바라봤다.

"곧 비가 올 것 같은데."

그가 혼잣말을 하는 사이 촬영 팀을 태운 배가 정박했고 그는 연구원들과 함께 배로 다가섰다. 피디와 촬영 감독, 카메라 보조가 차례로 인사를 하며 내렸다. 이윽고 아키코가 뱃머리에 섰고 조금 흔들리는 배를 따라 휘청거렸다. 그는 자신도 모르게 손을 내밀었다. 그를 바라본 아키코가 잠시 미소를 지었다.

"어, 비다!" 아키코가 그의 손을 잡고 내리는 사이, 연구원 중 한 명이 소리쳤다. 빗물 한 방울이 툭 그의 머리로. 이윽고 그의 눈 옆을 지나 볼을 타고 흘러내렸다. 그는 볼을 타고 흘러내리는 빗물을 만져 보고는 다시 하늘을 봤다. 그해의 첫 물, 첫 비. 그제야 그는 아키코의 손을 계속 잡고 있었다는 사실을 깨달았고 조금은 뿌리치듯 그 손을 놓았다.

"드디어 비를 맞아 보네요."

배를 몰았던 마을 이장의 목소리에는 고마움이 느껴졌다. 그와 아키코는 비에 대해 이야기하는 사람들의 뒤를 따라 그저 걸었다. 그런 사이 사람들의 이야기는 비에서 숙소로 옮겨 가고 있었다. 헤아려 보니 아키코의 숙소만 따로 배정되어 있어서였다. "아, 저는 아키코라고 하셔서 여자분인 줄 알고." 숙소를 담당한 건 그였다. 그 대답을 하고 나서 그는 자신이 또 실수했다는 생각에 얼굴이 좀 화끈거렸다.

"그 호텔 이름이 뭐죠?"

촬영 팀 중 한 명이 그에게 불쑥 호텔의 이름을 물어 왔다. 아키코의 옆얼굴을 힐끗거리던 그는 순간 정신이 번쩍 들었다. "아, 그게 본토를 포함해서 가장 오래된 호텔인데요." 당황한 마음에 호텔 이름이 곧장 떠올리지 못한 그가 영수증을 뒤질 때였다.

"대만호텔."

마을의 이장이 대신 답해 주었다. 촬영 팀들이 괜찮

다는 듯 그에게 미소를 지어 보였다.

"일본 섬에서 가장 오래된 호텔 이름이 대만이라니 뭔가 재밌는데요?"

"여기는 그런 경계가 없어요."

미소를 띠고 있었지만 이장의 말투는 어딘지 단호했다. 아키코는 잠시 옅은 미소를 띠더니 다시 걷기 시작했다. 그는 어쩐지 자신이 아키코에게 거듭 실수하고 있다는 생각이 들었다. 아키코의 손을 놓아 버리느라 인사도 제대로 나누지 못한 참이었다. 괜히 손을 내밀었나, 그는 혼잣말을 하며 아키코가 먼저 인사를 해 주면 좋을 텐데 생각하기도 했다. 그러나 그뿐이었다. 그는 그저 아키코의 뒤를 따라 계속 걷기만 했다.

그날 새벽이었다. 비구름이 몰려오기 전 습해진 공기가 열어 놓은 창을 타고 넘어 들어왔다. 이윽고 갑작스러운 비가 시작되었다. 그는 문득 처음 비를 맞아 본 게 언제인지 묻던 아키코가 떠올랐다. 왜 그런 생각이 든걸까. 그 순간 자신이 정말 비를 맞아 본 적이 있을까 하는 생각이 들었다. 비만 오면 랜턴을 챙겨 들고 나갔던 대학원 시절이 떠올랐지만 이상하게도 여전히 자신이 비를 맞아 보았다는 생각은 들지 않았다. 문득 밖에 나가 비를 보고 싶다는 생각이 들었다. 하지만 결국 그는 빗물이 흘러내린 창문이 다 말라 갈 무렵에서야 카디건을 걸쳐 입고 우산을 챙겨 들 수 있었다.

막상 숙소에서 나오니 비는 거의 그친 뒤였고 딱히 갈 곳이 없었다. 섬에서는 연구소를 가는 것 외엔 돌아다녀 본 일이 거의 없었다. 그의 발걸음은 자연스럽게 연구소 쪽을 향했다. 막 연구소 초입에 다다랐을 때였다. 멀리 우산도 없이 빗속을 걷는 누군가. 아키코였다. 그럴 생각은 아니었는데 어느 순간 그는 조용히 아키코의 뒤를 따라 걷고 있었다.

"산책하는 건 어떤 가능성인 것 같아요."

아키코의 갑작스러운 말에 당황한 그가 그때부터 횡설수설하기 시작했다. 묵고 있는 호텔은 마음에 드는지, 그러면서 그 호텔은 이곳 사람들이 가장 귀한 손님을 대접할 때 잡는 호텔이며 많은 관광객들이 그곳에 묵고 싶어 한다고, 나오는 대로 덧붙였다.

"호텔에 지혜로운 사람이 있던데요."

그의 중언부언에 종지부를 찍어 준 사람도 아키코였다. 아키코가 말한 사람이라면 그도 잘 알았다. 웃기 위해선 울어야 한다고, 초조하게 비를 기다리던 그를 가만히 자리에 앉게 해 줬던 이였다. 섬에서 가장 오래 산 그 노인은 언젠가부터 그 호텔에 머물고 있었다.

집을 두고도 노인은 종종 호텔로 갔다. 노인이 자신의 무수한 이름들을 꺼내 놓기 시작할 무렵부터였던 것 같다. 전쟁 전엔 화련, 위안부로 끌려갔을 땐 유키노. 섬

사람들은 노인에 대한 예우로 그가 호텔로 찾아와 이야기를 할 때면 묵묵히 노인의 말을 들어주었다. 그러면 노인은 언제인지, 누구에게인지 모를 이야기를 하고서 잠이 들었다가 집으로 돌아가곤 했다. 섬에 가뭄이 들면 언제나 자신의 물도 기꺼이 나눠 주곤 했던 노인이기에 모두 깊은 존경을 품고 있었다. 그가 노인에 대해 생각하느라 잠시 말이 없을 때였다. 바다 쪽을 바라보던 아키코가 다른 질문을 꺼냈다.

"지상에 처음으로 내려오는 물이 빗물이지요?"

빗물에 관련한 질문이 반가운 건 그때가 처음이었다. 아키코의 질문에 그는 얼른 그렇다고 대답했다. 그러면서도 아키코가 단지 프로그램을 만들기 위한 과학적인 답을 원했던 건 아니었나 생각이 들었고 그러자 어떤 설명이라도 덧붙여야 한다는 생각에 마음이 다급해졌다. 그러나 아키코는 더 이상 듣지 않아도 좋다는 듯 다시 발걸음을 옮겼다. 잠시 머뭇거리던 그도 아키코를 따라 다시 걸었다. 비를 맞아 본 적 있냐는 그 질문에 답을 못했는데, 손을 뿌리친 걸 사과하고 싶었는데. 아키코와 어떤 이야기든 하고 싶었다. 한참을 걷던 아키코가 다시 무언가를 말했다. 마치 옹알이를 하는 것 같기도 했다.

"그러면 사람들의 첫 물은 양수일까요, 빗물일까요?"

그는 놀라 그 자리에 멈춰 섰다가 잠시 후엔 조금은 멀어진 아키코에게 달려갔다. 그를 보고 놀란 표정의 아키코에게 그가 이렇게 물었다. "아까, 산책은 어떤 가능성이라고 하셨는데 무슨 가능성을 말하는 거죠?" 아키코는 그를 잠깐 바라보더니 싱긋 웃었다. 순간 그는 아키코가 김추자보다 훨씬 더 매력적이라고 말해 주고 싶었다. "이런 가능성이요, 이렇게 마주칠."

아키코는 그와 자신과 그리고 곧 뒤를 돌아 멀리 반짝이는 대만호텔을 가리켰다. 그러더니 아키코는 호텔이 정말 마음에 든다고 덧붙였다.

그날 밤 그는 연구실 책상 위에 놓인 비커 하나를 유심히 내려다보았다. 처음 빗물 연구소로 올 때 그의 연인이 건넨 것이었다. 그의 연인은 학부 시절 내내 학교 근처에서 그와 함께 살았다. 둘은 생활비를 아껴 보고자 의기투합했다. 어느 순간부터는 혼자 살고 싶었지만 차마 뒤늦게 혼자 살겠다고 말할 수는 없었다. 그렇게 4년이 흐르고 그의 연인은 졸업 후 곧장 취직을 했다. 그가 이 섬으로 온 후에야 겨우 그들은 각자의 방을 가질 수 있었다.

"네가 원하는 연구를 할 수 있을 때, 이 비커를 채워 봐."

연인이 건네준 비커 앞에 그는 의무감과 비슷한 감정으로 반지를 꺼내 놓았다. 고맙다는 말이 나올 거라 예상했던 연인의 입에선 다른 말이 흘러나왔다.

"네가 부러워, 그 가능성이 부러워."

그는 연인이 학교에 남아 공부를 하고 싶어 했다는 것을 그때까지 전혀 알지 못했다. 비커는 이후로 계속 비어 있었다.

"가능성."

그는 비커를 들고 중얼거렸다. 그 단어를 이젠 싫어하지 않아도 될 것 같았다.

당시 아키코의 촬영 팀이 원한 것은 간단한 뉴스 정도가 아니었기 때문에 촬영은 그렇게 쉽지 않았다. 게다가 각 가정에는 이미 빗물을 모으는 시설이 설치되어 있었다. 그가 만든 빗물 탱크는 그러한 빗물 시설을 조금 더 체계화한 것에 불과했다. 이론대로라면 섬사람들은 빗물 탱크 안에 모아 놓은 빗물로 다음 우기까지 삶을 이어 나갈 수 있어야 했다. 그와 동료들은 35도를 육박하는 더위에 다시 빗물 탱크를 만들어야 했다. 촬영의 특성상 실제 사용하는 빗물 탱크처럼 정교할 필요는 없었다. 모양만 그럴싸한 빗물 탱크를 제작했다. 엉성하게 파이프와 이음새를 연결하고 촬영에 들어갔다. 그는 빗물 탱크 앞에 서서 인터뷰를 했다. 한 손에는 빗물이 든 작은 비커를 든 채였다. 대부분 단순한 내용들이었다. 피디의 제안에 따라 자리를 이동하기 위해 주변을 정리할 때였다.

"빗물을 직접 마셔 보는 건 어때요?"

아키코가 그를 보며 웃었다. 다른 연구원들이 좋은 아이디어라며, 이 빗물은 정말 마실 수 있는 것이라며 맞장구를 쳤다. 그는 자신이 만들어 놓은 빗물 탱크 안의 빗물을 물끄러미 내려다보았다. 어느새 빗물 탱크에 고인 빗물에는 아키코의 얼굴이 함께 고여 있었다. 그 얼굴이 조금씩 흔들렸다. 물론 그는, 그날 빗물을 마시지 않았다.

바닷가 근처에서 처음 아키코를 마주친 이후 둘은 자주 같은 곳에서 마주쳤다. 호텔과 연구소의 접점이었기 때문에 어쩌면 당연한 거였다. 그와 아키코는 처음엔 다큐멘터리의 후속 작업에 대한 이야기를 했다. 그러나 시간이 흐르면서는 개인적인 이야기들을 시작했다. 대학 시절 이야기, 군대 이야기, 첫 연애 이야기.

"나는 군대가 제일 편했다는 놈들이 조금은 무서웠어요." 아키코가 그렇게 말했을 때 그의 입에서 많은 이야기가 쏟아져 나왔다. 일부러 그랬던 건 아니지만 누구에게도 하지 않았던 이야기들이었다. 그렇게 많은 이야기가 있는 삶이었다니, 그 스스로도 놀라울 정도였다. 그리고 그 어느 날엔가 그는 아키코에게 이런 이야기를 했다.

열다섯 무렵이었다. 생물 시간이 끝난 후 같은 반 아

이들은 그에게 아이가 생기는 과정을 직접 실험해 보자고 했다. 남자아이들만 있는 중학교의 대화 주제는 언제나 비슷했다. 아이들은 쉬는 시간마다 콘돔으로 풍선을 불어 여자 교생들에게 날리곤 했다. 그는 아이들이 징그러웠으나 그걸 말릴 만큼 정의롭지는 못했다. 그래서 그날의 이야기도 아이들의 그저 그런 장난쯤으로 여겼다. 하교 시간에 이미 그 이야기는 잊은 채였다. 학교와 학원까지의 거리는 버스를 타기엔 아쉽고 걷기엔 지나치게 멀었다. 그는 그 길을 아주 천천히 걸었다. 이어폰을 꽂았지만 음악을 틀지는 않은 채였다. 귀가 먹먹한 그 느낌이 좋았다. 그때까지 그는 그 기억이 그저 아주 어린 시절의 추억일 거라고 생각했다. 훗날이 돼서야 그 기억이 자신이 태어나던 때의 감각이라는 것을 인지했지만 적어도 그때까진 아니었다. 같은 반 아이들이 그의 뒤통수를 때리고 어깨에 팔을 두를 때까지도 그는 먹먹한 느낌으로 물속을 평화롭게 헤엄치고 있었다. "야, 같이 하기로 했잖아." 그는 순식간에 반 아이들에게 이끌려 학교 근처 공터로 갔다. 빈 공터에는 그의 또래보다 아주 약간 나이가 많아 보이는 여학생이 눈물로 범벅이 된 얼굴을 하고 있었다. 그는 자신을 끌고 온 아이들을 한번 쳐다보았다. 그는 가방을 움켜쥐었다. 그 앞에 모인 아이들은 사람의 얼굴을 하고 있지 않았다. 아이들 중 한 명이 여전히 울고 있는 여학생을 밀쳐 그 앞으로 보냈다. 그는 있는 힘껏 자신을 둘러싼 남자아이들 사이를 헤치고 나가려 했다. 그러다 곧장 뺨을 한 대 맞았다. 그도 지지 않고 한 아이의 멱살을 움켜쥐었다. 그러다 문득 손목에 찬 시계를 보았다. 이미 학원을 마치고 집으로 돌아갈 시간이었다. 그 순간 누군가 얼굴을 가격했다. 한 덩어리가 된 아이들이 그에게 온통 달려들었다. 그중 한 명이 그의 귀에 대고 속삭였다.

"호모 새끼인지 아닌지 증명해 봐."

그날 그는 평소보다 몇 시간이나 늦게 집으로 돌아갔다. 속옷이 온통 축축한 게 기분이 좋지 않았다. 얼굴엔 피가 말라붙은 자국이 선명했다. 어머니가 집 앞에서 초조한 표정으로 그를 기다리고 있었다. 학원에서도 학교에서도 그의 흔적을 찾지 못했던 어머니는 그를 보자 종종걸음을 쳤다. 어머니의 얼굴엔 수많은 궁금증이 있었지만 그를 본 순간 이렇게 물었을 뿐이었다. "밥 먹을 거지?" 사실 그도 그날 일을 누군가에게 말할 생각은 없었다. 부끄럽기도 했지만 말을 꺼내는 순간 자신의 얼굴 또한 그 아이들처럼 인간이 아닌 하나의 덩어리가 될 것만 같았다. 그러나 어머니의 질문에 그는 갑자기 마음이 바뀌었다. 그는 어머니에게 방금 전 있었던 일을 말했다. 어머니의 입술이 약간 창백해졌다고 느껴졌지만, 그러나 돌아온 대답은 매우 평온했고 어쩐지 단호했다.

"그건 사실이 아니야. 넌 오늘 학교를 마치고 학원에 갔다가 조금 늦게 집에 온 거란다."

어머니의 그 한마디로 그날은 평소와 같은 일상이 되었다. 그리고 그는 그때부터 온전히 홀로 있는 사람이 되었다. 그날 오후는 혼자만의 사실이 되었기 때문이었다. 그런데 왜 아키코에게 그 말을 했는지, 그 자신도 알 수 없었다. 놀랍게도 그는 보통 비밀을 발설할 때 따라오는 불안감이나 두려움도 전혀 느끼지 못했다. 한참 동안이나 이야기를 듣던 아키코는 잠시 하늘을 바라봤고 대답 대신 이렇게 말했다.

"원하는 대로 살아요. 자기 자신으로."

그는 그 순간 처음 만난 날 뿌리쳤던 아키코의 손을 잡고 조금은 울고 싶었다. 하지만 그러진 못했다. 그는 아키코가 모두에게 친절한 사람이라는 것을 스스로에게 되새겼다. 사실이었다. 아키코는 촬영 팀은 물론이고 섬사람들과도 모두 잘 지냈다. 처음엔 아키코를 낯설어하던 연구원들마저 이젠 스스럼이 없었다. 그는 자신도 모르게 아키코 쪽으로 뻗었던 손을 얼른 주머니에 넣었다.

"그런데 정말 일찍 돌아가야 하나요?"

그는 문득 아키코의 귀국 날짜가 다가왔다는 걸 깨달았던 것이다. 그의 말에 아키코는 싱긋 웃더니 어쩐지 땀을 잔뜩 흘렸던 옷을 벗어 버리는 사람처럼 홀가분한 말투로 이렇게 답했다.

"호르몬 주사 맞을 시기 놓치면 안 돼요."

미처 예상하지 못한 아키코의 대답에 그가 말을 잇지 못하자, 아키코는 자신의 매력적인 목소리를 유지하려면 어쩔 수 없다며 장난스레 웅덩이에 고인 빗물을 그쪽으로 찼다. 자신도 모르게 퍼뜩 정신을 차린 그가 아키코를 바라봤을 때였다.

"내가 가도 이제," 아키코가 한 번 더 빗물을 그에게 찼다. 그가 어어, 하며 바지에 튄 빗물을 바라보고 있을 때였다. "우산 없이도 빗속을 걸을 수 있을 것 같으니까."

아키코의 손을 잡고 울진 못했지만 그는 어렴풋이 자신의 비커에 무엇을 채울 수 있을지 알 것 같았다.

아키코가 떠난 직후 연인이 섬으로 찾아왔다.

짧은 인사가 끝난 후 그와 연인은 한동안 아무 말도 하지 않았다. 항구에 발을 딛자마자 그의 연인은 담배를 하나 꺼내 물었다. 연인이 담배를 원래 피웠던가. "공부를 계속하겠다는 거지?" 그는 질문에 아무 말 없이 고개만 끄덕였다. 땅은 바짝 말라 있었다. 그의 연인은 잠깐 고개를 끄덕이더니 이내 졸업 후 자신이 일하는 회사에 대한 이야기를 시작했다. 10시 이전에 퇴근한 적이 없다는 것, 프로젝트가 시작되면 늘 부장에게 지적을 받는다는 것, 체중이 5킬로그램이나 늘었다는 것, 좋은 이야기는 하나도 없었다. 그가 두서없이 이어지는 연인의 이야기에 잠시 넋이 나간 표정을 짓고 있었을 때였다.

"당신은 이곳에 고여만 있었지."

그는 연인의 얼굴을 자세히 보았다. 낯선 사람이 그곳에 서 있었다. 그의 연인은 조금 남은 담배를 땅바닥에 비벼 껐다. "여기 특산물은 뭐야?" 그의 연인이 주머니에 손을 넣으며 앞서 걷기 시작했다. 그는 연인의 뒷모습을 보며 중얼거렸다.

"이 섬엔 빗물밖에 없어."

그로부터 반년 후, 그도 서울로 향했다. 서울로 오기 전, 그는 빗물 탱크 실용화 과정 제안서를 정부 기관 연구소와 그가 오랫동안 호감을 가졌던 사회 참여적 기업 양쪽 모두에 제출했다. 운이 좋은 건지, 시기가 적절했는지 양측 모두 그에게 입사를 제안했다. 그는 기분이 묘했다. 오랜 시간 해 온 연구였지만 실제 어딘가에 그런 제안서를 제출해 본 건 그때가 처음이었다. 좋은 아이디어를 왜 혼자만 알려고 하냐며 그를 격려해준 아키코 덕분이었다. 그는 아키코의 몫으로 가져온 선물에 대해 잠시 생각했다. 이윽고 그를 마중하러 온 연인과 함께 걸으며 그는 공항에서 나오자마자 무리 지어 한국어로 이야기하는 사람들을 조금은 낯설게 바라보았고 무리와 조금 떨어져 걷는 자신의 곁에 상상 속의 아키코를 잠시 세워 보았다가 이내 연인과 함께 리무진 버스에 올랐다.

고속도로에 진입하고 얼마 지나지 않았을 때였다. 도로는 정체된 차들로 꽉 막힌 상태였다. 수족관으로 향하던 커다란 운반차가 엎어졌다는 뉴스가 흘러나왔다. 수조 안에는 섬에서 가지고 온 열대어와 빗물이 가득 차 있었다고 했다. 열대어를 어째서 빗물에 담아 온 걸까. 그러나 그걸 연인에게 묻지는 못했다. 모두들 언제 차의 흐름이 명확해지는지만 궁금해하는 것 같았다. 그런 생각을 하자 그는 갑자기 알 수 없는 갈증을 느꼈다. 정부 기관의 모집 공고를 보기 전까지 그는 빗물을 바로 먹을 수 있는 시설을 만드는 사회 참여적 기업에 무조건 입사할 생각이었다. 그곳은 아키코가 추천한 곳이기도 했다.

"연구실 동기들은 뭐라고 해?" 아키코의 물음에 그는 잠시 연구실 동기들의 얼굴을 떠올려 보았다. 그들의 얼굴이 어땠는지, 누구였는지 하나도 떠오르지 않았다. 모두들 자신의 책상 앞을 지키고 등을 보인 채 앉아 있었다. "들어 줄 만큼 여유 있는 사람이 없는 것 같아." 그의 문자에 아키코의 경쾌한 말투가 들리는 듯 흔쾌한 답이 돌아왔다. "내가 들어 줄게."

정체된 도로를 응시하던 그는 문득 아키코에게 문자를 하나 남겼다.

"여기가 어딘지 모르겠어."

그러나 열대어와 빗물이 도로 위에서 사라진 날, 결

국 그는 아키코를 만나지 못했다. 정체된 도로를 빠져나오자마자 여러 일정들을 해내야 했다. 급하게 연인의 집에 짐을 풀었고 몇 주 뒤 그는 결국 정부 기관 연구소에 입사했다.

입사 후 그는 이른바 빗물 생수를 만드는 일에 참여하게 되었다. 둑으로 막은 강으로 흘러든 빗물을 채집해 생수로 시판하는 일이었다. 졸업 논문을 위한 실험처럼 다시 결과가 정해진 실험이 시작되었다. 그러나 이번에는 아무리 실험을 해도 오류가 줄어들지 않았다. '마실 수 없음.' 오히려 오류는 자꾸만 커졌다.

"둑으로 막은 그 강의 녹조가 가득 낀 빗물로는 생수를 만들 수 없을 것 같습니다."

그가 보고를 마쳤을 때, 선임 연구원은 머리를 흔들며 말했다.

"그럼 다른 시뮬레이션을 집어넣어서 일단 마실 수 있는 물이라는 결과를 도출해 내."

이미 수백 번의 실험을 거친 상태였다. 자신도 모르게 속마음이 터져 나왔다.

"그래도 사람이 먹는 물인데……."

선임 연구원은 답답하다는 표정을 지으며 심드렁하게 덧붙였다.

"어차피 이건 전시행정용이야."

순간, 그에게 오래전 물속을 떠돌던 기억이 불쑥 솟

아났다. 서울로 돌아오던 날 도로 위에서 쏟아졌다던 열 대어들의 진짜 안부도 궁금해졌다. 최종적으로는 아키 코가 떠올랐다. 한동안 아무 말 없이 서 있는 그에게 선임 연구원은 못을 박듯 말했다.

"누가 빗물을 진짜 마시겠어?"

그날 퇴근 후, 그는 오랜만에 아키코를 만나러 갔다. 읽지도 않는 책을 펼쳐만 놓은 채 도저히 마실 수 없는 녹조 낀 강물로 만든 생수에 대해 생각하고 있을 때였 다. 약속 시간보다 조금 늦게 나타난 아키코는 어딘가 아픈 사람처럼 입술을 조금씩 떨고 있었다.

"넌 늘 조금씩 늦는구나."

그는 마음에도 없는 타박을 했고, 아키코는 '아키코 타임'이라는 게 있다며 농담을 늘어놨다. 그는 아키코가 호르몬 후유증으로 늘 어딘가가 갑자기 아플 수 있다는 걸 알고 있었다. 그는 마음속으로 자신을 조금 탓했다. 그리고 오히려 그 말은 그래서 꺼낼 수 있었다.

"나 빗물 생수를 만들게 됐어."

그는 아키코의 얼굴을 제대로 보기가 힘들었다. 그러 나 그 말에 아키코는 곧장 가방에서 무언가를 찾기 시 작했다. 웃음을 참지 못하는 표정으로 아키코가 꺼낸 것은 낡은 비커였다.

'대만호텔빗물채집표본 — 아키코에게'

섬에서 올 때 그가 아키코 몫으로 가져온 선물이었다. 열대어가 도로에 쏟아졌던 날 그는 아키코에게 비커를 주며 노인이 들려준 대만호텔에 대해 말해 줘야겠다고 생각했다. 그러나 결국 비커는 퀵서비스로 보내야 했고 여전히 대만호텔에 관한 이야기는 하지 못하고 있었다. 공교롭게도 그가 아키코에게 비커를 보낸 날, 도로 위에 쏟아졌던 열대어들이 모두 죽었다는 뉴스를 들었다. 그는 아키코와 자기 사이에 놓인 비커를 바라보았다. 오래전 빗물이 다시 그와 아키코 사이에 놓였다.

"그러니까 이제 빗물을 마실 수 있다는 거지?"

아키코가 그에게 비커를 건넸다. 글쎄, 비커를 받아들던 그는 섬의 노인이 가져다주었던 열대어와 도로 위에서 죽어 가던 열대어가 함께 떠올랐다. 문득 자신의 왼손에서 빛나는 반지를 보았다. 아키코는 여전히 천진한 표정을 짓고 있었다. 갑자기 비커를 받아 쥔 손에 힘이 들어갔다. 웃고 있던 아키코의 얼굴이 점차 굳어지는 것이 보였다. 결국 그날 비커는 귀퉁이가 조각났고 빗물은 모두 쏟아졌다. 아키코는 깨진 비커를 들고 돌아갔다.

이후 그는 한동안 아키코에게 연락하지 않았다. 몇 번이나 아키코가 전화를 걸고 문자를 보내왔지만 그마저도 받지 않았다. 아키코에 대한 미안함이나 스스로를 제어하지 못한 것에 대한 자책감도 있었지만 또 다른 이유도 있었다. 연인을 생각하지 않을 수 없었다.

그즈음 연인은 그에게 질문을 시작했다. 조금은 초조한 듯 항상 핸드폰을 만지작거리는 그가 이상해 보이는 건 어쩌면 당연했다. 그는 아키코와 연락을 끊을 생각도 없었지만 연인과 헤어질 마음도 없었다. 그저 잠시 아키코와 연락을 하지 않고 시간을 보내면 해결될 것 같았다. 어느 날에든 인사를 건네면 아키코는 웃으며 답을 해 올 거였다. 그는 아키코의 모든 인사에 침묵으로 답했다. 그렇게 한 달이 흘렀을 때였다. 아키코는 그날도 메신저에 홀로 아침 인사를 남겼다. 이어 여행을 가게 되었다는 말을 덧붙였다. 떠나는 날짜와 비행기 시간이 차례로 화면에 나타났다. 오키나와행이었다. 문득, 그는 아키코가 오키나와가 아닌 그 섬으로 가는 것일지도 모른다고 생각했다. 행정구역상 그 섬으로 가기 위해선 반드시 오키나와를 거쳐야만 했다. 한동안 메시지를 채우지 않던 아키코가 다시 이런 말을 남겼다.

"보츠와나에 가 본 적 있어?"

보츠와나라면 그도 잘 아는 나라였다. 그곳은 아프리카 대륙에서도 비가 귀한 나라 중 하나였다. 비가 얼마나 귀하던지 그 나라에서는 화폐 단위도 '빗방울'일 정도였다. 물론 아키코의 다큐멘터리에도 등장하는 나라였고 빗물 연구소 안에서도 가장 많이 언급되는 나라였다. 아키코는 그의 대답을 기다리지 않는다는 듯 곧장 말을 이었다.

"보츠와나에서는 비가 내리는 날 태어난 아이를 가장 귀한 아이라고 여긴대."

화면을 보던 그는 자신도 모르게 자리에서 일어섰다.

"그래서 보츠와나 사람들은 세상의 모든 사람이 전부 귀한 존재라고 생각한대."

어쩐지 마음이 다급해지기 시작한 그가 아키코에게 배웅하겠다는 말을 남기려는 찰나였다.

"모든 사람은 태어날 때, 한 번씩은 비를 맞고 태어나니까 말이야."

그는 또다시 멈췄다.

"너는 비를 맞아 본 적이 없는 사람이야."

곧 아키코가 메신저에서 로그아웃했다. 그는 꼼짝없이 화면만을 바라봤다. 그 언젠가, 검은 물만 가득하던 세상으로 돌아간 기분이 들었다. 다리를 배에 붙이고 눈을 감은 채 거꾸로 둥둥 떠다니던 그 물속에서 간간이 들려오던 어머니의 말소리, 까르르 들리던 웃음소리가 들려오는 것 같았다. 그는 어느 순간 귀를 막으며 고개를 숙였다. 나 여기 있어요. 부르면 배를 부여잡고 신음을 내면서도 이어지던 그 웃음소리. 그러나 결국 어머니를 아프게 하면서 태어나게 될 텐데, 그는 그것이 싫었다. 그는 그 누구도 아프게 하고 싶지 않았다. 그래서 어느새 더욱 거세진 물살이 그의 몸을 밀쳤을 때도 그는 버티고 또 버텼다. 눈을 찌르는 빛이 들이닥치고 소독약 냄새를 풍기던 하얀 손이 물속을 휘저으며 그를 찾을 때까지, 그는 그대로 어머니의 물속에서 버텼다. 그것만이 모두를 해치지 않는 길이라 생각했다. 결국 열 달이 훨씬 더 지난 어느 날, 그는 촉진제를 맞고 태어났다.

"너는 항상 늦었지."

그가 지각을 하거나, 약속 시간에 늦게 나타나거나 하면 언제나 어머니는 산달의 이야기를 하곤 했다. 태어나고도 한참 동안 울지 않던 그 때문에 어머니는 한참을 울었다고 했다.

빗물은 지상에 내려오는 가장 깨끗한 물이다.

빗물의 산성도는 PH 6.2, 중성의 산성도 PH 7에 가장 가까운 물이다. 대학을 다니고, 대학원을 다니는 동안 그는 이 순수한 물을 찾아 헤맸다. 그러나 막상 그 물을 기꺼이 마시지는 못했다. 빗물 생수도 마찬가지였다. 그가 개발한 빗물 생수는 결국 시판되지 못했다. 무수한 사람들이 오고 가는 벽 앞에 전시되어 있는 빗물 생수를 보면서 그는 빗물을 마셔 보라고 건네던 아키코를 떠올렸다. 아키코와 이야기를 하고 싶었다. 오늘 아침의 날씨가 어땠는지, 출근을 위해 지하철에 오르면서 무슨 생각을 했는지, 아키코라면 들어 줄 것 같았다. 저 빗물 생수도 아키코라면 단숨에 마실 수 있을 것 같았다. 우산도 없이 빗속을 걷는 사람이니까. 그는 빗물 생수가 전시되어 있는 유리 찬장의 문을 열었다.

아키코는 돌아오지 않았다.

아키코가 떠난 지 겨우 몇 달이 흘렀을 뿐이지만 그는 아키코가 다시 오지 않을 걸 알 수 있었다. 점점 말라 가던 아키코의 몸, 호르몬 주사를 맞고 나면 갑작스럽게 다리가 저리다거나 두통이 몰려와서 괴로워한다는 걸 그는 잘 알고 있었다. 인터넷을 검색하면 나오는 후유증에 관한 이야기들은 일부러 읽지 않았다. 솔직히 말하자면 무서웠던 것이다. 그제야 그는 단출한 짐을 꾸릴 수 있었다. 어차피 가져가야 할 것은 별로 없었다. 그와 빗물 생수, 그뿐이었다.

섬은 그대로였다. 항구 가까운 곳에서 불을 밝히고 있는 빗물 연구소 또한 여전했다. 자연스럽게 연구소로 향하던 그는 되돌아 마을을 향해 걸었다. 산비탈을 따라 바다를 보며 늘어선 섬마을 집들은 여전히 저마다의 숙명처럼 빗물 탱크를 보듬고 있었다. 문득, 처음 이 섬에서 빗물 탱크를 만들어 설치했던 날이 떠올랐다. 그가 빗물 탱크를 처음 설치한 곳은 그 노인의 집이었다. 그때까지도 노인은 정정한 모습이었다. 노인은 더위 속에서 빗물 탱크를 만들어 올리는 그와 연구원들에게 차갑게 식힌 보리차를 가져다주며 말했다.

"이 섬은 실상 빗물의 섬이에요. 빗물이 섬사람들을 살린 거예요."

노인이 거듭 고마움을 표시하며 그렇게 말했을 때, 사실 그는 그 말을 완전히 믿지 못했었다. 이렇게 메마른 빗물의 섬이라니, 무엇보다 그럼에도 그것을 감사하게 생각하는 사람들이라니. 도무지 납득할 수 없었다. 하지만 지금은 알 수 있다. 섬은 우기가 짧은 곳이 아니었다. 다만 건기가 조금 길게 이어지는 곳이었던 거다. 빗물을 귀하게 여기며 기다릴 줄 아는 사람들이 있기에 그 섬은 어떤 곳보다 풍족한 빗물의 땅이 될 수 있는 거였다. 언제나 물속에 있었기 때문에 그것이 귀한지 모르는 그와 같은 사람들만 미처 알지 못했던 것이다. 만약 그때 그것을 알았더라면. 그는 아마 아키코 앞에서 빗물을 마셨으리라. 아키코의 이름이 떠오르자 등부터 뼈근한 통증이 느껴졌다. 그는 가슴을 움켜쥐는 대신 빗물 생수가 들어 있는 가방을 고쳐 매며 계속해서 발걸음을 옮겼다. 그렇게 한참을 걷고서야 비로소 그는 빗물연구소를 지나 바다가 비껴 보이는 호텔 앞에 다다를 수 있었다. 대만호텔, 어둑해진 날을 따라 대만호텔의 간판에도 불이 들어오고 있었다. 그는 노인이 해 줬던 호텔에 관한 이야기를 떠올렸다.

아키코가 섬을 떠나고 얼마 후의 일이었다. 때가 되면 섬사람들은 옥수수니, 감자니 과일이니 이런 것들을 챙겨 와 연구소에 나눠 주곤 했다. 그날도 섬사람들은 이제 막 딴 것이라며 그에게 줄 복숭아를 바구니에 챙겨 왔다. 그날은 섬에서 가장 오래 산 그 노인도 사람들과 함께 연구소를 찾았다. 그도 노인을 좋아했다. 노인은 가끔씩 혼자서도 연구소를 찾아와 그를 물끄러미 바라보기만 하다가 돌아가곤 했다. 그는 어쩐지 그 눈빛이 힘겹지 않아서 그저 묵묵히 실험을 하고 노인이 가져온 도시락을 나눠 먹었다. 그날은 노인이 도시락이나 과일 대신 다른 걸 가져왔다. 처음 보는 열대어였다. 노인은 신기한 듯 유심히 열대어를 보는 그를 잠시 물끄러미 바라보았다. 그러다 순식간에 빗물을 담아 둔 비커에 열대어 두 마리를 집어넣었다. 놀란 그가 이건 빗물인데, 라고 하자 노인은 이렇게 말했다.

"아키코 참 예쁜 사람."

노인은 늘 싫은 것보다 좋은 걸 먼저 말하는 사람이었지만, 단 하나, 본토 사람들만큼은 좋아하지 않았다. 오키나와에서 나고 자란 조선인이었던 노인은 전쟁이 터지자 가장 먼저 본토로 끌려가 그 고초를 겪어야 했다. 아무리 전쟁 중이었고 본토와 수도, 지방과 식민지 같은 개념이 분명한 나라였다고 해도, 같은 나라 사람에게까지 어떻게 그럴 수가 있는지, 그는 도무지 이해가 되지 않았다. 그렇기에 노인의 한구석에 고인 그 단호함을 이해할 수 있을 것 같았다. 그런데 그런 노인이 '아키코'

라고 발음했다. 그 발음에선 어떤 공격성도 느껴지지 않았다. 열대어는 아키코가 노인에게 준 선물이라고 했다. 그는 노인의 말에 빗물 안에서 유유히 돌아다니는 열대어 두 마리를 바라봤다

"열대어가 반드시 바다에만 살란 법 없지요."

노인이 그런 말을 했던 것도 같다. 그러나 그 기억은 곧 희미해졌다. 노인이 그날 다른 이야기를 하나 더 해 주었기 때문이다. 그것은 대만호텔에 관한 것이었다.

"결혼식을 봤어, 아름다운."

노인은 평생을 혼자 살았다고 했다. 전쟁이 끝난 직후 노인은 본토에 있었다. 그러나 위안부라는 꼬리표는 노인을 고향이 아닌 섬으로 흘러들게 했다. 섬에 발을 디뎠을 때 노인이 가장 먼저 본 것은 바닥이 전부 갈라진 가뭄의 흔적이었다. 그러나 노인은 곧 이 섬에 살기로 생각을 굳혔다. 그것은 바로 가뭄의 흔적을 다 지워 주던 호텔에서의 기억 때문이었다. 섬에 들어온 저녁, 따뜻한 불빛과 아름다운 노랫소리에 이끌려 간 호텔은 문을 활짝 열어 두고 있었다. 자세히 보니 결혼식이었다. 아무도 드레스를 입지 않았고 아무도 턱시도를 입지 않은 모두의 결혼식이었다.

"아름다운 결혼식이었어요, 아키코 같은 사람의."

그도 알고 있었다. 섬으로 가기 전 인터넷 뉴스를 통해 본 것이 있었다. 결혼식에선 본토로 끌려가 죽은 수

많은 이들의 영혼결혼식이 이루어졌다고 했다. 대만인이든 한국인이든 일본인이든 전혀 상관없었다. 노인은 자신도 모르게 그 결혼식의 가운데 가만히 서 있었다. 누구도 노인을 제지하지도, 모른 척하지도 않았다. 노인은 그곳에서 자신이 사랑했던 이의 유품을 꺼내 놓았다. 작고 아름다운 새가 그려진 비녀였다. 그 역시 노인처럼 위안부로 끌려온 이였다.

"그날은 나도 아름다웠지요."

노인이 위안부로 끌려간 곳에서 온갖 고초를 겪으면서도 살아남을 수 있었던 건 그 사람 덕분이었을 것이다. 노인은 웃고 있었다.

그래서,

결국은 다시 한 사람에 대하여.

우산도 없이 빗속을 걷던 오직 한 사람. 그 사람을 떠올리자 그에게서 알 수 없는 말들이 쏟아져 나오기 시작했다.

"나는 내가 태어난 순간을 기억하는 줄 알았어."

입술을 깨물던 그는 가방에서 빗물 생수를 천천히 꺼내었다. 조금씩 흐려지던 그의 눈앞으로 맑은 액체가 흘러내렸다. 오래전, 거꾸로 뒤집힌 채 종일 물속에 잠겨 있던 그곳의 냄새와 익숙한 감각이 전해져 왔다. 빗물이 눈과 코와 입으로 흘러내리자 그의 입에서 이내 커다란 울음이 터져 나왔다.

발밑으로 대만호텔의 환한 불빛이 천천히 번져 나갔다. 누군가 그의 손을 잡았다고 느꼈을 때였다. 어느새 선명한 그림자 두 개가 바다를 향해 서 있었다.

내가 처음 비를 맞은 건 바로 그곳, 대만호텔이었다.

작가의 말

　무언가를 쓰는 사람이 돼서 좋았을 때가 두어 번 정도 있었다. 우선은 『줄리아나 도쿄』가 나왔을 때였다. 엄마가 '작가의 말'을 읽고 정말 좋아했다. 그 소설 속 인물들 곳곳에 스며 있는, 마음이 어렵던 시절 내 곁에 있어 준 친구들 또한 정말 많이 좋아해 주었다. 더욱 최근에는 부산에서 있었던 북토크에 동생의 지인이 내 독자로 오셨고 이후에 그 분께서 동생에게 나에 대해 좋은 말을 해 준 덕분에 동생이 무척 좋아했다는 것이다. 그리고 또⋯⋯.

　생각해 보면 작가가 돼서 좋았던 점은 모두 사람과 연관되어 있다.

　꼭 지금일 필요는 없으니 언젠가는 책으로 묶어 보

자고 스스로를 설득해야 했을 만큼 많은 고민을 했으나 끝내 이 단편집에는 싣지 않게 된 등단작인 「아돌프와 알버트의 언어」는, 사실 아빠를 이해하기 위한 나만의 과정을 소설화한 것이었다. 중심인물이 1980년대를 경유한 외국인 남성과 한국인 여성인 데다가 서사의 중심엔 광주민주화항쟁이 놓여 있어서 사람에 따라 그 결을 다르게 읽을 수 있겠으나 정작 내가 그 소설을 쓰기 시작한 가장 큰 이유는 아빠라는 사람이었다. 그런가 하면, 『줄리아나 도쿄』는 엄마에 관련한 어떤 기억과 나를 다시 나로 살게 해 준 친구들의 호의가 작품 전반의 주제의식에 큰 영향을 주었다. 그리고 이 단편집의 표제작인 「소녀 연예인 이보나」 또한 그러하다.

　「소녀 연예인 이보나」는 2019년 6월에 작업을 시작하여 6월 30일에 퇴고하였고 7월 초에 완성된 원고를 넘겼다. 그 직전 『줄리아나 도쿄』가 출간되었고 이후 몇 개월 동안 나는 새로운 소설을 생각하지 못하고 있었다. 그것은 『줄리아나 도쿄』가 막 출간되어서이기도 했지만 나를 키워 주었던 할머니와 할아버지가 갑자기 세상을 떠났기 때문이기도 했다. 할머니와 할아버지가 죽고 나서야 나는 죽음이라는 단어를 실감한 것 같다. 무언가를 제대로 알지 못한 채 썼다는 말 또한 그제야 실감했는데, 그 순간이 되자 「괴수 아키코」에 내가 썼던 문장들이 나를 똑바로 가리키며 걸어오는 것만 같았다.

그러니까 이를테면 "아버지는 죽었다. 사라진 것이 아니었다." 같은 말. 한껏 아는 척을 해 보였으나 그 소설을 쓸 때까지도 나는 사실 죽는다는 게 뭔지 몰랐던 것 같다. 내가 살아서는 이제 결코 다시 보지 못할 사람이 생긴다는 것, 사람은 죽었는데 그 기억은 고스란히 남는다는 것, 누군가 살아 있을 때 '다음에 하지 뭐' 하고 넘겨 버렸던 사과나 사랑의 말들을 이제는 절대 할 수 없다는 것, 그것이 그렇게 고통스러운 것인지 그땐 정말 몰랐었고……. 그러니까 「소녀 연예인 이보나」의 시작은 그냥 할머니와 할아버지가 보고 싶어서 쓴 것이다. 현재를 기점으로 1920년대까지 시대적 배경을 거슬러 올라가는 이 소설의 시작점은 그러했다. 나는 1920년대를 전혀 알지 못했다. 관심이 없었다는 게 정확하다. 그러나 '계속해서 불리는 것들은 모두 사라진 것들뿐이다.'라는 귄터 그라스의 말처럼 나는 그들이 온전히 사라진, 죽음 이후에야 그들이 어떻게 살아왔는지 궁금해졌다. 그리고 깨달은 사실은 그들이 태어나 살아온 시간들과 내가 살아가고 있는 현재가 여전히 연결되어 있다는 것이었다. 이 연결은 어떤 점에서는 시대와 역사 속 폭력의 반복이었고 또 다른 점에서는 그럼에도 불구하고 한 인간이 인간으로서의 존엄을 포기하지 않고 통과하며 이뤄 낸 것들의 반복이었다. 할머니와 할아버지를 만나고 싶어서 시작한 세계는 그렇게 구축되었다.

「오늘의 일기예보」의 경우는 「소녀 연예인 이보나」의 후반부 화자가 겪은 현대사(1996년 연세대 여총학생회 사건)를 그 이후의 세대인 현재 관점에서 펼쳐 보인 것이다. 이 소설을 통해 내가 하고자 했던 말은 애도의 시간, 사과를 할 자격에 대한 것이었다. 나아가 용서라는 것은 누군가 피해자에게 부여하거나 피해자가 부여받는 게 아니라 오로지 피해자만이 누군가에게 부여할 수 있다는 걸 말하고 싶었다. 또한 가장 개인적이라고 취급되는 사랑과 공적 영역의 혁명이 분리되어 '대의'를 실현한다는 미명하에 개인이 짓밟혔던 과거들이 반복되지 않길 바라는 점이었다.

「생물학적 제인」의 경우 쓰는 시간 자체는 매우 짧았지만 오랜 시간 공들여 조사를 하고 생각을 반복한 까닭에 정작 쓰기까지의 시간이 매우 오래 걸린 작품이다. 이 소설을 쓰기까지 과연 나라는 사람이 기지촌 이모들에 대해 말할 자격이 있는가에 대한 고민이 깊었다. 나는 그들에 대해 말할 수 있는 사람인가, 내가 그들의 이야기를 재현한다는 명목으로 혹여 상처를 주지는 않을까. 일 년 정도, 이런 고민에 매우 고통스러웠다. 그들에 대해 조사하고 생각하며 나 또한 처음엔 '기지촌'이라는 프레임을 가지고 그들을 대했을지도 모른다는 생각이 들었다. 결국 다큐멘터리의 형식을 차용한 것도 그런 이유에서였다. 누군가에게 프레임을 씌우는 것, 그것을 최대한 지양하고자 노력하며 공들인 작품이었다. 이 자리를 빌어 이름을 밝히는 것보다는 이야기를 밝히게끔 허락해 주신, 「생물학적 제인」의 이모들께 감사드린다.

「우리의 소원은 과학 소년」의 경우는 그저 사랑에 대해 쓰고 싶었다. 「과학 하는 마음」이 현재 시점에서 동아시아의 과학과 기술의 양면, 그러니까 국가의 발전을 위해 혐오를 서슴지 않았던 제국과 한국의 현대사에 대해 문화사적으로 접근하여 쓴 것이라면, 「우리의 소원은 과학 소년」의 경우는 근대까지 시간을 확장해 폭력과 혐오의 범위를 '여성과 국적'에서 여성과 국적, 그리고 퀴어라는 성정체성 측면으로까지 넓혀 보고자 했다. 과학 소년이 되고 싶었으나 죽음으로 내몰린 여성과 퀴어, 그리고 그들로 상징되는 국가의 정책에 부합하지 못한 모든 사람들에 대한 이야기. 그러나 결국 두 작품 모두 내가 가장 하고 싶었던 이야기는 사랑에 관한 것이었다. 그러니 과학, 이라기보다 '마음'에 방점을 찍고 과학소년, 보다는 '우리의 소원'에 눈길을 주며 읽어 주길 바라는 마음이다.

「조만간 다시 태어날 작정이라면」은 앞으로 하고 싶은 이야기들을 생각하며 쓴 소설이다. 나는 내가 지방 출신이라는 것에 자그마한 자부심 같은 게 있다.

「괴수 아키코」와 「대만호텔」은 어쩌면 위의 소설들과 동떨어진 내용이라고 생각하실 수도 있을 것이다. 이

두 소설은 모두 「소녀 연예인 이보나」 이전에 쓴 소설이다. 「괴수 아키코」의 경우는 내가 다시 소설을 쓰기 시작한 이후 세계관의 시작점이라고 생각한다. 1980년대를 조명한 어느 책 한 면에 흑백사진으로만 남아 있던 여성 노동자들의 스트리킹 시위 사실, 어째서 이들의 시위는 알려지지 않았던 것일까. 노동자라고 한다면 남성 노동자, 대학생만을 떠올렸던 내 지난 날들의 어떤 '당연함'에 관한 생각, 사진 속 기름때로 더러워진 속옷의 주인들에 대한 생각…… 소설을 쓰기 시작하며 정말 내가 하려던 말이 무엇인지 생각하게 해 주었던 소설이다. 「대만호텔」은 「괴수 아키코」 이전부터 「괴수 아키코」를 시작한 시점까지, 겪어 온 일련의 사건들로부터 깨달은 한 가지에 대해 말해 보고자 한 소설이었다. 그것은, 사람이 태어나는 건 비단 생물학적인 사건만이 아니라는 점이었다. 사람은 자신으로 살게 해 준 누군가를 만났을 때 다시 태어날 수도 있고 원하는 것을 발견했을 때 다시 태어날 수도 있다는 사실을, 나는 힘든 시절 나를 지지해 주던 친구들과 기꺼운 호의를 보여 준 이들로부터 깨달을 수 있었다.

소설은 사람에 따라 다양하게 읽는 것이 당연하다고 생각하기에 이렇게 작가 의도를 일일이 밝히는 것이 혹여 독서를 방해하는 것이 아닐까 걱정이 되기도 한다. 하지만 그저 친구와 "오늘 뭐 먹었어? 왜 그게 먹고 싶었어?" 하는 질문과 대답을 묻고 듣는 것처럼 가벼운 마음으로 전하는 이야기 정도로 생각하고 봐 주시면 감사할 것 같다.

할머니가 떠나고 몇 개월 즈음 흘렀을 때 처음으로 꿈에 할머니가 나와 주었다. 분명 보고 싶었다는 말이 가장 먼저 나올 줄 알았는데 정작 꿈에서 할머니를 만났을 때 내가 한 말은 나를 용서해 줘, 였다. 할머니가 아직 살아 계셨을 때 나는 자주 누군가를 그만 잊으라는 말을 했었다. 위로와 사랑이라는 말을 빌린 폭력과 무시였다는 것을 지나고 나서야 깨달았다. 할머니에게 애도할 시간을 조금 더 주었다면 어땠을까. 왜 나는 위로조차 다른 사람을 흉내 냈을까……. 이런 생각 속에서 시작된 소설들이 이 단편집을 만들 수 있게 해 주었다. 내가 「소녀 연예인 이보나」에서 썼던 문장, "경험해 보지 못한 세계는 좋아하는 사람들을 통해 봐야 한다."라는 그 문장을 스스로에게 빌려와 내 외연과 내면을 확장하게 해 준 할머니와 할아버지께 감사드리고 싶다. 만약 조만간 다시 태어날 작정이라면 꼭 다시 나와 만나자는 말도.

그리고 엄마와 아빠, 언니와 동생에게 항상 감사한다. 글 쓰는 사람의 옆자리를 지켜야 하는 사람들의 인내에 항상 미안함과 감사함을 느끼고 있다. 편집에 애써 주신 김화진 편집자께도 감사를 드린다. 추천사를 써 주신 이장욱 작가님과 해설을 써 주신 인아영 평론가님께도 이 지면을 빌어 감사를 전한다. 더불어 내가 사랑하고 나를 사랑하는 사람들, 이토록 기나긴 현재 위에서 있음에도 불구하고 선한 의지, 그리고 마음과 사랑이라는 단어에 호감을 갖게 해 준 내 주위의 모든 사람들에게 감사를 보낸다. 언제나 함께 하겐다즈 마카다미아 맛을 먹고 싶은 여름을 맞이하여, 이제는 '낙관하자'가 아닌 '낙관한다'를 말할 수 있을지도 모르니 부디 모두들 건강하기를. 이렇게 다시 나는 낙관할 것이다. 사랑의 지속을.

2020년 7월
한정현

우리는 더 많은 사랑과 아름다움을

인아영(문학평론가)

1

한정현의 첫 번째 소설집 『소녀 연예인 이보나』는 일제 강점기부터 시작해 해방, 분단, 군부 독재, 민주화 운동, 그리고 오늘날에 이르는 한국 근현대사를 배경으로 잊히거나 누락된 이들의 계보를 다시 쓰는 책이다. 시간적으로는 한 세기가 넘는 기간을, 공간적으로는 한반도, 일본, 미국을 중심으로 한 동아시아 및 제국을 가로지르는 이 소설들은 국가 폭력과 젠더 규범의 억압 속에서 제대로 명명되지 못한 이들에게는 제 목소리를 부여하고, 머무를 곳을 찾지 못한 이들에게는 제자리를 마련해 준다. 이로써 한정현의 전작인 장편소설 『줄리아나 도쿄』에서 빛났던 여성과 퀴어의 우연하고 아름다운 만남은 방대한 역사적 맥락을 종횡하는 문화사적 기획으로 확장되었다.

이 소설집에서 「소녀 연예인 이보나」, 「우리의 소원은 과학 소년」, 「생물학적 제인」, 「과학하는 마음 ─ 관

광하는 모던 걸에 대하여」, 「오늘의 일기예보」, 「조만간
다시 태어날 작정이라면」이라는 여섯 편의 소설은 서로
긴밀하거나 느슨하게 연결되면서, 혈연, 우정, 연애로 관
계 맺고 있는 인물들이 교차하는 연작 소설의 성격을 띤
다. 먼저 이 연작에 등장하는 수많은 인물들을 소개하
자면 크게 두 축으로 나뉜다. (1)한 축에는 4대로 이어
지는 한국 근현대사의 여성/퀴어 예술 노동자/지식인
집안과 그 이웃이 있다. 혈연으로 이어지는 유순옥(1대
만신)-희(2대 만신이자 대무녀)-주희(여성국극 배우)-제
인(주희의 조카)이라는 예술 노동자/지식인, 그리고 이
들과 긴밀한 사랑과 우정을 나누는 해녀 이 씨(주희와
함께 활동한 제주 출신 여성국극 배우), 한서(제인과 함께
자란 이웃. 시 연구자), 보나(고전 번역원을 다니는 한서의
조카)가 그들이다. (2)다른 한 축에는 한반도 너머 일본,
미국 안팎에서 이들의 역사와 연루되는 사람들이 있다.
이들에게 관심을 보이며 한서에게 연락한 메리(국가폭력
에 관한 다큐멘터리를 찍는 미국인)를 중심으로 제니(다
큐멘터리의 주인공, 주한미군 흑인 아버지와 한국인 기지촌
어머니 사이에서 태어난 혼혈), 제시카(메리의 연인), 로지
이모(제시카의 어머니. 과거 여공), 윤선영/영선(메리를 기
른 어머니. 미국 이민자), 경아(다큐멘터리의 조력자, 기지
촌 및 과학사 연구자)와 그녀의 초중고 동창들(영애, 지윤,
수연), 하마구치 사츠케(경아의 연인, 재일조선인 연구자)

가 그들이다. 이들은 여섯 편의 소설에서 때로는 중심적으로 때로는 주변적으로 등장하면서, 서로 이어졌을 때라야 비로소 온전한 존재로 구성되는 입체적인 이야기를 축조해 낸다.

함께 수록된 작품 중 「괴수 아키코」와 「대만호텔」에 등장하는 인물들은 앞서 연작으로 보이는 소설들과 직접적으로 연결되지는 않는다. 그러나 이 책에 등장하는 수많은 인물들은 국가와 민족, 젠더와 이념의 경계 위에 있는 소수자들이라는 공통점을 가지고 있다. 『소녀 연예인 이보나』는 언뜻 서로 연결되지 않을 것 같던 소수자들을 이어 주며, 이들이 하나의 점에서 만나 반짝일 수 있는 공간을 마련해 준다. 이 수많은 이들은 때로는 우연히 때로는 필연적으로 만나 서로의 강인함과 아름다움을 발견한다. 이들이 서로를 비추고 읽어 내면서 그어지는 무수한 연결선들은 단지 비가시화된 존재들을 가시화하는 것이 아니라, 혹은 이분법적인 경계를 무화하거나 교란하는 것이 아니라, 그간 한국 근현대사에서 경직된 방식으로 상상되어 온 몸과 마음의 역사를 재배치하고 그로부터 갱신되는 아름다움을 만들어 낸다.

2

「소녀 연예인 이보나」는 이 방대한 이야기의 기원이
자 밑그림이 되는 소설이다. 여기에는 식민지 조선에서
출발하여 4대째 이어지는 퀴어/여성 예술 노동자의 계
보가 흐른다. ①경성 최고 권번을 졸업하고 동경 유학
후 귀국하여 1대 만신이 된 유순옥. ②집안의 유일한 남
성으로 어머니 유순옥을 이어 2대 만신이자 대무녀가
되었지만 해방 후 빨치산들이 내려오자 산 채로 땅에
묻힌 트랜스젠더 희. ③해방 후 일본 대학에서 공부하
던 중 순사에 의해 강제로 조선으로 추방되어 크로스드
레싱 여성 국극 배우가 된 주희. ④주희의 조카로 서울
대학교 시위 중 총에 맞아 사망한 트랜스젠더 대학생 제
인. 이들을 통해 소설은 1900년대부터 오늘날에 이르기
까지 쉽사리 혐오의 대상이 되어온 퀴어/여성 예술 노동
자들이 이념, 젠더, 편견으로 폭력과 차별을 겪어 온 정
황을 성실히 짚어 낸다. 그리고 한국 근현대사에서 당연
한 뼈대로 전제되어 온 이성애 정상가족의 계보 바깥에
서, 트랜스젠더와 동성애자를 비롯한 성소수자들이 생
물학적 번식에 얽매이지 않고도 '대'를 이어 얼마나 풍
성한 문화적 유산을 생산하고 수호해 온 주체였는지 보
여 준다.

무엇보다 이 소설은 무속, 예술, 문화의 영역에서 국

가, 민족, 젠더라는 경직된 경계를 넘어서는 순간에 생성되는 아름다움을 포착해 낸다. 주희가 동경에서 경성으로 가는 배 안에서 만난 해녀 이 씨와 옷을 바꿔 입고 자유를 느끼거나, 여성국극단에서 주희는 선화공주 역으로 이 씨는 장군 역으로 젠더를 교차하여 무대에 서는 크로스드레싱의 장면은, 경계 위에서 새로운 아름다움을 창안해 내는 수행적인 실천의 순간을 드러낸다. 이러한 실천은 선험적으로 부여받거나 사회적 규범이 강제하는 곳이 아니라 자신이 발 딛고 선 제자리에서 이루어졌을 때 비로소 빛난다. 지금껏 넷째라고 불려 왔던 해녀 이 씨가 주희로부터 '이보나'라는 이름을 선물받고 난 후 "사람이 된 기분"(55쪽)을 느끼고, 남자의 몸으로 태어났지만 여성으로 정체화한 제인이 스스로 이름을 만들어 호명하는 것도 그 때문이다. 이 겹겹의 이야기는 제인과 함께 자란 이웃이자 훗날 시 연구자가 된 한서의 목소리로 전달된다. 트랜스젠더인 제인을 사랑하면서도 그 사랑이 이상한 것인지 혼란스러워했던 한서는, 그러나 이태원의 미군 클럽에서 드레스를 입은 아름다운 제인이 "노래는 다 듣고 가지. 소리는 경계가 없잖아."(76쪽)라고 말했던 순간을 기억한다. 소리와 음악에 경계가 없듯, 사랑에도 경계가 없으니까, 이상해도 아름답고 이상해서 아름다운 사랑도 있음을 깨달은 순간을.

한편「우리의 소원은 과학 소년」은 식민지 경성을 배경으로 레즈비언 연인인 간호원 안나 서와 연애소설가 윤경준의 사랑 이야기를 그린다. 이화학당 졸업생이자 제중원 간호원인 안나는 자신을 낳자마자 과다출혈로 사망한 어머니가 남긴 마지막 말 "이 아이에게 이름을 주세요. 이름을 불러 주세요."(247쪽)를 인생으로 받아 안듯, 누구의 딸이라고 자신을 소개하지 않고 스스로 지은 이름 '안나'로 살아간다. 동경발 '과학'과 남성 중심적 탐정소설이 인기를 끌던 당시, 소설에 과학소녀를 등장시키고 여학생들끼리 사랑하는 이야기를 썼다고 비난받던 연애소설가 경준 역시 태어날 때 부여받은 이름 '경아'와 여성이라는 성별을 버리고 삶을 개척해 나간다. 남장 여자, 여장 남자, 동성애자들이 변태성욕자로 명명되어 제국의 경찰에게 잡혀가고 동성 연인들의 자살 소식이 끊기지 않던 1920년대 경성에서 두 사람은 이번 생에 주어진 젠더 규범으로부터 자유로워져 "현생 친구, 전생 연인 말고 전생 친구, 현생 연인이 되고 싶다"(259쪽)고 간절하게 바란다. 안나는 수양아버지의 주선으로 결혼과 이혼을, 경준은 군 위안부로 끌려간 이후 임신과 출산을 겪지만, 결국 안나의 게이 친구 수성의 도움으로 두 사람은 대서양 건너 미국으로 떠나는 배에 올라탄다. 여성이자 퀴어로서 식민지 제국에서 온당한 시민권을 부여받지 못하고 바다라는 또 다른 경계 위에 서게 된 이들은 끝내 담담하고 단단한 목소리로 말한다. "낙관하자."(266쪽) 이 낙관은 눈에 보이는 세상이 전부라고 믿지 않고 갖고 싶은 이름을 스스로에게 지어 주는 사람의 의지로부터 시작되어 다음 세대로 이어질 것이다.

한국 근현대사의 퀴어적인 계보를 읽어 내는 동시에 여성 예술 노동자들의 문화적 생산을 발굴해 내는 이 두 소설에 해방적이고 전복적인 가능성이 있다면, 젠더, 계급으로 인해 억압과 차별을 받았음에도 예술의 영역에서만큼은 자유로운 꿈과 사랑을 가까스로 희망했던 이들의 욕망까지 읽어 냈기 때문일 것이다. 그러나 그 욕망의 목소리는 동시대 인물인 한서, 선영, 메리의 목소리로 전달되면서, "케이팝과 한국문학은 이제 한국에서 일본으로 그 경계를 넘어서고"(79~80쪽) 있음에도 여전히 여성 연예인들을 혐오와 폭력으로부터 지켜 낼 안전망이 취약할 뿐만 아니라 "동성혼이 불법"(277쪽)이고 "군대가 성전환한 군인의 복무를 거부"(285쪽)하고 있는 현재의 한국 사회에서 낙관이 얼마나 더 가능해졌는지 묻는다. 이것은 한국의 옛날이야기가 아니라 "혹시" "어쩌면" "지금 여기" "우리의 이야기"(286쪽)이니까.

3

국가 폭력과 성적 억압으로 얼룩진 현대사에서 누락된 소수자들을 그려 내는 작업은 이들의 목소리를 소설이라는 양식에서 어떻게 재현할 수 있을까? 한정현은 다큐멘터리 인터뷰와 논문이라는 형식을 차용하여 겹겹의 구조를 만들고 그 안에서 여러 목소리들을 교차하고 배치함으로써 역사에서 누락된 이들의 맨얼굴을 입체적으로 조명한다.

「생물학적 제인」은 1980년대 용산과 이태원을 출발점 삼아 흑인 주한미군과 기지촌 여성, 그리고 그들 사이에서 태어난 혼혈인 2세의 목소리와 복잡한 정체성을 담아낸다. 이 소설은 두 부분으로 나뉘어 있다. 전반부에는 국가 폭력에 관한 다큐멘터리를 찍는 미국인 여성 메리가 그 과정을 도와준 한서와 조카 보나에게 보내는 편지 형식으로 이루어져 있다. 메리의 감사 인사에 그녀의 레즈비언 파트너의 어머니이자 2차 세계대전의 여공이었던 로지 이모, 평택의 기지촌 여성인 캔디의 목소리와 교차되면서, 소수인 타인을 응시하고 재현하는 작업에 대한 고민이 스며든다. 후반부에는 메리가 편지와 함께 동봉한 다큐멘터리「생물학적 제인」의 인터뷰들이 활자화되어 전개된다. 이 다큐멘터리의 주인공이자 인터뷰이인 제니는 뉴욕에서 자란 여성으로서 흑인 장교인 아버지와 백인 변호사인 어머니 아래에서 양육되었지만, 용산의 기지촌 여성인 친어머니 제인을 찾기 위해 아버지와의 갈등을 뒤로 하고 스무 살 무렵 한국으로 떠난다. 제인이 생물학을 공부하고 싶어 했지만 끝내 기지촌에서 자살하고 말았다는 사실을 알게 되지만, 제니는 "나를 기억해 주는 사람도 있을까."(169쪽)라고 적었던 그녀의 유서를 곱씹는다.

"기지촌 여성, 성 노동자, 위안부 이런 거 말고……."(145쪽) "그냥 이모에 대해서" "그냥 캔디"(146쪽)에 대해서 이야기해 보자는 메리의 제안은, '생물학적 어머니'를 그저 나름의 욕심과 희망과 슬픔을 가지고 있었던 한 명의 '생물학적 제인'으로 기억하려는 제니의 시선으로 옮겨 온다. 이는 국가 폭력과 성적 억압으로 얼룩진 한국 현대사의 피해자인 이들에게 천편일률적인 '피해자 정체성'과 '올바름'을 덧씌우는 대신, 따뜻하고 다정한 동시에 편견과 적의에 가득 차 있을 수도 있는 평범한 "그냥, 나 같은 여자들"(143쪽) 앞으로 조심스럽게, 그러나 가까이 다가가 본다.

「과학하는 마음 ─ 관광하는 모던걸에 대하여」는 논문 메모의 형식을 빌려, 한국에서 전후 일본의 과학기술사를 연구하는 경아와 재일조선인 연구자 하마구치 사츠케가 도쿄와 서울을 오가며 10년째 이어 나간 연애를 다룬 소설이다. 10년 전, 경아는 영화 「극사적 로맨스」

에 관한 글을 트위터에 올린 일을 계기로 열한 살 연상의 재일조선인 사츠케를 알게 되고 친절하고 예의바른 그와 사랑에 빠진다. 처음 만난 순간부터 사츠케가 좋았던 경아는 둘 사이에 가로놓인 장벽들을 생각하며 차마 사귀자는 말을 섣불리 꺼내지 못한다. "내가 노력하면 된다는 생각은 곧, 그런데 무엇을 노력한단 말인가, 사랑을? 국적을? 재일을? 한국을?"(188쪽) 그러면서도 경아는 오로지 사츠케를 계속 보고 싶다는 마음만으로 불확실성을 감당하면서, 한국에 갈 수 없는 사츠케 대신 10년 동안 비행기로 도쿄와 서울을 오간다. 우연히 사츠케의 본가에 가게 된 날, 사츠케와 결혼한다면 국적은 어떻게 할 것이냐는 그의 어머니의 물음에 경아는 10년간 금기어였던 "우리, 미래, 사랑, 결혼, 국적"(193쪽)이라는 단어를 떠올리며 어떤 '마음'의 문제에 도달하고야 만다. "나 관광객 맞는데."(194쪽)라고 말하는 경아와 "내가 집이 어딨어."(198쪽)라고 말하는 사츠케에게는 국적과 민족이 단단한 소속감을 주지 못하며, 사랑과 결혼이 안정적인 영토가 되어 주지도 못하는 것이다.

그러나 경계 위에 서있는 경아의 불안은 2019년 일본 히츠토바시 대학교의 발표장에서 만난 한주의 이야기와 겹쳐지면서 다른 맥락을 얻는다. (한정현의 전작 『줄리아나 도쿄』의 주인공이기도 한) 한주는 재외 한인 여성, 특히 조선적 재일 여성을 '관광'이라는 개념으로 설명하는 글을 발표한다. "시선에서 가장 자유로우면서도 속박되어 있고 권력의 위치의 최하위에 있으면서도 최상위에 있"(178쪽)다는 관광자의 이중적인 속성을 인식하면서, 이제 경아는 정말 많이 좋아하는 것을 위해서는 어디든 갈 수 있을 거라는 믿음으로 '마음'에 더 충실해지기로 한다. 이 믿음은 자신의 취약하고 불안정한 조건을 긍정하면서도 자신의 선택에 따라 움직이며 사랑하는 사람으로 향하는 마음 그 자체이므로.

4

한편 1980년 광주 민주화 운동과 1996년 연세대학교 여총학생회 사건이라는 한국 현대사의 질곡이 지금 우리가 살아가고 있는 일상과 얼마나 불가분하게 연결되어 있으며 지속적으로 영향을 끼치고 있는지 살펴보는 소설들도 있다.

「오늘의 일기예보」는 날씨 좋은 토요일 점심에 세탁과 청소를 끝낸 보나가 종로와 광화문 쪽으로 외출했다가 귀가하는 하루를 그린다. 고전번역원에 다니는 평범한 직장인으로 지방에 계시는 부모님이 아닌 고모와 27년 동안 같이 살아온 보나의 한낮은 일견 평온하고 건조해 보인다. 그러나 보나의 이야기는 1996년 연세대학교

여총학생회 사건으로 온갖 추행과 고문을 당하면서 '그 9일 동안의 일'을 겪은 고모 한서의 과거, 그리고 한서가 오랫동안 사랑해 온 사람이자 서울대학교 시위 중 총에 맞아 사망한 트랜스젠더인 제인의 죽음과 교차되면서, 복잡하게 얽혀 있는 학생운동의 역사에서 짓이겨진 피해자들의 자리를 묻는다. '그 일' 이후 집으로 돌아온 한서를 방문한 학교 친구는 1990년대 학생운동에서 모두가 이야기했던 혁명의 성격을 다시 생각한다. "한서는 한 사람을 사랑해 보았으니까. 그래서 모두를 위한 혁명도 말할 수 있었던 것 같아요."(112쪽) 제인을 온 마음으로 사랑해 본 한서는, 사랑이냐 혁명이냐는 질문 앞에서 갈등하는 사람이 아니라, 사랑과 혁명을 동시에 상상하는 사람이었을지도 모른다고 말이다. 사랑 없는 혁명, 일상과 분리된 정치, 개인이 누락된 대의가 애초에 한 번도 가능한 적 없었다는 진실은 날씨 좋은 주말 오후 753번 버스를 타고 시위하는 사람들이 대거 나온 광화문을 천천히 지나가는 보나의 동선 안에 이미 스며 있다.

「조만간 다시 태어날 작정이라면」은 1985년에 항구를 낀 지방의 소도시에서 태어난 동갑내기 초중고 동창인 30대 중반 여성 네 명이 함께 여수로 떠난 기차 여행길의 한 자락을 담고 있다. 삼포 세대이자 아이엠에프 키즈로 불렸던 이들은 저마다의 다양한 내력, 직업, 가족관계를 가지고 있다. 남자에게 친자 포기 각서를 받고 혼자서 딸을 기르는 비혼모 변호사 영애, 대학 동기와 결혼과 이혼을 거친 이후 보건행정 무기직으로 일하며 관사에 혼자 살고 있는 지윤, 대학 시절 총여학생회 회장을 맡기도 했지만 지금은 종갓집 아들과 결혼해 아들 둘 낳아 살고 있는 수연, 그리고 국문학을 전공하고 과학사를 연구하고 있는 연구소 계약직 경아. 그 중에서 경아는 얼마 전 할머니가 폐암으로 돌아가셔서 고향에 내려와 있는 상태로, 할머니-고모-자신에게 3대째로 이어지는 집안 여성들의 역사를 곱씹는다. 어린 나이에 공장에 취직하기 위해 상경한 뒤 결혼 전까지 온갖 고생을 했던 서울 생활을 돌아가시기 직전까지 그리워했던 할머니. 그리고 1980년 봄 광주 민주화 항쟁 때 젊은 나이에 실종된 고모 화련. 가부장제에 속박되기 이전의 주체적인 삶을 해쳤거나 비극적인 한국 현대사에 희생된 윗세대 여성들의 삶은 친구들과 떠난 기차여행길의 일상적인 대화 곳곳에 스며들면서, 문득 경아에게 "다시 태어나면"(220쪽)이라는 상상을 하게 한다. 죽음 이후에도 우리가 어느 지점에서 겹쳐지고 포개질지도 모른다는 가정은 느슨하게 연결된 여성들의 작고 사소한 역사들이 여러 세대를 건너서도 흩어지거나 잊히지 않을 것이라고 믿게 한다.

5

「괴수 아키코」는 '나'가 소설을 쓰기 위해 1970~
1980년대를 전공하는 연구자 '그'를 인터뷰한 내용으로
이루어져 있다. '나'가 얼마간 각색한 줄거리에서 '그'는
대중문화비평가로서 1970년대 미디어 문화사 비평집을
준비하는 과정에서 어린 시절 즐겨 보았던 「후뢰시맨」
을 다시 보게 된다. 언제나 고무바닥으로 된 신발을 신
었던 청소부 아버지가 극장에서 「후뢰시맨」을 보고 눈
물을 흘리는 장면을 목격한 기억에서 출발하여, '그'는
1991년 개구리 소년 실종 사건, 김추자, 신중현, 투코리
언즈 등 온갖 대중가요 엘피판, 고정희, 조은, 김혜순, 최
승자와 같은 시인, 《자유문학》, 《우리 시대의 문학》을
비롯한 문학잡지, 극장을 가야만 먹을 수 있던 과자들을
풍성한 문화사로 재생해 낸다. 어린 시절의 '그'가 영화
감독을 꿈꾸다가 군 제대 후 비평가로 성장하는 동안,
이모라고 불리는 친구들과 가방에 엘피판을 숨기고 음
악을 듣곤 했던 어머니와 숙소에 화재가 발생해 고무바
닥 신발 한 짝만 남겨 놓고 사라진 아버지가 차례로 실
종된다. 그 과정에서 드러나는 것은 비극적인 가족사라
기보다는 노동권을 보장하라는 여성 조합원들의 나체
시위, 1970년 오키나와 주둔 미군 부대 방화사건을 비
롯하여 일상사에 깊이 스며든 정치적 억압의 현장이다.

한편 「대만 호텔」은 무더운 기후의 일본 남쪽에 있는 작은 섬의 빗물연구소에서 파견된 연구원 '그'가 최악의 건기 상황을 맞이하면서 일어나는 이야기다. 한국에서 박사과정에 진학한 이후 일본의 섬에 오게 된 '그'는 빗물에 대한 다큐멘터리를 만드는 방송국 사람인 아키코를 만나게 된다. 갑자기 사라진 가수 김추자가 좋아서 '아키코'라고 이름을 지었다는 그는 주기적으로 호르몬 주사를 맞아야 하는 트랜스젠더이다. 개인적인 이야기를 나누게 되면서 아키코에게 점점 끌리지만, 학부 시절부터 내내 사귀고 있는 연인과 헤어질 마음을 먹지 못하는 '그'는 결국 한국으로 돌아와 정부 기관 연구소에 취직한다. 하지만 한국에서 우연히 아키코가 곧 오키나와로 떠난다는 말을 듣고는 오랜만에 그 섬으로 떠나고, 한때 위안부로 끌려갔었던 노인 유키노가 아키코를 예쁜 사람이라고 말하며 그 섬에서 가장 오래된 숙소인 대만호텔에서 아름다운 결혼식을 보았다고 말한 장면을 떠올린다.

두 소설뿐만 아니라 이 책에 실린 거의 모든 소설에서 연구자라는 정체성은 두드러지게 발견된다. 문화사, 문학, 과학기술을 탐구하는 연구자, 평론가, 소설가, 그리고 국가 폭력을 다루는 다큐멘터리 감독이라는 직업은 이 책에 등장하는 수많은 인물들이 서로를 메타적인 시선으로 바라보게 하는 장치로 기능한다. 한국 근현대사에서 국가와 민족, 젠더와 이념의 경계에 있었던 소수자들의 정체성은 서로를 발견하고 읽고 해석하는 느리고 복잡한 과정 속에서, 시간과 노력을 들여 상대의 이야기를 듣고 곱씹고 기억하는 연구자의 시선 속에서, 비로소 새로운 역사로 재구할 수 있는 가능성을 갖게 되는지도 모른다. 한정현의 첫 소설집 『소녀 연예인 이보나』가 이렇게 넓은 시간과 공간, 국경과 젠더, 정치와 일상을 복잡하게 가로지르는 이유는 서로를 이해하려 애쓰는 몇 겹의 메타적인 시선을 통과하고 나서야 비로소 보이는 사랑과 아름다움이 있기 때문일지도 모른다. "어쩌면 국경을 넘는 가장 빠르고 안전한 방법은 소녀 연예인들의 춤과 노래, 그리고 그들을 사랑하는 또 다른 소녀들의 숨길 수 없는 사랑"(51쪽)이라면, 우리는 그저 사랑과 아름다움에 대해서 말하기 위해서 이 수많은 사람들의 역사를 통과해야 했던 것일지도 모른다. 더 많이 말해야 하니까, 아무리 말해도 충분하지 않으니까, 다시 한 번 더. 우리는 더 많은 사랑과 아름다움을.

부록

소설을 쓰며 참고한 것들

괴수 아키코

이성욱, 『쇼쇼쇼』, 생각의 나무, 2009.

로베르토 볼라뇨, 송병선 옮김, 『2666』 3권, 열린책들, 2013.

소녀 연예인 이보나

백현미, 『근대 극장의 여자들』, 연극과 인간, 2016.

박찬경 외, 『귀신, 간첩, 할머니: 근대에 맞서는 근대』, 현실문
화연구, 2014.

이화진, 『소리의 정치-식민지 조선의 극장과 제국의 관객』,
현실문화연구, 2016.

권보드래 외, 『미국과 아시아』, 아연출판부, 2018.

Todd A. Henry, Assimilating Seoul — Japanese Rule and the

Politics of Public Space in Colonial Korea, 1910-1945,

Philip E. Lilienthal Imprint in Asian Studies, 2016.

「주영하의 음식 100년」,《경향신문》, 2011.08.30.

과학 하는 마음―관광하는 모던걸에 대하여

테사 모리스 스즈키, 한승동 옮김, 『북한행 엑서더스』, 아사
히 신문사, 2007; 서경식, 『디아스포라의 눈』, 한겨레출
판, 2012

유진월, 「위치의 정치학과 소수자적 실천: 재외 한인 여성 감
독의 다큐멘터리영화를 중심으로」, 『우리문화연구』, 우
리문학회, 2015.

W.G 제발트, 『공중전과 문학』, 이진경 옮김, 문학동네, 2013.

김소연, 『경성의 건축가들―식민지 경성을 누빈 'B'급 건축가
들의 삶과 유산』, 루아크, 2017.

이종필, 『사이언스 브런치』, 글항아리, 2017.

권혁태·이정은·조경희·성공회대 동아시아연구소 공저, 『주
권의 야만: 밀항, 수용소, 재일 조선인』, 한울아카데미,
2017.

아즈마 히로키, 『약한 연결』, 북노마드, 2016.

John Urry and Jonas Larsen, 『The Tourist Gaze 3.0 (Published
in association with Theory, Culture 》 Society)』, 1990.

이혜진·김현미, 「일본의 이주 배경 청소년 조직 '스탠바이
미'의 당사자성의 구성」, 『디아스포라연구』, 전남대학교

세계한상문화연구단, 2018.

신하경, 『모던 걸: 일본 제국과 여성의 국민화』, 논형, 2009.

다큐멘터리 「해녀 양 씨」, 마사키 하라무라, 2004.

오늘의 일기예보

조은, 『사랑의 위력으로』, 민음사, 1991.

신미나, 「적산가옥」, 《현대시》, 2018.7.

영화 「아사코」, 하마구치 류스케, 2018.

생물학적 제인

박경태, 『소수자와 한국 사회』, 후마니타스, 2008.

김윤경, 「2장 1950년대 60년대 펄 벅 수용과 미국」, 권보드래 편저, 『미국과 아시아 - 1950년대 세계성의 심상지리』, 아연출판부, 2018.

이경빈·이은진·전민주, 『IMO: 평택 기지촌 여성 재현』, 일다, 2019.

다큐멘터리 「여공 로지의 삶」, 코니 필드, 1980.

영화 「이태원」, 강유가람, 2016.

우리의 소원은 과학 소년

박차민정, 『조선의 퀴어』, 현실문화연구, 2018.

김승섭, 『우리 몸이 세계라면』, 동아시아, 2018.

신규환·박윤재, 『제중원-세브란스 이야기』, 역사공간, 2015.

김경연, 『근대 여성 문학의 탄생과 미디어의 교통』, 소명출판, 2017.

케이트 본스타인, 조은혜 옮김, 『젠더 무법자』, 바다출판사, 2015.

한민주, 「근대 과학수사와 탐정소설의 정치학」, 『한국문학연구』 제45집, 한국문학연구소, 2013. 12.

한민주, 「이상한 나라Wonderland의 과학적 글쓰기」, 『한국문학연구』 제55집, 2017. 12.

이명선, 「식민지 근대의 '성과학' 담론과 여성의 성sexuality」, 『여성건강』 제2권 제2호, 대한여성건강학회, 2001. 12.

장수경, 「1960년대 과학소설의 팽창주의 욕망과 남성성」, 『아동청소년문학연구』 제23호, 한국아동청소년문학학회, 2018. 12.

최애순, 「초창기 SF 아동청소년문학의 전개」, 『아동청소년문학연구』 제21호, 한국아동청소년문학학회, 2017. 12.

하세봉, 「국가의 계몽과 유혹」, 『동양사학연구』 제99호, 동양사학회, 2007. 6.

황미숙, 「1920년대 내한來韓 여선교사들의 공중보건위생과 유아복지사업」, 『한국기독교신학논총』 제103집, 한국기독교학회, 2017. 1.

유경순, 「여성 노동자 투쟁의 역사」, 참세상, 2005. 3. 24.

미네쿠라 카즈야, 『최유기』, 학산문화사, 2015.

고정희, 『이 시대의 아벨』, 문학과지성사, 2019.

이연주, 『이연주 시전집』, 최측의 농간, 2017.

영화 「마징가 Z: 인피니티」, 시미즈 준지, 2018.

소녀 연예인 이보나

1판 1쇄 펴냄 2020년 7월 3일
1판 6쇄 펴냄 2023년 11월 24일

지은이 한정현
발행인 박근섭, 박상준
펴낸곳 (주)민음사

출판등록 1966. 5. 19. (제16-490호)
서울특별시 강남구 도산대로1길 62(신사동) 강남출판문화센터 5층
대표전화 02-515-2000 팩시밀리 02-515-2007
www.minumsa.com
ⓒ 한정현, 2020. Printed in Seoul, Korea
ISBN 978-89-374-7272-5 03810